落葉飛花

香港三毫子小說研究

葉倬瑋　賴宇曼
陳智德　李卓賢　主編

目錄

丙、記憶的拼湊：憶舊與訪問

丁、附錄

前言

葉倬瑋
香港教育大學中國文學文化研究中心總監
一九五〇—一九六〇年代三毫子小說研究計劃主持

該如何評斷「三毫子小說」的價值，而不落於自說自話？

上世紀五、六十年代，有相當多的三毫子小說改編成粵語影視作品，而且有些作品的面世速度相當快。如一九六〇年八月，由秦劍導演，謝賢、胡楓主演的《難兄難弟》，改編自楊天成一九五九年五月的同名作品；楚原執導的《湖畔草》，一九五九年三月上映，原型為綠薇的《私生子》，一九五八年六月出版等。又有些作家寫三毫子小說而走紅，如依達（原名葉敏爾）從一九五九年首刊《小情人》開始，其言情作品很受歡迎。《小情人》不久被陶秦及龍驤（龍驤也是三毫子小說作者）改編成《儂本多情》，一九六一年放映，自後有超過五十部三毫子小說作品被改編為國、粵語片。這種人為現象，由刻意經營的銷售策略創造出來。不少作者、報人都曾表示出版三毫子小說的同時，已經有賣給電影公司的佈置。例如董千里在〈有情有理〉專欄就說：「香港出版界自有『小說叢』之後，小說作家的數量正大量增加，一般內容亦都盡量走戲劇性的路子，以迎合電影界的趣味。據一個朋友的約略統計，六、七年來所出版的這一類小說叢當近千冊，為電影公司購買改編的約佔六分之一。」這種協同銷售方式涉及多少三毫子小說及副產品，暫時未有精準的統計，但小說成功捕捉讀者（觀眾）的需要，是當時廣受歡迎的消費品。

三毫子小說受歡迎並不仰賴電影的助瀾，它的銷量本來就很可觀：一般六、七萬份，高者十萬份，而且在南洋（新加坡、馬來西亞、泰國、越南）、台灣地區有着廣大的讀者群。小說的魅力在於價格便宜，易閱讀易共鳴，當然也包括著名作家的號召力。虹霓《小說報》封面就有「一份報紙的價錢，一本名作家的小說」的廣告

語，底頁也時有「大批傑作，源源推出。請注意出版日期」的啟事。不得不說，這是小說作者商品化的成功案例，大批著名作家為三毫子小說供稿，而且用的是廣受認知的筆名或真名，例如劉以鬯、上官牧、董千里、李維陵、齊桓等，他們在文藝界已甚有名聲，寫三毫子小說固然有為稻粱謀的考量，即不論此，他們協力將這種現象推向高峰也是不容置疑的。而且，這些作者同時寫嚴肅文學，甚或編輯文藝雜誌。劉以鬯「腳踏兩家船」之論，似有涇渭二者之意，至少作者很少主動將三毫子創作劃入其文藝創作範圍，這明顯跟出版社的營銷策略和讀者預期不同——「名作家」是重要賣點。假如以三毫子小說觀察當時的文藝市場結構，會發現許多值得深究的問題，如跨媒體的生產與傳播、作者品牌的推廣與作者自我意識的角力、讀者對小說作法的影響和參與、商業和政治的分工互補等。有些問題已有論者關注，但許多空白仍待填補。

三毫子小說有大量的讀者、可觀的銷量、知名的作者、海量的改編……是否已足以證明它的重要性？該如何判斷它們的價值？換個角度，三毫子小說長久以來在香港文學史著、香港文學書目、香港文學研究不受重視，是否說明它被忽視乃理所當然？隨着熱潮消褪已五、六十年，我們撿拾這些「盡可遺忘」的殘篇零片，是否一句「懷舊」能道盡箇中意義？

我們相信，一切「後見之明」都必須依仗資料的存留。記錄、保存、描述是我們編訂此書時的方針。我們希望盡力再現三毫子小說的面貌、描述其流傳狀況、展示它的出版資料，以及記錄親歷者的回憶。歲月流逝如斯，假如不作記錄，人與事將無法逃過漸被遺忘的命運。價值評判能夠反映特定評論標準的洞見，但以之取代文獻記錄是極其危險的。所以，本書在規劃上力求客觀，避免作價值仲裁，以免流於自說自話。具體來說，本書三部份的設計用心如下述。

（甲）源流的整理：「三毫子小說」總述

陳述三毫子小說的出現背景、文本種類及特點、出版及流通狀況等內容。讀者將會看到上世紀五、六十年代，三毫子小說如何在特殊的出版氛圍下面世，它的名稱由來和版式的演變，也包括簡述後來承續風氣的「四毫子小說」，以及三毫子小說的研討概述。此外，相對文本，三毫子小說的插畫受到的關注比較少，其實當中不乏赫赫有名的畫師，我們亦試作簡介。本部份主要由潘惠蓮女士撰稿，潘女士一直致力考掘文藝史料，並已發表多篇三毫子小說的介紹和分析文章。承蒙潘女士協力，本書才能將最整全的研究成果呈現讀者眼前。

（乙）價值的再思：「三毫子小說」現象、作家及作品研究

三毫子小說的商品特質，使其價值一直為文學史家忽視。論者指出，隨着其地緣政治與文化空間，香港文學與中國文學、東亞文學有着複雜的關係，以中國文學的大敘事結構很難描繪香港文學的特殊性。本部份收錄的研究文章大都是新著首刊，課題設計以三毫子小說作家為中心，引帶出各種研究角度。讀者將看到這種商品或廉紙小說，如何展現文學和社會學的微妙關係、怎樣回應文藝界的現代主義思潮；作家如何進行創作實驗、如何運使妙筆遊走雅俗之間；電影

改編對小說城市空間的修整、商品特質如何結合文學而成其獨特性等。我們無意圈定三毫子作家或三毫子小說的論述框架，也不欲裁斷其價值高低；每一種角度，都有助我們重思三毫子小說的價值，特別在雅俗二元、文學史大敘事等定見以外。

（丙）記憶的拼湊：憶舊與訪問

三毫子小說跟當時的文藝界、報社、出版界關係千絲萬縷。幾十年來，風氣見證者間中撰文憶述當年，這些文章成為重組當時狀況的重要材料。本中心的工作團隊先後訪問了替環球三毫子小說繪畫封面和插畫的董培新，及三毫子小說作家龍驤的長子方家煌。這些回憶第一次正式出版，其中述及的人物關係、文壇軼聞，都彌足珍貴。此外，沈西城、許定銘和鄧小宇三位先生，曾在報上撰述與三毫子小說相關的回憶，我們徵得授權後也附於此篇。

（丁）附錄

最後，我們整理了三毫子小說出版社的小說篇目，除了曝光率最高的虹霓、環球和海濱外，還包括宇宙、ABC、鑽石、文風等出版社。自計劃啟動至今，我們收集了超過二百六十種三毫子小說，持續增潤而編成這份篇目。此外，我們亦將楊天成《難兄難弟》原件彩色掃描本，附於書後，讀者將可得見三毫子小說版式全貌，也可以讀到這篇後來產生多部改編作品的通俗小說。

二〇一九年，陳國球教授率領香港教育大學中國文學文化研究中心團隊，成功取得衞奕信勳爵文物信託的支持，展開「一九五〇—一九六〇年代三毫子小說研究計劃」。歷時三載，期間人事變遷、疫症橫行，我城仿再歷百年淘洗。艱難日子，幸得中心團隊敬業樂業，本計劃才能繼續進行。在當下也來不及記錄的時候，傾注心力於前塵舊事，就更顯得奢侈。

本書全賴研究中心同仁努力，除了陳國球教授和陳智德博士的指導外，賴宇曼、李卓賢兩位研究協理數年來的策劃、牽線、統籌，居功至偉。博士後研究員黃冠翔博士，助理黃妙妍、鄭楚婷、彭佩堯，學生助理葉淑怡、鍾鍵暉等積極參與項目工作。特別感謝潘惠蓮女士，她不僅為本書撰寫書稿，更奔走協作，全面支援本項目的研究。另外，盧瑋鑾教授、蘇賡哲先生、鄭明仁先生、馬吉先生、傅家傑先生、李世輝先生、周恒女士、蕭永龍先生、張子彥先生，及不久前仙遊的蔡炎培先生，也對本書給予過各種幫助。黃仲鳴教授、黃淑嫻教授、鄭政恒博士、宋子江博士、鄒芷茵博士、區仲桃博士、黃冠翔博士等學者惠賜鴻文，及三毫子小說見證者沈西城、資深研究者許定銘、作家鄧小宇授權刊載舊作，加上天地圖書有限公司的專業工作，本書方能呈教於讀者，謹此由衷致謝。

《環球小説叢》第一三四期依達《雪地情仇》

「三毫子小說」總述

甲 源流的整理

導論：「三毫子小說」的誕生、發展及研討

潘惠蓮

一、何謂「三毫子小說」？

在一九五〇年代中後期的香港，有三毫子（書面語寫作三角錢）可以做甚麼？幾位走過那些年的老香港有以下追憶。

「食碗牛腩麵！或去普通茶餐廳嘆杯咖啡！」

「看電影最少要四、五毫，間中有舊片重映收三毫。」

「那時中環去尖沙咀的渡海小輪上層要兩毫，下層要一毫，市區內的巴士票價兩毫，出門搭車搭船便花光。」

「《華僑日報》、《星島日報》這類大報每份兩毫，《真欄日報》、《成報》、《新生晚報》等中小型報紙每份一毫，不想看報紙，可買份三毫子小說！」

三毫子小說是甚麼模樣？或許很多人已印象模糊，年輕一代更未必見過。近十多年來，這種

在五、六十年代曾擁有大量讀者的廉價讀物，吸引了不少媒體和學術界討論，大家卻對這個名詞有不同理解，最常見有以下幾種：

(1) 泛稱所有五十至七十年代初的通俗小說，不管售價和內容；
(2) 所有環球圖書雜誌社的出版物，包括各種小說和雜誌；
(3) 環球圖書雜誌社出版、售價三毫及四毫的通俗小說；
(4) 環球圖書雜誌社出版、售價三毫的通俗小說，後來加價至四毫，便改稱四毫子小說。

一九五〇年在香港成立的環球圖書雜誌社（簡稱「環球」），至一九九〇年代才結業，留給現世較深刻的印象，而在舊書市場亦有較多環球的小說出售，因而過往有人誤以為只有環球出

版三毫子小說，或三毫子小說是由環球的老闆羅斌發明，其實情況並非如此。這次研究我們發現最少有七家有跡可尋的出版社，曾經出版三毫子小說。

為免誤會及方便討論，先為這次研究的三毫子小說下個定義。「三毫子小說」指一種流行於一九五五年至一九六〇年代初的廉價通俗叢刊，不同出版社以週刊、十日刊、廿日刊等模式，定期刊載一篇約四至六萬字的中篇小說。封面及封底一般有跟內容相關的彩色繪圖，內頁有黑白插圖。最初每冊售價三毫，後來同類刊物增多，一些出版社降價促銷，售價有低至一毫或兩毫。到了一九六一年二月，環球出版的三毫子小說加價至四毫，其他出版社跟隨，令三毫子小說進入四毫子小說時期。而本次研究的時間跨度，是由一九五五年二月第一種三毫子小說《小說報》（*Story Paper*）出現開始，至一九六一年二月三毫子小說時期結束為止。一九六一年二月及以後出版、售價四毫子的同類刊物，則稱為四毫子小說。

而經常被談及的長篇小說，包括：《蒙妮坦

本圖修改自《環球小說叢》第十五期高良《破書的秘密》封面

日記》（依達著，一九六三年十二月環球出版上集，售一元八角）、《二世祖手記》（楊天成著，一九六三年環球出版第一集，售一元七角）、《紫薇園的秋天》（鄭慧著，一九五五年環球初版，售一元五角）和《紫薇園的春天》（鄭慧著，一九五七年環球初版，售二元），都不歸類為三毫子小說。它們的售價既遠超三毫，也不是中篇小說。

二、「三毫子小說」的誕生

三毫子小說是通俗小說（五十年代新興叫法是流行小說）的一種。一般而言，通俗小說是滿足社會上最廣泛的讀者群需求，回應他們的閱讀目的和心態而創作的一類小說，重視情節編排上的曲折離奇和引人入勝，較少着力於深層次的思考。題材包括言情、武俠、社會、偵探、科幻、歷史演義等。用白話文寫作的通俗小說於一九三〇年已在香港興起，大盛於五、六十年代。三毫子小說於一九五五年在香港面世前，香港已有很多不同類型的通俗小說銷售，售價由四毫至幾元不等，視乎篇幅長短及作家名氣。

這些通俗小說按作者區分，大致可分為粵派和海派。粵派指廣東籍的作家，如寫技擊小說的我是山人、齋公、念佛山人等；寫言情小說的余寄萍、李我、孟君等；寫現代正邪角力小說的周蘋白、仇章、俊人等。海派指約於一九四九年南下香港的上海作家，如寫偵探奇案小說的方龍驤；寫言情小說的潘柳黛、馮鳳三、劉以鬯；寫歷史小說的南宮搏、董千里等。

第一種三毫子小說，是由虹霓出版社（The Rainbow Press）推出的《小說報》，於一九五五年二月初面世。第一期刊登了著名小說家俊人的作品〈金碧露〉。這種小說能成為流行讀物，主要靠兩項特色：一是價廉而物超所值。當時一般單行本小說售價不會低於四毫，《小說報》籌辦時可能也考慮到這個價位，故略低一毫，定價三毫，可突顯其價廉。但價廉也要「物美」，所以《小說報》付出較高稿酬，邀請當時著名的作家執筆，包括南宮搏、俊人、歐陽天、鄭慧、易君左、齊桓、劉以鬯等，以保證質量。《小說報》最初的宣傳口號是「一流作家、一流作品、最

小說報

金碧露

俊人 著

1

我認識金碧露很偶然，從她身上發掘出這動人的故事更是偶然。

現在，我雖沒有機會再見着她，可是她永遠在我懷念中。

那不過是半年前的事，我和她的來往，也祇短短的兩個多月，可是她的印象，深烙在我的腦海。

記得認識她的那天，我是去吃一個朋友的喜酒，未到十一點，席終人散，我和幾個同事，帶着薄醉，走出酒家樓；有了酒意，好玩的同事，便提議到舞場消遣。

我對此道，一向不感興趣，到香港四年，最近才算擺脫了難民身份，有了一個工作崗位，那有心情去紙醉金迷，徵歌夜夜的舞場去找刺激呢。

但是幾個同事一團高興，力挽我同行，情勢上不能不奉陪，否則掃了大家的興，人家會說我生活太古板。

於是由小招一馬當先，領着我們一夥兒四五個人，就近到灣仔區一家中型舞廳去，當時我也沒留意這家舞廳什麼名稱，只跟着他們走。

走進舞場，一片黑黝黝的，我們在電手燈光下被引到沙發上去。

舞場門檻我一點不懂，由小招全權辦理，他是這裡的老主顧，這個那個的跟舞女大班說了一大輪。

為了這時正演奏着熄燈舞，我在舞場中看不見什麼，走進來以後，一直是胡胡塗塗。

不久，大班帶了幾個舞女過來，像配給似的，一個一個安置在我們身邊，循例介紹一遍便走了。

燈光依然是那麼昏黃，坐在我身邊的那位小姐，畢

我認識金碧露很偶然，從她身上發掘出這動人的故事更是偶然。

竟怎麼模樣，我全不知道，實在也不關心這個，反正我今夜不過是湊興，精粗美惡，無所謂。不過在黑暗中我卻聽到她[illegible]的聲音，她問我：

「貴姓？」

我說了，反問她叫什麼名字？

「金碧露。」

全部對白，就是這麼簡單，說了這兩句，便沉默下來。

這是一個很普通的名字，舞女名字總是差不多，轉頭我便幾乎忘記了。

直到這個音樂完畢，燈光才稍稍明亮了，我偶然偏過頭來，看見她側面的輪廓，有一個尖尖的鼻子。

第二次音樂開始，我的同事擁了舞伴，先後到舞池去，她見我一動也不動，問：「秦先生，你不跳舞？」

「為了免使你的白鞋遭殃，我們坐着談談不是更好嗎？」

「你高興怎樣都好。」

「不過，我說話也不比我的舞術高明，我的同事都叫我做氣袋，尤其在女人面前，更沒辦法。」

「我覺得你談話倒很風趣。」她沉默了片晌。「你不常到舞場玩？」

「你一眼就可以看出了。」

「真的，在舞場裡很難碰着像你這樣斯文的人。」

「同樣，也很難碰着這斯文的小姐。」

「許多人都覺得，舞場的風氣太壞，其實還不能全怪舞小姐們。」

「當然，你比我更了解她們。」

「她們祇是適應舞客們的需求，不適應的話，便影響她們的生活。為了舞客都不斯文，舞女豈能太斯文？」

「這麼說，我們都是例外的了。」

「也許是唯一例外的。」

「你伴舞，不會太久罷？」

「也許你不相信，還不過是我第二個月的開始。」

「因此你見的人太少了。」

「五花八門的舞場，一個月見的事就不少了。」

聽她的語氣，對伴舞生涯頗是厭倦的，這也難怪，做舞女的多半為生活所迫，那會有什麼興趣呢？

她做舞女，也許有着迫不得已的苦衷，每一個舞女，幾乎都可以說出一段她自己的「動人」故事，在她本身，也許覺得够動人，其實聽來千篇一律，在這個時代，這樣的故事，簡直司空見慣。

金碧露也許就是這一類，因此我極力避

1

出版者：虹霓出版社 大道中38號四樓
督印人：黎劍虹
承印者：美亞印刷廠
定價每份港幣三角

《小說報》創刊號〈金碧露〉，原圖曾發表於《微批》（獲香港大學圖書館特藏許可拍攝）。

一流作家・一流作品・最低代價・全篇讀完

一份報紙的價錢・一本名作家的小說

《小說報》第一及第二期宣傳句子（上），以及往後常用的宣傳句子（下）。

低代價、全篇讀完」，印在封面上，從第三期所見，口號改為：「一份報紙的價錢，一本名作家的小說」，自此一直沿用。目的是令讀者感覺，只需付出相對便宜的價錢，便可閱讀一位名作家的中篇小說。

其次，就是仿效西方角錢小說（dime novel）的設計，以色彩奪目和大幅的西化畫像作封面，吸引讀者視覺。內頁的黑白插圖，有時會加上單色，打破單調的大篇幅字海風格。那年代因彩色印刷成本較高，通俗小說封面大多仍是黑白或只有雙色。《小說報》的設計在當時來說是摩登新潮，有說構思最初來自插畫師區晴，也有說是美國新聞處（United Stated Information Service，簡稱USIS，中文簡稱美新處）的建議，目前未發現相關資料研判。

《小說報》創辦人黎劍虹於一九四九年與家人由內地來港，一九五四年籌辦虹霓出版社，獲美新處資助，出版《小說報》。台灣學者王梅香在二〇一六年發表的論文〈美援文藝體制下的台、港、馬華文學場域——以譯書計劃《小說報》為例〉，引述美國國家檔案館的解密檔案指出，香港的美新處在一九五四年曾全面調查香港的書業情況，報告認為香港以至海外華人對於購買嚴肅書籍並不感興趣，而借助廉價的通俗小說，能更有效在香港推廣反共訊息，因而催生了《小說報》。

一九五五年二月二日和三日，《華僑日報》和《工商日報》先後刊登了介紹《小說報》創刊的簡訊，提到：「由黎劍虹女士主持的《小說報》，用一種嶄新的姿態出現，每期刊載第一流作家作品一篇」，「附有精美插畫，並用柯式七彩印刷」，「只花三角錢，可讀到精彩小說一本，堪稱最廉價的讀物。現第一號業已出版，……」。

《小說報》出版首年，受歡迎的程度超乎預

期，特別在東南亞國家。那年主要每月出兩期，每期發行量由最初的六萬份，上升至近十萬份。即使不久後出現競爭對手，至一九六〇年，《小說報》仍維持每期七萬份的高銷量。

由於《小說報》推出後反應良好，翌年，即一九五六年便出現了競爭對手，有更便宜的兩毫子小說、有南洋書商經營的海濱圖書出版社，以及後期成為三毫子小說業界主力的環球圖書雜誌社（簡稱環球）等紛紛加入「戰團」。

資深編輯劉乃濟的博客文章〈二十世紀中期香港週刊的特色〉指出，由於《小說報》銷路頗佳，環球的老闆羅斌見獵心喜，也出版了另一種三毫子小說，名為《環球小說叢》。

由於早期出版的三毫子小說大多沒有印上出版日期，所以只能根據環球其他刊物上的宣傳預告，推測《環球小說叢》的面世日期，約為一九五六年十月七日，首期是女作家鄭慧所寫的〈歷劫奇花〉。其他三毫子小說則未能確定創辦日期。它們大多每十日出一期，也有一星期出一期，比《小說報》出版得較密。

三、「三毫子小說」一詞的由來

一九五〇年由上海來香港定居的作家馮鳳三，在六十年代和九十年代其報紙專欄上，多次提及他是第一人用「三毫子小說」這名稱。

一九九一年六月二十一日，他以筆名「胥黎」在香港《文匯報》副刊專欄「迷你文章」內寫道：

> 五十年代杪，我初用「三毫子小說」一名，以其售三毫子，並無輕視意，自己亦撰過一本，名為《春不老》吧？當年邵氏（編者按：應是電懋）拍尤敏主演的電影《玉女私情》，即根據同名的「三毫子小說」（編者按：小說原名《女兒心》），言故事亦不遜於此後根據台灣瓊瑤或香港亦舒等名家等小說拍的電影，當年亦有名家化名撰「三毫子小說」，所以化名，蓋心中鄙此小說耳。

翻查五十年代末，馮鳳三以筆名「司明」在《新生晚報》副刊其專欄「小塊文章」內發表的文章，確有多篇談及三毫子小說，他最初的用詞是「三毫子的流行小説」，數月後用上「三毫子小説」。現按文章刊出日期先後次序，連同文章標題撮錄如下：

一九五八年一月二十四日〈流行小説〉：「我對流行小説絕不鄙視，有人要的東西，其本身總有一定的價值。我對寫流行小説的人也尊敬，拿東西換錢總是嚴肅的事，有時還同情他們的犧牲，可寫十五萬字的題材，往往變了三萬八千字左右。我所討厭的是，某些人有了些舞女買他的流行小説，便以大作家自居，海明威了，這夠屬大膽老面皮！」作者在文中又認為三毫子的流行小説在走下坡，因為題材寫光，再一本一本出下去，讀者會感厭膩。

一九五八年四月十二日〈語與文〉：提到香港舞場裏的小姐，許多是三毫子小説的讀者。

一九五八年九月十二日〈奇異的語文〉：批評一部份三毫子小説的語文水平不足：「新出的幾種裏有半數不能寫普通話，連『的』、『了』、『嗎』、『呢』的用法都搞不清楚，居然有膽子作小説家言，也居然有人出版，實屬奇蹟。」

一九六二年三月一日〈三毫小説與其他〉：「一般『三毫小説』都是講故事，有講得好的，每被電影界買下版權搬上銀幕，則宣傳上即稱為『由文藝名著改編』。這次，日本最大的電影機構『大映』來香港拍闊銀幕的彩色片《公主與我》，將投入西方市場，其原著亦香港的『三毫小説』（編者按：此小説的作者是齊桓，但未知其出版詳情），可知『三毫小説』的『架勢』。三萬八到五萬字的『三毫子小説』故事，也可以寫成一部二十萬字的鉅著。作者為稻粱謀而『濃縮』出售，這是一種悲哀，亦稱怪現象，固值得同情。不過，另一方面，部份的『三毫小説』作者每有文字都欠通

文與語

·司明·

寫文章最好不研究，否則愈寫愈感到難。寫文言以外的文章，許多人認為應用口語。用什麼口語呢？自然得標準語，那末，也祇有少數人能辦到。台灣和北平話當作標準語，大膽把北京話當作標準語，這點是統一的，不統一的祇是「平」，「京」之異而已！儘是標準語說得標準的有資格用口語寫，在本報祇有「生非集」作者胡氏一位，他在「正陽門」裏長大。不過，他寫的亦非純粹口語，大抵一見文人，總不免掉文，掉文非只體裁界，取其稀擴而已！

在本月六日的「人民日報」上，我看到有篇文章談用「不屑」二字，這決非一般人的口語，祇是高級智識份子用的。譬如香港舞場裏的小姐，許多是「三毫子小說」的讀者，她們自然是智識份子，但她們中至少有三分之二不知何謂「不屑」？也至少有三分之一且不知何謂「不會」呢！

在香港，如用標準口語寫文章更行不通，為讀者明瞭計，多用廣東口語是辦法，因此即使外省人寫小說亦須硬學，所以香港的普遍白話小說有了特色。

最近有個北京朋友南來，他說不能完全瞭解副刊上的那些小說，許多名詞都使他感到陌生。不過我想他會慢慢習慣的，隔一陣，他自己寫東西也會用廣東口語，到底有「雪櫃」而非「電冰箱」，有「燈膽」而非「電燈泡」，有「彈弓牀」而非「彈簧牀」了。

口語有變化，影響的是文字，在識字的人，看字比聽字容易，因此筆下只得簡化也不成問題的，譬如我在本報寫「來自英國的旅客多居九龍」這句話，看的人一定懂，不懂也不會看報了。但這樣說卻嫌簡單，要說「從英國來的旅客，住在九龍方面的佔居多數。」這是口語，但，除了在小說與劇本的對白裏說必須如此寫外，普通敘事，如此寫不一定比簡化要好。可是，筆底簡化成為習慣後，也往往變了口語，我們香港人常寫的「製成」與「工廠」、「港大」、「足球」等等在報紙上多見後才慣了口語。

文與語必有分別，寫文比吐語要多花時間思考，因此比較精簡，這也是必然的事。

作家司明較早採用「三毫子小說」一語，圖為司明：〈語與文〉，刊於《新生晚報．新趣》，一九五八年四月十二日。

順的，他們那種蹩腳的語彙對學生們亦有一定的壞影響。」

此外，同一副刊的專欄作家白丁，於一九五八年四月二十三日在其專欄「文藝沙律」的文章〈三毫小說及其他〉指出：「『三毫小說』這稱呼算不得侮辱，英美的袖珍書就多半賣兩角半，不過到了香港，售價港幣兩元以上。價格低廉，是現代各種貨物大量銷售的必備條件。書是出版物，有一種可以賣得便宜些的形式，不足為奇。紀德的《窄門》和柏拉圖的《對話錄三篇》，都有兩角半的本子，你能說它下賤麼？問題還在於內容。……我衷心佩服『三毫小說』形式的創造者（一位女出版家），她才真正認識香港今天的需要。我只為香港懷才不遇的天才惋惜，例如那位『三毫小說』

「三毫子」到「四毫子」不同尺寸的演變。圖左至右為《小說報》第二十四期言再啟《疑團》、第八十二期李維陵《佳期》、《環球小說叢》第一期鄭慧《歷劫奇花》、《環球文庫》第八十八期羅馬《最後一朵花》。

稱號的創作者，他們本來很可能寫出一兩部好東西來的，都給形勢毀了。但如無天災人禍，一個真正的天才是不怕被終生埋沒的，無須怨恨。事實上，歷來的天才很少能夠一帆風順的被人認識接受。……」

馮鳳三是否用上「三毫子小說」這個詞的第一人，現時未有更多資料佐證，但從他和白丁的文章，可知在一九五八年初，三毫子小說已發展起來，有好幾種在書市出售，並引起關注，成為話題，也有不同角度的評說。

據香港資深藏書家許定銘回憶，《小說報》初出版時，即使售價便宜，但由於每期都由名家執筆，故很受讀者歡迎，印象中罕有人以「三毫子小說」來稱呼。但其後想在此市場分一杯羹的出版社增加，同類型讀物大量推出，以致作品質素良莠不齊，引來讀者輕蔑，「三毫子小說」這個略帶貶意的詞才流行起來。

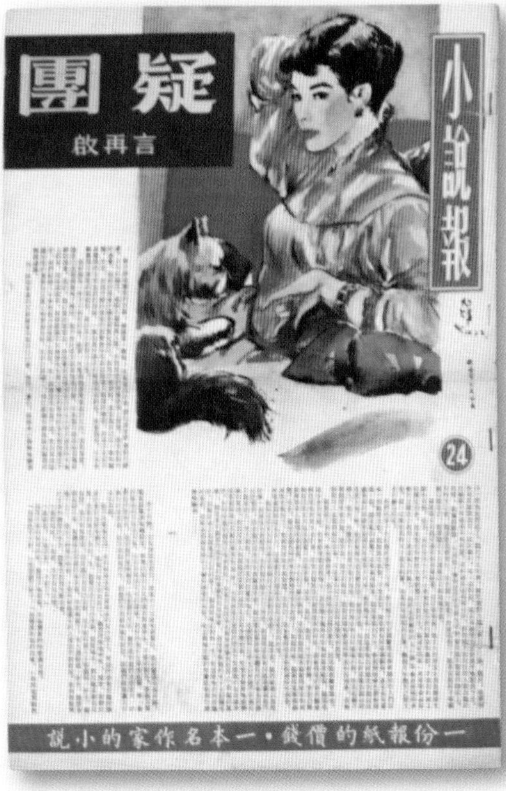

四、「三毫子小說」的演變

第一種三毫子小說《小說報》的外觀，是仿大型報紙模式，連封面及封底共十二版，似乎不想讀者感覺屬小書的格局。而根據目前從馬來西亞及香港發現的五十年代《小說報》，兩地的《小說報》每版的長闊度略有差異。例如同是第三期，在香港找到的是 39 cm × 27 cm，而馬來西亞找到的是 41.5 cm × 26 cm。但大致可分為三種大小：

(1) 略長八開（約 39-41.5 cm×26-27 cm）；

(2) 八開（約 37.5 cm×26 cm）；

(3) 略短八開（約 34.5 cm×26 cm）。這種目前只在香港發現，估計這大小維持到一九六一年。

而一九五六年由環球出版的《環球小說叢》則仿雜誌大小，比《小說報》縮小近一倍，每版為十六開（約 26 cm×18.7 cm），共二十版。

其他差不多同時間創刊的三毫子小說，包括《文風小說叢》、《好小說》、《ABC 小說叢》、《海濱小說叢》、《時代小說叢》、《奇情小說叢》、《鑽石小說叢》等，長闊度亦是十六開。

到了一九六一年二月，環球出版的三毫子小說加價至每冊四毫，書類名稱由《環球小說叢》改為《環球文庫》，第一期是楊天成寫的〈妙想天開〉，長闊度進一步縮小至三十二開（約 18.7 cm ×13 cm），成小冊子模樣，更方便攜帶。同業相繼仿效，並招募更多年輕新血投稿，令三毫子小說進入輕、薄、短、小的四毫子小說階段。三十二開這種大小，一直維持至七十年代初。我們在台灣找到一冊《小說報》——俊人的〈幽靈〉，便是三十二開大小，但出版方已不是虹霓出版社，而是有志圖書出版公司。

由於《小說報》在舊書市的流通量不多——在香港現僅能看到一九六二年一月至一九六四年十月間，七本三十二開的《小說報》，及在台灣發現一本一九七一年五月出版的《小說報》，所以目前尚未知道《小說報》由大變小，及後期的轉變情況。

根據一九六一年十二月香港出版人發行人協會出版的《香港出版人發行人協會會員聯合圖書目錄》記載，虹霓出版社的《小說報》已出版了一百三十九期。環球出版的《環球小說叢》出版了一百七十七期，最後一期是杜寧的〈一束金髮〉，之後便改為《環球文庫》出版。環球主動標示，其中二十五本《環球小說叢》被改編成電影。

內容方面，三毫子小說常被近世以為只是描述城市的愛情故事，這錯覺或以偏概全的印象，可能源於以下幾個原因：

(1) 這類題材較多；

(2) 較多這類題材的三毫子小說被改編成電影，促使這類三毫子小說更廣為人知；

(3) 到一九六一年以後的四毫子小說年代，這類題材的數量更趨氾濫，留給後世較深刻的印象。

根據香港教育大學中國文學文化研究中心（以下簡稱「本中心」）收藏的三毫子小說分析，三毫子小說的題材頗多元化。《ABC 小說叢》和《鑽石小說叢》主打偵探懸疑奇案。而好些經歷過戰亂的作家，都會以抗日戰爭為小說背景，例如司空明的〈英雄淚〉（《環球小說叢》第二十四種）、〈曲江霧〉（《環球小說叢》第九十六種）、齊桓的〈卿本佳人〉（《文風小說叢》編號530-1213）等。另外，董千里的〈雪山情〉（《小說報》六十一期），及路易士的〈塞外兒女〉（《環球小說叢》第八十種）亦別出心裁，分別描述在西藏及中國大西北的抗暴故事，也包含武打元素。

而第一種三毫子小說《小說報》，雖然有論者指稱，其內容有反共意識，但據台灣學者王梅香的研究發現，在目前可見的《小說報》文本中，依據其書寫內容的主題，約略可以分為三大類：一是反共故事；二是反共與愛情結合的故事；三是通俗愛情故事。以香港美新處的術語來說，前兩者是「意識形態故事」（ideological stories），後者則是「無害的故事」（innocuous stories），避免讀者感到千篇一律含反共意識。①

此外，《小說報》的第二期頗為特別，值得一提。這是南宮搏寫的〈水東流〉，描述內地民眾對抗水災的慘痛經歷。一九五五年三月，即〈水東流〉面世後約半個月，便由虹霓出版社出版成書，小說名字改為《憤怒的江》，內頁有黑白插圖，售港幣二元五角。到一九五七年，虹霓出版社推出此書的英文版，英文名稱是 *The River Flows East*，譯自原本的名稱〈水東流〉，定價港幣三元。一九五八年四月，英文版再版銷售。這是至今發現，《小說報》僅有出版成書，且有英文譯本的作品。

五、「三毫子小説」的競爭及銷售手法

約到了一九五八年，市面上的三毫子小說估計最少已有七種，包括《小說報》、《環球小說叢》、《海濱小說叢》、《文風小說叢》、《好小說》、《ABC 小說叢》、《時代小說叢》等。走更平價路線的有售兩毫的《奇情小說叢》、和售一毫的《一角小說叢》。由於競爭激烈，它們各有爭取讀者及增加收入的手法，最常見的有以下幾種方式：

(1) 在封底或內頁，刊登其他商品的廣告，以增加收益；或刊登該公司出版的其他書刊的廣告，協助宣傳；

(2) 送贈品，如紀念冊、月曆、該公司的書刊等。即使《小說報》有美國政府資助，沒有利用版面賣商品廣告，但亦不時送贈禮品予讀者，以維繫感情；

(3) 以印花換刊物。方法是每期刊出一個印花，相等若干價值，讀者儲起來，可換取該公司出版的等價書刊；

(4) 設有獎競猜遊戲。例如每期有一短篇故事，結局懸疑，讓讀者競猜，過幾期揭盅，得獎者獲贈該公司的書刊；

(5) 增闢徵友欄或明星信箱、組織讀者聯誼會；

(6) 降價至兩毫或一毫。

就目前本中心收藏的《奇情小說叢》和《一角小說叢》所見，其製作和設計都較粗糙簡陋。封面只有雙色，大部份的版數較三毫子小說的二十版少，《一角小說叢》更只有十六版。

此外，從事報刊編輯逾四十年的傅家傑不諱言，那時出版行業瀰漫不少歪風，例如跟紅頂白，某種出版物受歡迎，很快便會有其他公司模仿出版。又有所謂「游擊出版」，即不向政府註冊，不送檢，或在澳門印刷運港銷售，賺得快錢便結業。而為了應付稿源，並想節省開支，一些急功近利的主事人，會罔顧別人的權益，擅自挪用別人的作品刊登，或改頭換面的使用。

影星馮淬帆於一九八三年接受《K100》畫刊訪問，便憶述年輕時一次投稿給「三毫子小說」的不愉快經歷。當時他投稿後多月沒有消息，有天忽然看到自己寫的小說出版了，內容沒

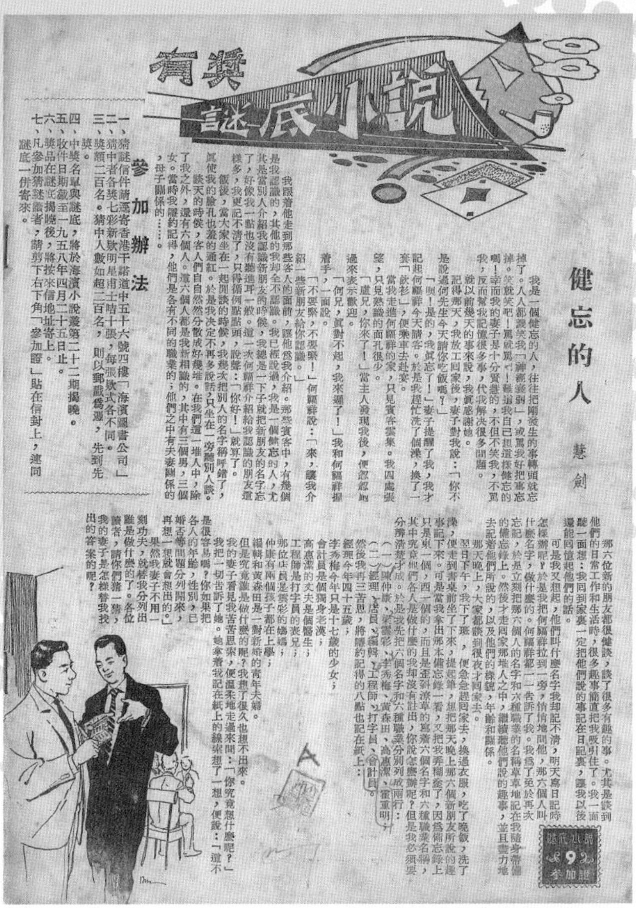

有獎謎底小說

健忘的人

慧劍

我是一個健忘的人，往往把剛發生的事轉頭就忘掉了。人人都譏笑我「神經衰弱」，或罵我好把事忘掉。笑就笑吧！罵就罵吧！難道我自己想這樣健忘的嗎！幸而我的妻子是十分賢慧的，不但不笑我，不罵我，反而幫我記憶很多事，代我解決很多問題。

就以前幾天的事來說，我眞感謝她。

記得那天，我放工回家後，妻子對我說：「你不是說過何先生今天請你吃飯嗎？」

「唄！是的，我眞忘了！」妻子提醒了我，我才記起何顯祥今天請客。於是我趕忙洗了個澡，換了一套「飲衫」，便乘車去赴宴。

當我走進何顯祥的家，只見賓客雲集。我四處張望，只見熟識的面孔很少。

「盧兄，你來了！」當主人發現我後，便忽忽地過來表示歡迎。

「何兄，眞對不起，我來遲了！」我和何顯祥握着手，一面說。

「不要緊，不要緊！」何顯祥說：「來，讓我介紹一些新朋友給你認識。」

我跟着他走到那些客人的面前，讓他爲我介紹。那些賓客中，有幾個是我認識的，其他的我卻全不認識。我已經說過，我是一個健忘的人，尤其是當別人介紹我認識新朋友的時候，我總是一下子就把新朋友的名字忘了，好像我一點也沒有聽進耳一般。這一次何顯祥介紹給我認識的朋友這樣多，我更記不清了，只得循例點點頭，說聲：「你好！」就算了。

飯後，當大家坐在一起閒談的時候，我幾次把別人的名字稱呼錯了，眞使我的臉孔也羞的通紅。於是我決定不再多說話，只坐在一旁聽別人談。

談天的時候，客人們自自然然分散成好幾堆。在我們這一堆人中，除了我之外，還有六個人。這六個人都是我新相識的，其中有三個男，三個女。當時我隱約記得，他們是各有不同的職業的；他們之中有夫妻關係的，母子關係的……。

那六位新的朋友都很健談，談了很多有趣的事。尤其是談到他們的日常工作和生活時，很多趣事簡直把我吸引住了。我一面聽一面想：我回到家裏一定把他們說的事記在日記裏，讓我以後還能回憶起他們的話。

可是我又想起，他們叫什麼名字我卻記不清，明天寫日記時怎樣辦呢？於是我把何顯祥拉到一旁，悄悄地問他，那六個人叫什麼名字，做什麼的。何顯祥都一一告訴了我。我爲了免於再次忘記，於是立刻把那六個人的名字和六種職業的名稱草草地記在我隨身帶備的備忘錄上。然後才走回家那堆人之中，繼續聽他們說的趣事，並且盡力地去記着他們所說的，以及他們的樣貌，年齡和關係。

那天晚上，大家都談到很夜才回家去。

翌日下午，我下了班，便急急趕回家去，換過衣服，吃了晚飯，洗了澡，便走到書桌前坐了下來，提起筆，想把那天晚上那六個新朋友所說的趣事記下來。可是當我拿出那本備忘錄一看，又把我弄糊塗了，因爲備忘錄上只是東一個，西一個的，而且是歪斜潦草的寫着六個名字和六種職業名稱，其中究竟他們各人是做什麼的我卻沒有註出，你說怎麼辦呢？但是我必須要分辨清楚才成。於是我先把六個名字和六種職業分別列成兩行：

（一）陳仲康、梁蕓彩、李秀梅、黃森田、高惠潔、霍重明；

（二）經理、店員、編輯、工程師、打字員、會計員。

然後我再三苦思，將隱約記得的八點也記在紙上：

經理今年四十五歲；

李秀梅今年只是十七歲的少女；

會計員是個獨身老漢；

高惠潔的丈夫是個醫生；

工程師是打字員的表兄；

那位店員是蕓彩的媽媽；

仲康有兩個孩子都在上學；

編輯和黃森田是一對新婚的青年夫婦。

但是究竟誰是做什麼的呢？我想了很久也想不出來。

我的妻子看見我苦苦思索，便溫柔地走過來問：「你究竟想什麼呢？」

我把一切告訴了她。她拿着我記在紙上的線索想了一想，便說：「這不是很容易嗎？你如果把各人的年齡，性別，已婚否等問題分列開來，再想一想就會想出的。」

果然我妻子不用一刻功夫，就替我分列出誰是做什麼的了。各位讀者，請你們猜一猜，我的妻子是怎樣替我找出的答案的呢？

參加辦法

一、猜謎信件請逕寄香港干諾道中五十六號四樓「海濱圖書公司」

二、猜中者各獎彩新歌明星甫士咭十張，每張款式各不同。

三、獎額二百名。猜中人數如超二百名，則以郵戳爲憑，先到先獎。

四、中獎名單與謎底，將於海濱小說叢第二十二期揭曉。

五、收件日期至一九五八年四月二十五日止。

六、獎品在謎底揭曉後，將按來信地址寄上。

七、凡參加猜謎者，請剪下右下角「參加證」貼在信封上，連同謎底一併寄來。

謎底小說 9 參加證

《海濱圖書》封底的「有獎謎底小說」

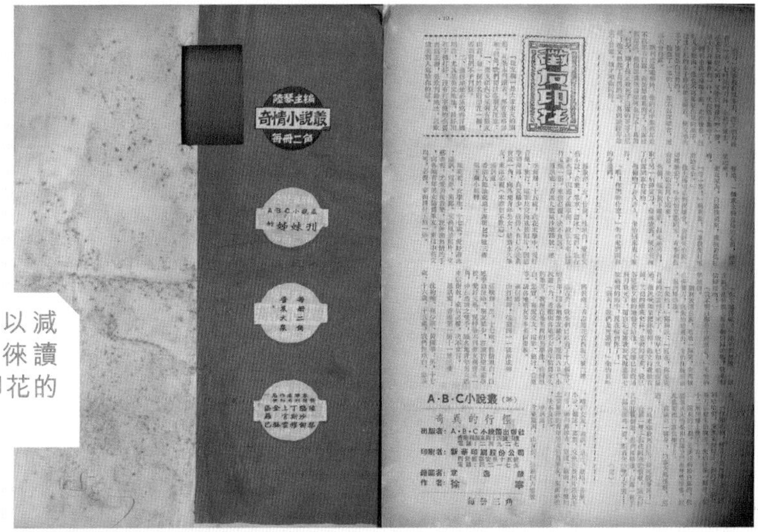

《ABC 小說叢》以減價及徵友印花招徠讀者。左圖為剪去印花的封底。

改，但原來的小說名稱更改了，作者的名字也不是他。馮淬帆氣憤地跑到出版社理論，對方僅補回一點點錢便算數。這種歪風，令他放棄了當小說家的夢想。②

作家蕭銅（原名生鑑忠，一九二九—一九九五）在一九七三年於《盤古》發表的不愉快經歷更為具體。他在其三毫子小說發表後，到出版社等了足足三個小時才領到稿費，稿費更較原先所協議的少了五十元，還被姍姍來遲的「羅老闆」諷刺為何要來香港。後來，他再撰寫另一本三毫子小說，這次編輯「方某」則要求更多字數，出版後「插圖全部豁免」，疑為節省插圖費用的手段。③

六、後起的「四毫子小說」

雖然作家馮鳳三在一九五八年初，曾在專欄估計，三毫子的流行小說正在走下坡，因為題材寫光，讀者已感厭膩，但事實是，即使三毫子小說在一九六一年二月加價一毫，變成四毫子小說，但它們還繼續在市場上活躍近十年；年輕一代的作家，如依達、亦舒、西西、蔡炎培、羅馬等，在此階段紛紛冒起，大放異彩，甚至連當時在武俠小說界開始走紅的倪匡，也化名「倪裳」寫了幾本四毫子小說。而出版量則進一步攀升，不但出版四毫子小說的小型公司湧現，佔龍頭地位的環球出版社更把《環球文庫》的出版期由每七日縮減至每五日就出一本。這樣大規模生產，無疑對行業的形象和生態帶來不良影響。

隨着無線電視這種免費娛樂在六十年代後期興起，看電視成了人們主要的消閒娛樂，閱讀時間相對減少，加上經濟起飛，讀者對刊物的包裝和內容要求都有所提升，四毫子小說潮從氾濫走向衰落。

粗略觀察，在四毫子小說時期，除了換上新的品牌名字《環球文庫》，及原有的《小說報》、

傅家傑（胡烈）先生提供的《金牌小說叢》系列

《海濱小說叢》、《鑽石小說叢》等外，新出現的，有以下十多種：

(1) 中國文化事業有限公司的《家庭生活文庫》；

(2) 明明圖書雜誌出版社／明明出版社的《星期小說文庫》。據現有資料顯示，出版期由一九六二年二月至一九六七年初；

(3) 金像獎小說叢出版社的《金像獎小說叢》，其宣傳口號是「一本小說叢價錢，三篇名作家小說」，即書內共刊載三篇短篇小說；

(4) 沙洲出版社的《貝殼小說叢》，內頁的文字橫排；

(5) 鶴鳴書業公司的《新小說叢》；

(6) 香港鶴鳴書業公司的《文藝文庫》；

(7) 香港金牌小說叢出版社的《金牌小說叢》；

(8) 新潮出版社的《新潮小說集》；

(9) 廣盛書局的《青年文庫》；

(10) 精美文庫出版社的《精美文庫》；

(11) 藝與文小說雜誌出版社的《藝與文雜誌小說文庫》；

⑿ 文友書業公司的《夢真文庫》，被網友發現有兩本抄襲劉以鬯的「三毫子小說」。

另外，根據一九六四年十一月二十一日的《工商晚報》報道，有每冊售五毫的同類型小說，名為《春風小說叢》，可惜此刊物仍未「出土」，未知其具體模樣。

環球出版的四毫子小說《環球文庫》估計到一九六八年初停刊。一九六八年三月二日，每冊五毫子的《環球文藝》開始出版，最初還是刊登一篇中篇小說，但其後便增加內容，如長篇小說連載、短篇小說、名著翻譯等，售價也大幅攀升。

七、「三毫子小說」的研討

從第三節「三毫子小說」一詞的由來，可見三毫子小說面世約三年間，已引起文化人討論。馮鳳三關注到這類小說部份的中文水平不足，和某些三毫子小說作家的心態，而白丁則認為三毫子小說只是一種文字的載體，內容才最重要，能否產生好作品，還得靠作家的才能。

到了四毫子小說氾濫期，人們往往將四毫子小說和三毫子小說混為一談，負面的評論比三毫子小說時期更多、更嚴厲。

本身也是三毫子小說作家的劉以鬯，一九六二年在《星島晚報》連載的小說《酒徒》，便對四毫子小說強烈批判：

> 目前，「四毫子小說」的產量已達到每天一本，除了那些盜印別人著作的，多數連文字都不通。更談不上技巧

和手法。這種「四毫子小說」，猶如稻田裏的害蟲一般，將使正常的禾苗無法成長。……

我們的國語片想爭取國際市場的話，首先不能從「四毫子小說」中找材料。製片家如果專在「四毫子小說」中尋找材料的話，電影不但不會進步，而且會進入死巷！……我們必須認清「四毫子小說」的對象是哪一階層，……就是那些專看低級趣味電影的觀眾，……將「四毫子小說」改編成電影，說明製片家只想爭取低級趣味的觀眾。製片家仍以賺錢為最高目標，哪裏談得上提高水準？香港就是這樣一個地方，「四毫子小說」的作者可以天天吃牛柳，嚴肅的文藝工作者卻連牛柳的香味也不容易嗅到。

較溫和的批評，則有一九六四年三月三十日香港《文匯報》一篇署名「葉千山」的影評：

「四毫子小說」有一定的讀者群，銷路穩定，最高時，有十種左右，數量相當可觀。在這樣龐大的數量中，不能說絕對沒有像樣的文藝作品，不過在大體上，這種小說對人物性格、主題思想，都不大講究，主要依靠曲折離奇的情節和小市民趣味來迎合讀者，在電影劇本荒的時候，也提供了一些可以改編作電影劇本的素材。

到了七十年代，研究香港文學的文化人開始出現，但三毫子小說及其歸屬的流行小說，未受到文學研究界的關注。原因有下列幾種：

(1) 圖書館一般沒有收藏或大量收藏這類作品，難以有實物和有系列地整理研究；
(2) 寫三毫子小說或四毫子小說的作家不願多談。他們可能感到那些只是為謀生而寫的作品，並非優秀之作，甚至難言高雅，故不想別人知道是他們所寫；
(3) 不是正統文學，排在研究的次要位置；
(4) 這類作品大多不具文學價值，不值得研究。

七十年代後期至八十年代初，在香港成長的年輕人和大學生，開始研究流行文化，但他們的研究對象，只是他們在成長期間熟悉的電視、電影和流行音樂，並不包括三毫子小說或流行小說。④

自八十年代中葉，西方的文學研究，趨向與社會學、傳播學、文化研究、心理分析與民俗誌法等結合研究，開拓新的研究議題，過往被忽視的通俗文學，甚至更鄙俗的文本，開始受到關注。⑤較早開展這方面研究的香港學者有周蕾、羅貴祥和吳昊，前兩位注重理論分析，後者偏重文本收集和整理。

一九九七年後，香港身處政權轉移的新時代，有關香港本土的歷史文化受到廣泛重視，藏書界、傳媒、學界，以至公營的文化部門，對通俗文學和流行文化的回顧與研討，都較以前積極。

長期研究香港文學的香港中文大學中文系退休教授盧瑋鑾（筆名「小思」）於二〇〇九年在文章中指出：

> 在三十多年的蒐尋香港文學資料過程中，我愈來愈覺得不應把流行通俗的作品摒諸「香港文學」範圍外。特別在四、五十年代，純文學創作無法養活以寫作維生的人。訪問老一輩文化人，不少不約而同都謙說自己寫作，只為了謀生養家，故多改用不同筆名寫流行通俗小說。他們往往不願把那些作品歸入自己份內，追問筆名，他們多說「太多了，記不起」。為此，我苦苦追尋那些學院派不願入手的書刊。另外一原因，是通俗作品，內容最能反映當年的社會面貌和大眾日常生活真相。如要研究香港社會文化，在正史中尋不到，在那些蕪雜的作品中，反可一絲一縷組織出來。它們流行，也正好反映社會一般人的生活喜好與某些微妙欲望。⑥

然而，這期間的研討，往往把「三毫子小說」併入流行小說或流行文化的範疇內泛論，未有將它獨立解構分析和探索歷史緣起。不少人對三毫子小說的印象依然模糊。研究香港通俗文學的學者黃仲鳴於二〇〇四年曾在報章撰文，為「三毫子小說」申辯，他認為：

> 「三毫子小說」在一些所謂正派、正統人士的眼中，是個貶詞，意指「師承鴛鴦蝴蝶派的小說」、「濫情小說」、「惡俗小說」、「言情老套小說」。但其實，這只是「見樹不見林」，沒有深入研究的「偏面之說」。⑦

黃仲鳴在《香港文學大系一九一九—一九四九・通俗文學卷》的導言又指出：

> 研究香港通俗文學，是個沙中淘金的工程，最頭痛的，還是資料散佚不全，不少作品難窺全豹。
>
> ……香港通俗文學雖「沙」多，也有「金」的；這「金」，除藝術性外，在社會學、民俗學、經濟學、語言學、讀者接受論等方面，都有豐富的資料。當然，還有它對傳統的承傳，受到清末民初通俗文學的影響等，都值得深入研究。⑧

踏入二〇二〇年代，香港歷史研究者潘惠蓮在多名藏書家協助下，找到香港第一種三毫子小說《小說報》的創刊號，並查出創刊日期，竟與金庸第一部武俠小說《書劍恩仇錄》同年同月面世⑨，《小說報》較之更「早生」約一星期。這發現對梳理三毫子小說的發展脈絡有重大意義，但淘「金」工程依然艱巨，我們期望本計劃能拋磚引玉，令三毫子小說以至通俗文學的研究能有更進一步的發展和深化。

註釋

① 王梅香：〈美援文藝體制下的台、港、馬華文學場域——以譯書計劃《小說報》為例〉，《台灣社會研究季刊》第一〇二期（二〇一六年四月）。

② 《K100》畫刊，一九八三年五月二十五日。文中沒有提及年份及該份三毫子小說的名稱。

③ 蕭銅：〈小小交代一下自己〉，《盤古》第五十五期，一九七三年三月一日，頁三十二—三十五。

④ 呂大樂編：《普及文化在香港》（香港：曙光圖書，一九八三年）。

⑤ Milner, Andrew. *Literature, Culture and Society*. London: UCL Press, 1996.

⑥ 小思：〈流行與通俗〉，《明報》副刊專欄「一瞥心思」，二〇〇九年一月二十四日。

⑦ 黃仲鳴：〈不要輕蔑「三毫子小說」〉，香港《文匯報》副刊專欄「琴台客聚」，二〇〇四年十一月十三日。

⑧ 黃仲鳴主編：《香港文學大系一九一九—一九四九．通俗文學卷》（香港：商務印書館（香港）有限公司，二〇一四年）。

⑨ 金庸：《書劍恩仇錄》，一九五五年二月八日開始在《新晚報》連載。見潘惠蓮：〈香港第一種「三毫子小說」：《小說報》的創刊號重見天日〉，《SAMPLE × 微批文學媒體計劃》，二〇二一年二月七日，https://paratext.hk/?p=3109，檢索日期：二〇二二年三月九日。

「三毫子小說」的出版公司及出版人

潘惠蓮

一、虹霓出版社

簡稱虹霓，英文名稱 The Rainbow Press。創辦人黎劍虹（一九一四—一九八五），廣東新會人，畢業於南京的金陵女子大學，長期從事社會服務和基層福利工作，先後在南京和重慶主持育幼所、女子職業學校，及各界抗敵後援會等。一九三〇年與民國廣東籍政要梁寒操結婚，育有一子二女。她與家人於一九四九年來港後，轉投出版業發展。最初出版《婦女雜誌》，不太成功。後經朋友介紹，認識了美國新聞處主持出版業務的高級職員，獲該處資助籌辦虹霓出版社，一九五五年二月出版《小說報》，及其他中英文書籍。

由於丈夫梁寒操於一九五四年轉到台北工作，幼女同往，黎劍虹長期需台港兩地奔波。她在其著作《梁寒操與我》中，有描述經營《小說報》的情況：「美國新聞處幫助我運輸到東南亞各處，也協助我各處收款，台灣方面由我自己發行，在台每期也銷一萬餘份，內容是宣傳民主國家與極權國家的好壞比較，我自己認為這對我們國家是一種有力的宣傳感化作用的刊物。因此我一開始就不辭勞苦地與各方面和我事務有關的人員聯絡好，以便我可以台港兩地來回。」①

據劉以鬯的記述，作家李維陵曾是《小說報》的編輯，②而黎劍虹在《梁寒操與我》的內頁，刊載了一張照片，說明是作者在香港主持《小說報》發行一百期紀念。由於沒有列出相中人名字，初期只能認出其中三人左起是黎劍虹、插畫家區晴、作家俊人，餘下一位，最後經作家崑南確認，就是李維陵。推算此照片約攝於一九五九年七月底。至於李維陵在《小說報》的任期，及是否還有其他人士負責編務，則尚待考證。

到了六十年代中，黎劍虹因在香港患病時乏

作者（左一）在香港主持「小說報」發行一百期記念

《小説報》發行一百期紀念活動。圖左至右為：黎劍虹、區晴、俊人、李維陵。

《小説報》報頭

人照顧，加上掛念丈夫及幼女，便結束在香港的業務，到台灣定居。但《小說報》是否轉讓予其他出版商繼續營運？為何到一九七一年，台灣仍有出版發售？黎劍虹在書中並沒有交代。目前在香港能找到一九六四年十月十六日出版第二〇四期的《小說報》，是田原寫的〈傾家之戀〉。

二、環球圖書雜誌社③

簡稱環球，英文名稱 The Universal Publisher，創辦人羅斌（一九二三——二〇一二），廣東開平人，生於澳門，七歲到上海生活。中學畢業後，到香港遠東航空學校攻讀機械課程。一九四〇年代初回到上海，與友人創辦環球出版社，出版《藍皮書》、《西點》、《春秋》、《電影》等雜誌。一九五〇年移居香港後，成立環球出版社，復辦《藍皮書》、《西點》及《女飛賊黃鶯》等在上海時已暢銷的書刊。根據環球其他刊物上的宣傳預告，推測首期《環球小說叢》約於一九五六年十月七日面世，稍後又創辦《文藝新潮》、《武俠世界》等刊物。一九五九

《環球小說叢》標誌

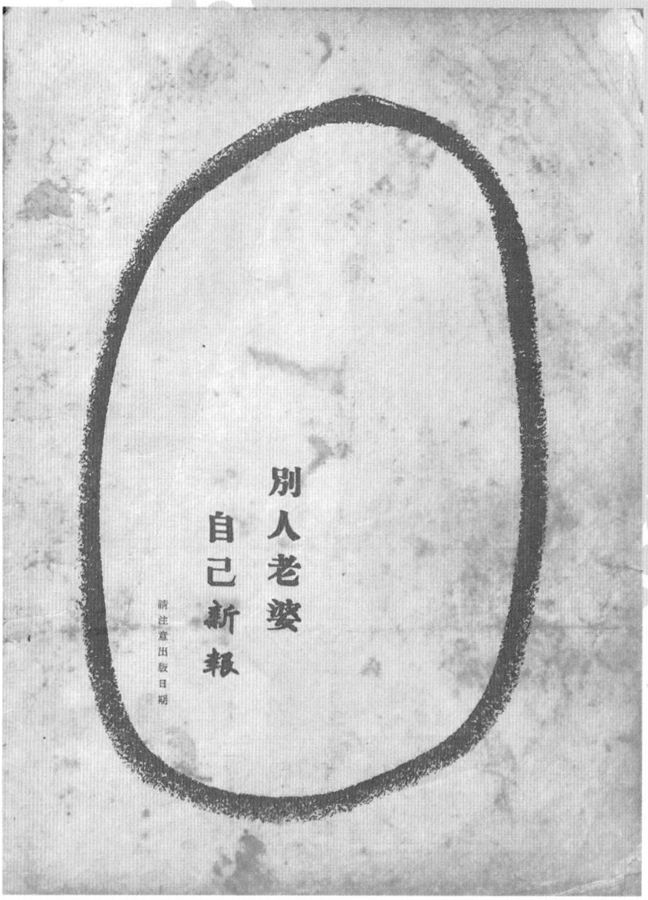

《環球小説叢》封底《新報》
出版廣告「別人老婆 自己新報」

年十月五日創辦《新報》，培養出不少名作家，如鄭慧、倪匡、馮嘉、馬雲、依達、岑凱倫等。

一九六一年，先後創辦港聯和仙鶴港聯電影公司，將台灣作家臥龍生、諸葛青雲、秦紅的作品搬上銀幕，攝製《仙鶴神針》、《六指琴魔》、《碧血金釵》等粵語片。業務趨向多元化，八十年代將屬下公司組成新系機構有限公司，一九八八年在港上市。一九九三年移居加拿大。二〇一二年在加拿大去世，享年八十九歲。

羅斌晚年在訪問中多次談及他的「一雞多吃」經營之道：即是一稿多用，先把小說分日稿刊於報紙，有些綜合多篇後，便刊於旗下的刊物，再結集出版成書，部份還攝製成電影。電影的成功反過來，又使小說更加暢銷。他的公司是以商業手法經營，沒有其他的資金支持。拍電影主要是為了興趣和促銷旗下書籍，公司收入也不是來自電影，而是賺取書價。

羅斌旗下的三毫子小說《環球小說叢》，相信大部份都是首發稿，因為這是旗下一個品牌，要給讀者新鮮感，之後或會把受歡迎作家的幾本三毫子小說結集成書出版。曾為環球旗下《武俠世界》撰寫小說的李世輝（筆名「馬雲」）於二〇一一年接受本計劃訪問指出，他的稿件是在《武俠世界》首發後便出單行本，部份拍成電視劇。羅斌說的一稿多用情況，多用於長篇小說，可先給報紙逐日刊登，結集幾篇，再刊於旗下雜誌，然後再結集更多出書。其實還有另一種一稿多用的現象：作品首發後，外地出版商即找人剪下來，寄去外地的報刊發表。有良心的，則會先經作者同意及付稿酬。（《環球小說叢》總目可參考本書附錄一〈「三毫子小說」經眼錄〉。）

三、海濱圖書出版社

簡稱海濱，英文名稱：Seashore Publishing。一九三四年在新加坡開設的世界書局，由當地華商周星衢創辦。一九四九年在香港拓展業務，先後成立世界出版社和海濱圖書出版社，後者主要出版各種流行小說、叢書及期刊，包括一九五七年推出的三毫子小說《海濱小說叢》和一九六〇年創刊的《婦女與家庭》月刊。《新藝小說叢》是海濱旗下另一系列作品名稱，為香港不少作家出版過單行本小說，每冊售價由一元二角至三元六角不等，不屬三毫子小說。

《海濱小說叢》首期作品是碧侶的〈夕陽芳草〉。至一九七三年，海濱的母公司成立金培企業有限公司，世界出版社與海濱成為此公司的品牌，出版各類與健康、美容、文娛及康樂相關的書籍，營運至今。海濱回覆本計劃查詢，表示沒有《海濱小說叢》相關的紀錄和資料。

《海濱小說叢》標誌

四、宇宙出版社／宇宙美術出版社／好小說圖書雜誌公司

《好小說》的出版方先後出現上述三家公司的名字。封底刊登的廣告，通常是俊人的小說，贈予讀者的禮物也是俊人的小說，但首期作品是歐陽天的〈情書劫〉。

一九六〇年代末曾任職宇宙出版社的鍾子陽（筆名「金千里」）於二〇二一年接受本計劃訪問，表示這三家公司都是俊人所主理，除出版《好小說》系列，還出版眾多俊人所寫的小說及其他類型書籍。

俊人原名陳子雋（一九一七—一九八九），寫政論的筆名是「萬人傑」。廣東番禺人，廣州出生，一九三〇年代開始在香港報界工作。

《好小說》標誌

一九四六年至一九八〇年代初，先後任職《工商日報》、《華僑日報》、《星島晚報》和《中文星報》，並以「俊人」為筆名，撰寫大量文藝言情小說。他在《小說報》發表的作品〈畸人艷婦〉，被邵氏公司改編成同名的國語電影，由岳楓導演及編劇，樂蒂、胡金銓主演，在一九六一年的亞洲影展中獲得「最佳編劇獎」。

俊人與友人在五十至七十年代合辦過俊人書店。一九六七年創辦《萬人雜誌》。一九七五年創辦《萬人日報》。一九八二年因中風而身體轉差，留家休養。兩年後移民美國，一九八九年十二月回港探親期間心臟病發逝世，享年七十二歲。

五、ABC小說叢出版社、鑽石小說叢出版社、奇情小說叢出版社、一角小說叢出版社

根據這些出版社的地址及傳家傑先生、李世輝先生、周恒女士提供的資料，上述四家出版社都是由崔巍及其弟崔範生所經營。首兩家出版社分別出版《ABC小說叢》（徐寧主編）和《鑽石小說叢》；奇情小說叢出版社出版《奇情小說叢》，每冊售兩毫，首期是陸琴的〈惡向胆邊生〉；一角小說叢出版社出版《一角小說叢》（陸琴主編），每冊售一毫。

《ABC小說叢》首刊是陸琴的〈賭窟之花〉，其封底經常刊登《紅黃藍》半月刊、《神秘》小說集、《奇情小說叢》及《一角小說叢》的廣告，並介紹《奇情小說叢》是其姊妹刊物，四種刊物皆以內容刺激緊張、神秘奇情為賣點。

曾與崔巍共事的李世輝（筆名「馬雲」）表示，「徐寧」是崔巍的筆名，「陸琴」是小說家碧侶的另一筆名，原名陸雁豪。

六十年代後期，李世輝以筆名「馬雲」撰寫新派武俠小說《鐵拐俠盜》系列成名。他憶述五十年代中，任職《麗的呼聲日報》記者期間，曾為崔巍的出版物撰寫過不少偵探奇情類小說。現時本中心收藏的《ABC小說叢》中，有一冊〈花蛺蝶〉，作者署名「世輝」，他確認是自己早期的作品，驚訝這本舊作竟會重現。他說：「當時還沒有專用筆名，老闆崔巍是改名專家，會為文章署上不同的筆名。卻不知道自己的真實名字竟曾被老闆用上！」李世輝指，那時初出道，只想賺多點錢養家及鍛煉文筆，一般交了稿便算，不大留意老闆如何處理，編成三毫子小說還是刊在雜誌上，他也不大清楚。

崔巍又名崔子材，年輕時曾在廣州任職警察。[4] 一九四〇年代在香港從事出版業和粵語電影製作。一九四六年任《中英晚報》社長，創辦中英影片公司，又專為大時代公司監製電影。一九五二年執導了自己公司出品的粵語片《大光燈》。[5] 他監製的一些粵語片，如《粉陣迷龍》、《彩鳳戲金龍》等，編劇名字都是「徐寧」，相信是他本人的作品。

一九五三年，他承包當年創刊的《麗的呼聲日報》主理，暫停了製片工作。一九五六年獲

《一角小說叢》陸琴〈奇女子〉封面及封底

《ABC 小說叢》標誌

邵氏公司聘為粵語片部宣傳主任，並負責訓練新人，提拔了日後走紅的粵語片女星林鳳。同年創辦《娛樂新聞》日報，之後陸續創辦了多種刊物，包括《星探》、《電影世界》、《紅黃藍》半月刊、《神秘》小說集、《銀色日報》等，用稿量甚多，崔巍兄弟也不時親自執筆，撰寫小說刊登。

林鳳於一九六一年離開邵氏後，崔巍擔任她的經理人，與她合作先後成立懋林、藝聯兩間公司，出品林鳳主演的電影，又開辦懋林電影戲劇藝術學校，由導演吳丹主持，培訓演藝人才。林鳳當紅時，崔巍旗下的《ABC 小說叢》和《鑽石小說叢》內頁及封底經常刊登林鳳的照片宣傳，並開設「玉女信箱」專欄，稱由林鳳親自回答讀者提問，以吸納影迷。六十年代初任職《娛樂新聞》編輯的傅家傑於二〇二一年接受本計劃訪問表示，其實專欄大都是雜誌社的編採人員代答，他本人也曾負責回答了幾期。

傅家傑指出，那時他當編輯的月薪約三百五十元，如想增加收入，可為崔巍旗下的刊物寫稿，寫一本三毫子小說或四毫子小說，稿費一般，約一百五十元，但因想多賺外快，也曾以筆名寫過幾期《鑽石小說叢》。

因崔巍跟電影圈人相熟，經常會從電影公司取得不少已開拍或被棄用的劇本回來，供編寫人員使用。已開拍的會改寫成電影小說刊登，為電影宣傳；被棄用的劇本，則可改寫成其他故事，用於旗下的不同刊物。

傅家傑記得當時公司內還有近十名插畫師，會為旗下刊物畫插畫，而《娛樂新聞》報更有一整版（後來增版）是刊登漫畫，這些漫畫之後會結集成書出版。八十年代在香港漫畫界叱咤一時的黃玉郎，中學時期也曾在崔巍旗下兼職畫插畫，經常拿着書包上來交畫稿。

崔巍在六十年代中還先後開設多家以「森記」為名的書店，由親人打理，主力銷售旗下的漫畫書，後來才轉手給別人經營。自林鳳一九六七年結婚息影，崔巍也逐步隱退，約於一九九七年後在香港去世。

傅家傑表示，不清楚崔巍出版過多少刊物。在五、六十年代，不少出版人會與印刷商及發行商合作，各出部份資金營運。那時香港的出版業

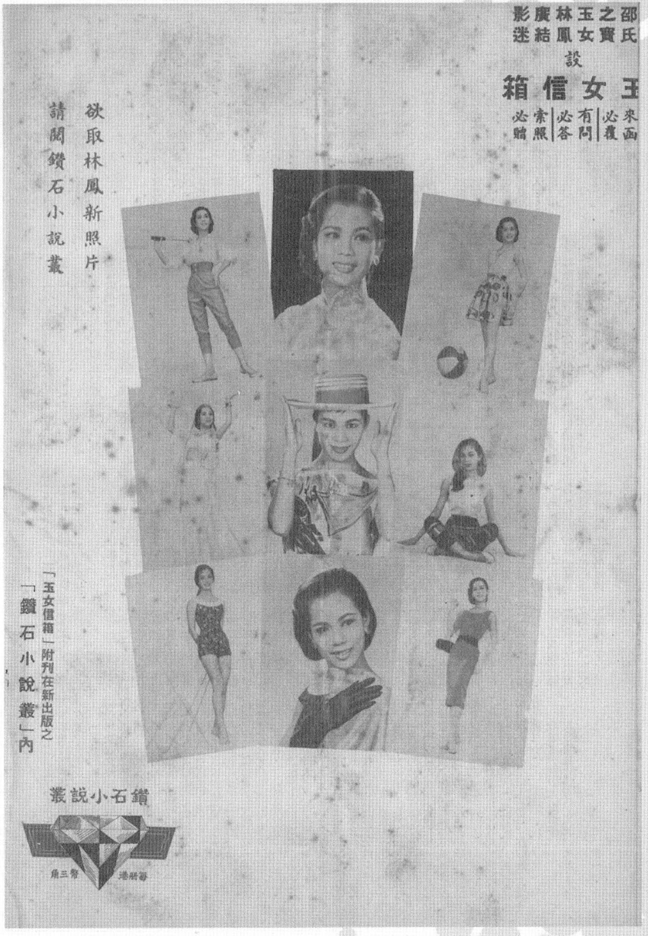

《鑽石小説叢》以贈送影星林鳳照片作廣告

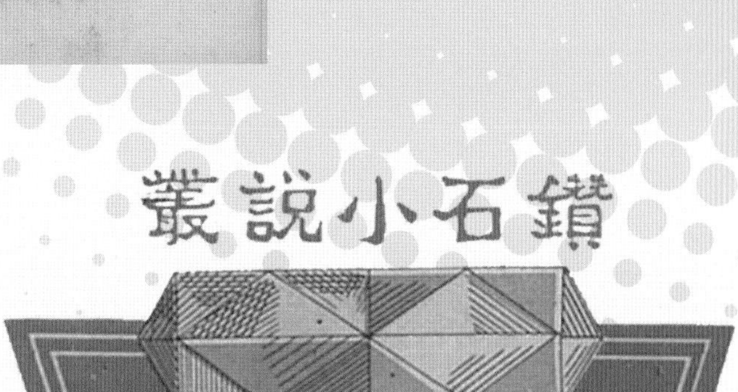

《鑽石小説叢》標誌

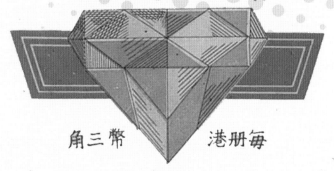

發達，報刊、書籍是人們的主要精神糧食，加上東南亞的華人讀者，市場很大。很多文化圈中人皆同時涉足報業、出版業和電影業，更早期幹得出色的有任護花，但他們大多作風低調，並早在七十年代淡出行業，所以「一雞多吃」的經營模式便不為現今一輩所認識。

六、文風印刷出版公司

《文風小說叢》首期作品是白雲悠的〈尋你到天涯〉。從本中心現藏的五本《文風小說叢》中發現，有以下特色：

(1) 內頁刊出該期作者的簡介；

(2) 其中一期有徵稿簡則，註明稿酬，每千字十五至二十元；

(3) 徵稿簡則亦註明：歡迎純正文藝創作，以對社會有轉移、改造作用，對人性有啟導、激勵力量之內容為合；凡涉及荒誕、淫邪、空洞與不成熟之作，概不錄用。

《文風小說叢》標誌

《文風小說叢》其中一期的封底，刊出此出版社承印的刊物，包括一九五八年十月創辦的《金鎖匙》雜誌，專門刊登武俠小說和偵探小說，以刺激緊張、恐怖打鬥為賣點；另有兩毫書店於一九五六年八月至十月間出版的「兩毫叢書」，當中有齊桓、黃思村、盧隱等名小說家的作品，但這種廉價小書的封面是用簡樸的單色加書名印製，與典型的三毫子小說不同。

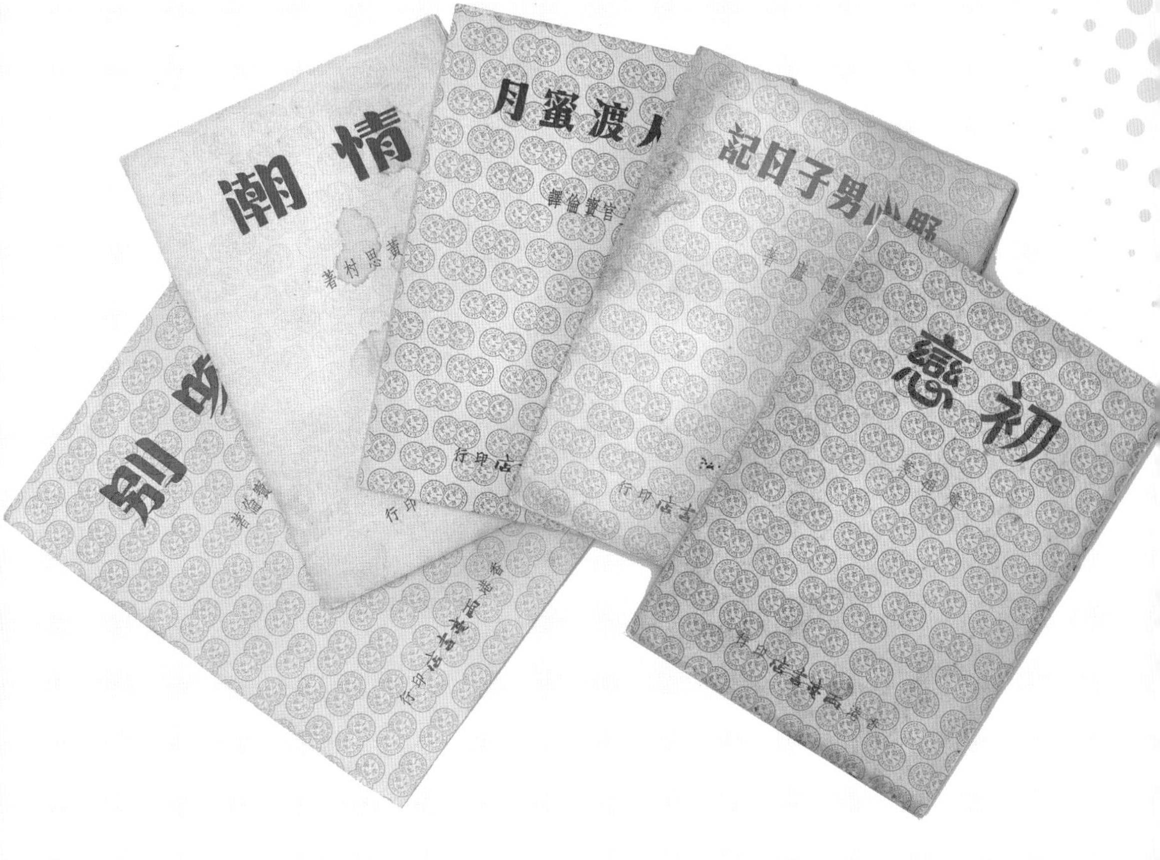

兩毫書店所出的兩毫子小說
均由文風印刷承印

七、時代出版社／時代小說叢出版社

兩家出版社均曾出版《時代小說叢》，前者的地址在澳門荷蘭園七號，後者沒有地址。作者及繪圖者名字均不可考。本中心現藏的四本中，只有時代小說叢出版社出版丁平的《恐怖咖啡園》有二十頁，其餘三本只有十八頁。編者向藏書家許定銘查詢，《恐怖咖啡園》的作者丁平，應不是他的老師丁平（詩人、學者），從沒聽聞其師寫過這類作品。此小說的出版預告上，用上「一本名著小說，一份報紙價錢」的宣傳語。

《時代小說叢》封底有長興書局廣告，可能跟此書局有關。長興書局老闆姓區，據悉後來移民澳洲。

八、鴛鴦小說叢

沒有標明出版社，只有總代理及承印者的地址、電話。作者和繪圖者的名字皆不可考。每本有兩篇不同署名和內容的短篇小說。首期是康莊的〈騙情記〉和張遠帆的〈引鳳屠龍〉。

（現時所知上述各社出版目錄，以及中國文學文化研究中心收藏，可參考本書附錄一〈「三毫子小說」經眼錄〉。）

註釋

① 黎劍虹：《梁寒操與我》（台灣：黎明文化出版社，一九八〇年）。

② 劉以鬯：《暢談香港文學》（香港：獲益出版事業有限公司，二〇〇二年）。

③ 環球圖書雜誌社主要參考自郭靜寧：《香港影人口述歷史叢書之五：摩登色彩——邁進一九六〇年代》（香港：香港電影資料館，二〇〇八年）；以及陳國燊：《一筆橫跨五十年——話羅斌》（加拿大卑詩省列治文：9297 Enterprise Inc.，二〇〇六年）。

④ 崔巍的姨甥女周恒（筆名「張宇」）於二〇二一年接受本計劃訪問的內容。

⑤ 蒲鋒、許建章：《香港電影導演大全》（香港：香港電影導演會有限公司，二〇一八年）。

「三毫子小說」的作家簡介（按姓名筆劃序）

潘惠蓮　李卓賢

上官寶倫（一九二一—二〇一二）

原名遲寶倫，祖籍山東，在東北出生。一九四九年來港後投身報界，曾任《工商晚報》總編輯，並以筆名「上官寶倫」發表言情小說。七十年代轉至國泰電影公司任宣傳經理。重返報界後，在星島報業專責旅遊版及開拓旅遊業務，轉型為旅遊作家。

上官牧（一九二一—一九五九）

本名余陽申，另有筆名「石沖」。四十年代在上海主編環球圖書雜誌出版社的多種雜誌，已是頗有名氣的年輕作家。一九四九年移居香港，曾任大公書局主編，及為電影公司編劇。以筆名「上官牧」撰寫小說等文學作品，另以筆名「石沖」撰寫武俠小說。一九五九年在香港病逝。

公孫嬿（一九二三—二〇〇七）

本名查顯琳，安徽懷寧人，一九四三年北平輔仁大學社會經濟系畢業，在學期間開始文學創作，以小說和散文見稱。後考入成都中央陸軍軍官學校炮科。一九四九年隨軍到台灣，駐守金門。一九六一年任駐菲律賓陸軍武官，公餘時間修讀文學碩士。之後十多年長駐外國任軍事武官。一九七九年任台灣國防部情報學校校長（少將軍銜）。一九八二年從軍中退役，從事商業貿易。一九八九年移居美國。

方舟

本名許立青，香港業餘寫作人。七八十年代有同名人士任職霍士電影宣傳主任，為資深西片（外語片）發行業者，是否為同一人，存疑。

方龍驤（一九二八—二〇〇七）

原名方棠華，祖籍浙江鎮海，生於上海。五十年代初來港，以「龍驤」、「盧森葆」（後改為「盧森堡」）、「丁辛」、「常舞天」等筆名發表小說，大多數為奇情偵探小說，亦有文藝愛情小說。其中在《南華晚報》副刊連載的盧森葆《貓頭鷹鄧雷故事》甚受歡迎。他先後在《新生晚報》、環球圖書雜誌出版社及《天天日報》任編輯，亦曾為電影編劇及導演。晚年熱愛鑑賞與收藏古董。

王植波（一九二五—一九六四）

又名王樹，字砥中。上海人。上海聖約翰大學文學士和東吳大學法學士。一九四九年後定居香港，成為電影界著名的製片、編劇及管理人員。曾任香港電懋公司製片部主任。編、導、演、作詞、書、畫俱佳。一九六四年六月在台灣參加第十一屆亞洲影展期間，因飛機失事喪生。

王敬羲（一九三三—二〇〇八）

原名王載福，江蘇青浦人，天津出生，筆名「齊以正」。一九四八年到香港讀中學，當時已寫作投稿。畢業於台灣師範大學外文系，赴笈美國愛荷華大學，獲文學碩士。一九六七年回港後投身文化事業，開辦文藝書屋和正文出版社。還創辦《純文學》、《南北極》、《財富》等月刊，自任主編。對促進台港兩地的文學交流和發展有不少貢獻。晚年移居加拿大溫哥華。有小說《選手》、《奔潮山莊》等；短篇小說集《聖誕禮物》、《青蛙的樂隊》、《康同的歸來》等，後於九十年代重訂舊作，編成《囚犯與蒼蠅》一書。

史　得（一九一八—一九八一）

本名高德雄（或高德熊），筆名有「三蘇」、「經紀拉」、「石狗公」、「小生姓高」、「旦仃」、「周弓」、「許德」、「吳起」、「凌侶」、「區品器」、「禹伯」等。生於廣州，祖籍浙江紹興。曾在廣州入讀國立中山大學，主修政治經濟，未畢業。一九四四年來香港，經營生意失利，遂投身報界，是寫作的多面手，題材廣泛，產量甚多。早期在《新生晚報》撰寫「怪論」，及以筆名「經紀拉」用三及第文體寫《經紀日記》，大受歡迎。曾替廣播劇《十八樓C座》編劇。出版成書的作品有《天堂遊記》、《報復》、《香港二十年目睹怪現狀》等。

司空明（一九二一——一九九七）

本名周為，又名周鼎，別字紀英，另有筆名「謝無咎」。廣東人，少年時期已投稿報章文藝版。戰後一直任職《星島日報》，職至總編輯，一九九〇年退休。曾主編「星座」副刊，也在《星島日報》、《明燈日報》等連載小說，出版成書的有《頭條新聞》、《梅香劫》、《殘月驚魂》、《江湖客》等，另有散文集《臨窗絮語》。七十年代任副總編輯期間已擱筆，不再寫小說。

司徒明（一九一八——二〇〇六）

原名馮元祥，還有筆名「馮鳳三」、「馮蘅」、「司明」、「胥黎」等。祖籍寧波市慈谿縣。上海出生並接受大學教育。四十年代已在上海用筆名「馮蘅」發表小說，及撰寫關於戲曲、電影、音樂、舞場的文章。一九五〇年來港，以筆耕為生，作品主要見於《新生晚報》、《成報》、《晶報》、《東方日報》等報刊，還以筆名「司徒明」為唱片公司與電影界撰寫國語歌詞與劇本，包括名曲《今宵多珍重》（國語版，崔萍原唱）。一九九〇年代開始淡出文壇。

甘豐穗（一九一九——二〇〇五）

本名甘兆光，筆名有「祝水平」、「俞集」、「沙波野」、「貝莎」等。廣東新會人。戰前在香港的中國新聞學院畢業。四十年代在廣州報界任職記者、編輯。一九四九年定居香港，曾當教員，做過小生意，後投身出版業及寫作。先後任職世界出版社、中聯影業公司、香港電台、《華僑日報》、《華僑晚報》等。

西門穆

又名梁穆叔，筆名有「金狐」、「柯連達」。廣東人。香港戰後知名的偵探小說家，亦擅寫冶艷奇情短篇及中篇言情小說。環球圖書雜誌出版社的主力作家。其中以筆名「西門穆」撰寫的《俠盜羅森風流奇案》系列，最為讀者熟悉。七十年代創辦武術雜誌《新武俠》，兼任主編。

呂嘉謨（一九三一——一九六〇）

江蘇吳縣人，曾就讀上海復旦大學文學系，未畢業。五十代年初在上海參與話劇活動，熱愛寫作。約一九五七年到香港，在環球圖書雜誌出版社旗下刊物發表小說。一九六〇年十一月，懷疑涉及一宗命案後自殺身亡，時年二十九歲。

岑　樓

廣東人，環球圖書雜誌出版社的主力作家。

李維陵（一九二〇——二〇〇九）

原名李國梁，字維陵，筆名有「言再啟」、「衛林」。原籍廣東增城，澳門出生，自幼習畫。一九三五年往香港升學，一九四五年在重慶中央政治學校畢業。一九四八年回到香港從事寫作、繪畫及美術教育工作，是《文藝新潮》的主要撰稿人。除了小說，他還寫詩、論文和雜文，作品曾刊於《熱風》、《海瀾》、《現代詩》、《大拇指》、《素葉文學》、《星島晚報》、《快報》等，亦出版小說《獵及其他》、《荊棘集》及散文集《隔閡集》。一九五九年至一九七七年任教於葛量洪教育學院。一九八二年移居加拿大。

杜　寧（一九三〇——）

本名吳仰宇，江蘇嘉定人。一九四九年定居香港，做過多種行業，自學進修寫作。一九五六年首次在報章發表長篇小說。獲環球圖書雜誌出版社重用，他撰寫的三毫子小說〈女兒心〉，被電懋公司改編成國語片《玉女私情》（一九五九），女主角尤敏憑此片獲第六屆亞洲電影節「最佳女主角」。杜寧也因此成名，之後不時有小說被改編成電影，他亦擔任電影編劇。一九七〇年代初還執導了《歡天喜地》等三部國語片。

依　達（一九四三？——）

本名葉敏爾，另有筆名「韋韋」、「梵爾」。原籍上海，一九五三年移居香港。中學年代開始寫作，十六歲在《環球小說叢》發表第一篇小說〈小情人〉（據《環球小說叢》一九五九年六月二十九日刊），逐漸走紅。中學畢業後專職寫作，是六十至七十年代甚受年輕讀者歡迎的流行小說作家，不少作品被改編成電影和廣播劇。另以筆名「韋韋」發表艷情小說。後期作品更涉及雜文、隨筆、食經、遊記、影評等多方面。二〇〇二年移居珠海。

孟白蘭（一九三三？——）

本名馬博良，筆名有「馬朗」、「孟朗」、「卜量」、「聞倫」、「聞龍」等。廣東中山人，澳門出生。四十年代後期畢業於上海聖約翰大學，當時已活躍於文藝界。一九五〇年到香港，參與電影《翠翠》及《苦兒流浪記》的編劇工作、主編《電影世界》月刊，及任《西點》等刊物的顧問。一九五六年創辦《文藝新潮》雜誌。一九六三年移居美國，進入喬治城大學深造，後任職美國外交部。一九八〇年代曾擔任駐港經濟領事多年。回美後為多份美國雜誌的中文版撰寫飲食及文娛專欄。詩集《焚琴的浪子》在一九八二年由素葉出版社出版。另有小說集《第一理想樹》。

孟　君（一九二四？——一九九六）

本名馮畹華。另有筆名「浮生女士」、「屏斯」。八歲開始寫作。一九四六年在廣州的《環球報》任職記者，並開設《浮生女士信箱》專欄，解答讀者來信。一九四九年移居香港。翌年創辦《天底下》週刊，以筆名「孟君」在報刊撰寫專欄及小說。七十年代《珮詩》（一九七二）等多部國語電影，均改編自她的小說。後在無綫電視主持婦女節目，亦曾演出自己編劇的電影。

易　文（一九二〇——一九七八）

本名楊彥岐，祖籍江蘇。十六歲開始寫作。上海聖約翰大學文學系畢業。四十年代曾在重慶和上海任報章編輯。筆名有「辛梵」、「諸葛郎」、「晏文都」、「司馬青衫」等。一九四八年來港，起初擔任報章編輯，後投身電影工作。以筆名「易文」從事寫作、翻譯、編劇和導演。編寫劇本六十多個，執導電影四十多部。一九七

○年轉任邵氏兄弟公司宣傳經理。他也是著名的國語時代曲作詞人，一九六七年以後，是百代唱片公司的合約詞人。

易君左（一八九九—一九七二）

本名易家鉞，字君左，筆名「右君」、「二郎神」、「康甸文」、「花蹊」、「空谷山人」等，湖南漢壽人。一九二三年獲早稻田大學政治經濟學碩士，回國後曾在大學、出版社、報界及軍政界工作。抗戰勝利後，到上海任《和平日報》副社長兼副主編。一九四九年來港，先後任教珠海書院、浸會書院等專上院校，及任《星島日報》副刊主編等職，筆耕不輟，著作甚豐。一九六七年秋到台灣定居，出任政工幹校教授兼台灣銀行監察人。出版包括散文集《祖國江山戀》、《君左散文選》、《偉大的青海盡頭》、《祖國山河（君左遊記選）》、《香港心影》等。另有詩集《君左詩選》、《南來香港八年詩》。

易　金（一九一三—一九九二）

本名陳錫禎，浙江寧波人。筆名有「祝子」、「圓慧」。一九三○年代在江西從事新聞工作。一九四九年來港，曾任職《上海日報》、《香港時報》、《快報》的編輯，退休前是《香港時報》總編輯。

林適存（一九一四—一九九七）

湖南湘鄉人。筆名「南郭」。一九三○年南京中央軍校畢業，歷任軍職。後轉入新聞界。一九五○年赴香港，在報刊撰寫小說和雜文。一九五四年赴台灣定居，主編《中華日報》副刊。一九五五年，以長篇小說《第一戀曲》獲中華文藝獎，一九五九年再以長篇小說《巧婦》獲教育部學術文藝獎。

俊　人（一九一七—一九八九）

本名陳子雋，另有以筆名「萬人傑」撰寫政論。廣東番禺人，一九三○年代中學畢業後投身報界及開始寫作。戰後在香港以筆名「俊人」撰寫言情和偵探小說，出版逾二百三十種書，不少作品更被改編為電影，其中《畸人艷婦》（岳楓導演）與《永恆的愛》（丁善璽導演）更分別獲得一九六一年亞洲影展「最佳編劇獎」以及一九七八年亞洲影展「最佳劇情影片獎」。先後在《工商日報》、《華僑日報》、《星島晚報》等任職編輯。一九六七年十一月創辦政論月刊《萬人雜誌》，一九七五年七月七日創辦《萬人日報》。一九八二年因病退休，兩年後移民美國。一九八九年十二月回港探親期間去世。

南宮搏（一九二四—一九八三）

浙江省餘姚人，本名馬彬，字漢嶽。另有筆名「史劍」、「許劍」、「馬兵」、「碧光」、「齊簡」等。浙江大學畢業。曾任《掃蕩報》編輯、重慶《和平日報》編輯主任、上海《和平時報》總編輯。一九四九年後來香港，開始寫作，擅寫歷史小說，並創辦南天出版社。後赴台灣從事新聞工作，主持《徵信新聞報》，曾任《中國時報》社長兼評論撰述委員。部份作品有英文、法文、西班牙文和日文譯本。有作品六十多種，如《武則天》、《太平天國》等，《洛神》一書在一九七二年譯成日文，在日本《文藝春秋》連載，得「現代中國歷史小說的第一人」美稱。

夏　易（一九二二—一九九九）

本名陳絢文。廣東新會人，生於香港。一九四二年赴昆明入讀西南聯大，一九四五年畢業於清華大學社會系，一九四八年回香港任中學教師，教學之餘投身寫作。一九五四年以筆名「夏易」在《新晚報》發表長篇連載小說《香港小姐日記》，大受歡迎。翌年分上、下冊出版，成為當年暢銷書。筆名還有「林未雪」、「言茜子」、「葉問」、「章如意」等。一九七八年秋曾赴美國愛荷華參加「國際寫作計劃」。

夏商周（一九一一—一九九一）

本名李連萃，又名李輝英，滿族，吉林人。畢業於上海的中國公學大學部中文系。一九三〇年代後期在文壇崛起，曾發表多篇以抗日戰爭為題材的長篇小說。筆名有「李冬禮」、「梁晉」、「葉知秋」、「東籬」、「林莽」、「林山」、「西村」、「南烽」、「北陵」等。抗日勝利後，曾任長春大學、東北大學（今東北師範大學）教授。一九五〇年定居香港，以寫作為生，後於一九六一年創辦中南出版社。六十年代任教於香港大學東方語言學院、香港中文大學聯合書院中文系。

徐　寧

本名崔巍，又名崔子材。一九四〇年代在香港從事出版業和粵語電影製作。一九四六年任《中英晚報》社長，創辦中英影片公司。一九五二年執導自己公司出品的粵語片《大光燈》。一九五三年承包當年創刊的《麗的呼聲日報》主理。一九五六年任邵氏公司粵語片部宣傳主任。同年創辦《娛樂新聞》日報，陸續出版多種娛樂消閒刊物，並以筆名「徐寧」撰寫流行小說。一九六一年任影星林鳳的經理人，並與她合辦電影公司。約於一九九七年後在香港去世。

馬　雲（一九三七—）

本名李世輝，曾用筆名「世輝」。原籍廣東廉江。一九四八年，曾在廣州實用會計學校學習簿記。一九五〇年代初移居香港。因向《麗的呼聲日報》副刊投稿，獲主編起用，在該報全職撰寫短篇小說，及後長駐麗的呼聲電台採訪，自此專職寫作，除小說外，亦撰寫廣播劇。六十年代後期，以筆名「馬雲」撰寫的新派俠義小說《鐵拐俠盜》系列，風行一時，曾改編成電視劇。七十至八十年代為多家報章雜誌撰寫專欄及鬼故，並投資發展出版事業。

張漱菡（一九二九—二〇〇〇）

本名張欣禾，另有筆名「寒柯」。生於北平，祖籍安徽桐城。四十年代後期就讀上海震旦大學文理學院，因父親驟逝，內戰逼近，一九四九年隨母到台灣，投身寫作。一九五二年在雜誌上發表長篇連載愛情小說《意難忘》，大受歡迎。是台灣五、六十年代知名女作家，好些小說作品被改編成電視劇。

張續良

筆名「章亮」，曾在上海的大學讀醫科。戰後在香港報界任編採工作，初期主要負責法庭新聞和國際新聞。一九六〇年已用真名在報刊撰寫小說，作品有「半譯半寫」的《蘇茜黃的世界》、《人海奇葩》、《追兇記》等。七十年代出任《明報》總編輯，幾年後轉職《快報》。

望雲（一九一〇——一九五九）

本名張文炳，香港出生，畢業於聖若瑟書院。二十年代以筆名「張吻冰」投身新文學寫作，加入香港第一個新文學團體「島上社」，並主編團體同人的雜誌《鐵馬》和《島上》。一九三七年及一九三八年曾執導兩部電影。一九四〇年，以筆名「望雲」，在報章發表連載小說《黑俠》，大受歡迎，後被改編成電影。香港淪陷期間移居內地，戰後回港，繼續從事電影的編劇和導演工作，並曾任職娛樂戲院宣傳部。小說作品曾刊於《星島日報》、《香港時報》、《文藝世紀》等。另有散文集《星下談》。

梁楓（一九二五——二〇一七）

本名梁慧珠。廣東中山人，另有筆名「端木紅」。五十年代初來港定居，先後任職《香港商報》和《華僑日報》。最初當體育記者，後任體育版、港聞版、娛樂及副刊編輯。同時為多份報刊撰寫專欄和小說，除文藝小說，還撰寫武俠小說《丹心奇俠》和《劍膽遊俠》，是六、七十年代香港唯一撰寫長篇武俠小說的女作家。九十年代移民加拿大。

喬又陵

本名董炎，曾擔任南京《中國時報》編輯。資料選自王梅香：〈隱蔽權力：美援文藝體制下的台港文學（一九五〇——一九六二）〉。

彭歌（一九二六——）

本名姚朋，字尚友。生於天津，籍貫河北宛平。一九四九年在南京的國立政治大學新聞學系畢業。不久轉到台灣，繼續新聞工作及寫作。一九六〇年留學美國，取得新聞學碩士及圖書館學碩士。一九六四年，升任《台灣新生報》副社長兼總編輯。一九七二年，任《中央日報》總主筆。一九八一年，升任《中央日報》社長兼發行人。八十年代後期被安排擔任《香港時報》董事長，在此退休。九十年代初移居美國。

舒巷城（一九二一——一九九九）

原名王深泉，祖籍廣東惠陽。香港出生，於西灣河一帶長大，畢業於華仁書院。二戰時逃難至內地，在昆明美軍總部、南京工程處等擔任翻譯。一九四九年回港，先後任職商行、建築公司、教育機構等，業餘投身寫作，發表大量小說、散文和新詩。曾與友人出版《三人集》詩集（已佚），另有詩集《我的抒情詩》、《回聲集》、《都市詩鈔》等，又有小說《山上山下》、《霧香港》、《太陽下山了》等。一九七七年應美國愛荷華大學國際作家寫作計劃赴美。筆名有「秦西寧」、「邱江海」、「舒文朗」、「王思暢」、「陸思魚」、「石流金」、「尤加多」、「方維」、「秦可」、「秦城洛」、「秦楚深」、「香港仔」、「方永」等。

黃思騁（一九一九——一九八四）

祖籍浙江諸暨，筆名「黃思村」。上海復旦大學經濟系畢業，後在上海銀行界工作。一九五〇年來港，從事寫作和編輯工作，先後任職人人出版社、亞洲出版社及自由出版社。一九五二年許冠三等創辦《人人文學》，黃思騁任主編。一九六〇年赴馬來亞主編《蕉風》月刊，及任職中學教師，一九六三年回港。也曾為台灣《中國時報》發表文學評論。約於一九七二年到香港樹仁書院任教現代文學，至一九八三年因病退休。

楊天成（一九一九——一九六九）

本名楊世英，另有筆名「羅亭」、「陳洪」、「青阿哥」等。祖籍江蘇，漢口大學畢業，曾任《武漢日報》採訪主任。一九四九年來港，在《小姐日報》任記者，以筆名「青阿哥」撰寫舞場軼聞，並為環球圖書雜誌出版社和其他報章撰寫通俗小說與專欄。其中有情色內容的《二世祖手記》專欄最為人熟悉，六十年代結集成一套三十冊的單行本出售。《難兄難弟》、《一后三王》等多本小說作品被改編成電影。

董千里（一九二三——二〇〇六）

筆名「項莊」。祖籍浙江，在上海讀大學及進修新聞專科，後在當地的《申報》任編採工作。一九五〇年到香港，繼續在報界工作，並撰寫歷史小說如《成吉思汗》、《董小宛》等。曾在電懋影業公司負責編劇和宣傳工作。六十年代以筆名「項莊」在《明報》撰寫政論專欄，深受讀者歡迎。晚年移居加拿大。雜文結集出版有《讀史隨筆》、《人間閒話》、《舞劍談》、《項莊雜文》、《有情有理》等。

路易士

本名李雨生，另有筆名「白丁」。五十年代初，在香港開始以寫作為業，主要是連載小說，也有文藝隨筆及文學作品翻譯。曾參與《幽默》、《文藝新地》、《論語》等刊物的編務。一九六四年主編《水星》月刊。其後赴倫敦，進入英國廣播公司（BBC）工作。離開英國廣播公司後，在倫敦開設印刷所。五十年代在香港發表的散文、小說見於《新生晚報》、《自由陣線》、《人生》、《人人文學》、《西點》、《新青年》、《熱風》、《論語》等報刊。

碧侶（一九一六—一九九二）

本名陸兆熙，抗日戰爭期間改名為陸雁豪。廣州出生。一九四〇年來港入讀中國新聞學院。在學期間已開始在報社兼職記者及寫作。戰後回廣州任《環球報》副刊編輯，逐漸成為受歡迎的通俗言情小說家。一九四九年後在香港擔任雜誌編輯，以筆名「碧侶」及「陸琴」繼續撰寫通俗小說。

齊桓（一九三〇—二〇一八）

本名孫述憲，廣東中山人。廣州出生，少時已開始寫作。抗戰勝利後，先後入讀天津南開大學及廣州嶺南大學。一九五〇年來港定居，參與創辦《人人文學》，及為《文藝新潮》、《祖國》、《海瀾》等多份刊物撰稿。筆名有「宣子」、「夏侯無忌」、「維摩」等。曾任職麗的映聲、美聯社、《紐約時報》、世界中文報業協會及香港工業總會。八、九十年代在香港多份報章、雜誌撰寫時評和文化專欄。二〇〇五年移居美國。有論文集《談當前文藝》、詩集《夜曲》、小說集《溝渠》和《群像》等。

劉以鬯（一九一八—二〇一八）

本名劉同繹，字昌年。上海出生，祖籍浙江鎮海。上海聖約翰大學畢業，二戰時在重慶任職編輯和翻譯。和平後在上海創立懷正文化社，從事出版和寫作。一九四九年移居香港，繼續發表文學作品，先後出任多份報章的副刊編輯，如《香港時報．淺水灣》、《星島週報》。一九五三年至一九五七年間到馬來亞投身新聞工作。一九八五年一月在香港創辦《香港文學》月刊，擔任總編輯至二〇〇〇年六月。二〇〇一年至二〇一五年間，兩度獲香港特區政府授勳嘉許，表揚他對香港文學的貢獻。出版作品包括小說集《酒徒》、《對倒》、《寺內》、《天堂與地獄》、《打錯了》、《多雲有雨》等；散文和雜文合集《不是詩的詩》、《他的夢和他的夢》；文學評論集《端木蕻良論》、《看樹看林》、《暢談香港文學》等。

歐陽天（一九一八—一九九五）

原名鄺蔭泉，廣東三水人。廣州法政專門學校畢業。抗日期間在桂林《掃蕩報》主編電訊。和平後來港，入星島報系工作。任《星島晚報》、《星島週報》編輯。一九六三年《快報》創刊，任總編輯。除編報外，還在報章發表小說，其中在《星島晚報》連載的《人海孤鴻》小說曾被改編成電影（李小龍參演），甚受歡迎。他亦曾投資開拍及監製電影。

潘柳黛（一九二〇—二〇〇一）

滿族人，北平出生。十六歲已撰寫小說投稿報章。一九三八年畢業於河北省高級女子師範學校，曾當教師。一九四〇年代先後在南京、日本、上海任記者、編輯，筆耕不輟，成為上海著名的女作家。另有筆名「南宮夫人」。一九四九年到香港，為報刊及電影雜誌撰稿和寫小說，也參與電影的編劇、演出、宣傳及為國語時代曲填詞。一九七二年任嘉禾公司旗下刊物《嘉禾電影》的副總編輯。一九八八年移民澳洲。

潘　壘（一九二六—二〇一七）

本名潘承德，又名潘磊。生於越南海防，後移居昆明。一九四三年參軍抗日。戰後入讀江蘇醫學院，開始創作新詩、散文及短篇小說，取筆名「潘壘」。一九四九年移居台灣，創辦純文藝月刊《寶島文藝》，身兼主編及撰稿人，是五十年代台灣文壇的多產作家。一九五〇年代中期投身電影界任編劇和導演。一九六三年至一九七五年間，三度加盟香港邵氏公司任導演，多次改編自己的小說拍成電影。一九七一年在台灣自組公司攝製電影。八十年代淡出影壇。

鄭慧（一九二四—一九九三）

原名鄭慧嫻，廣東中山人，在上海出生及成長。一九四〇年代後期，在上海投稿《西點》雜誌而步入文壇。一九五〇年代初移居香港，繼續投稿寫作，很快成為受歡迎的流行小說作家。《四千金》、《紫薇園的秋天》等多本小說改編成電影，風行一時。到一九六〇年代開始減產，一九七〇年代絕跡文壇。

羅馬（一九三八—）

本名羅秋湖。廣東興寧人。五十年代中期在香港考入資深電影人王元龍開辦的中國電影學校，一九五七年加入邵氏公司任演員。六十年代初為電台及電影撰寫劇本，及以筆名「羅馬」撰寫流行小說，部份作品改編成電影。一九六七年起任粵語片導演。粵語片式微後執導國語片。一九七九年自組羅馬影片公司，拍攝了獲亞洲影展「最具藝術性影片大獎」的《今生今世》（一九七七）等多部電影。一九八二年告別影壇。

羅繆（一九二六—二〇〇一）

本名楊際光，另有撰寫新詩的筆名「貝娜苔」。江蘇無錫人，上海聖約翰大學畢業。一九五〇年代初到香港，先後擔任《幽默》（徐訏主編）和《文藝新地》（李輝英、林適存等主編）的編輯，並於《香港時報》、《文藝新地》、《海瀾》等刊物發表大量詩作與譯作。一九五九年移居馬來亞，先後在《虎報》、馬來亞廣播電台與《新明日報》任職。一九七四年移居美國，二〇〇一年十二月在美國病逝。

羅蘭

本名疑為謝玉成，據《環球小說叢》第一〇三期預告《四季愛情》作者為謝玉成，其後該書第一〇四期出版，署名羅蘭。（感謝黃冠翔博士提供）

「三毫子小說」的主要插畫家簡介

潘惠蓮

區晴（?—二〇一四）

筆名「丁岡」、「白尼」、「區亦奇」，廣東南海人。父親區樵曾任國民政府外交特派員公署駐港辦事處秘書。雖有家學淵源，但區氏作畫屬無師自學，沒有受過正規的美術訓練，「是多畫，多創作所得成果」。一九四〇年代初開始繪畫，曾任職記者，一九五六年先後為《星島日報》、《新生晚報》、《華僑日報》、《新報》、《東方日報》等報社提供插畫。虹霓出版社和環球圖書雜誌出版社的流行小說封面及插圖，大部份出自區氏手筆。

活躍於一九五〇至一九八〇年代，曾經辦報及經營廣告公司，後來加入卡通片製作公司，營辦的美國人因為虧損而放棄經營，區氏接手以此為專業，製作動畫廣告，及為影視作品提供動畫特效。另外亦參與電影製作，與導演李翰祥合作過多部電影，擔任美術策劃，例如《江山美人》的服裝設計、《騙術奇譚》字幕上的漫畫人物、《大軍閥》的片頭造型等。一九七〇年曾自資攝製舞台紀錄片《張帝找阿珠》。

一九九〇年代移居加拿大溫哥華，二〇一四年六月五日辭世，享年九十一歲。

區晴繪畫的三毫子小說封面

仔威
我要貯埋聖誕新年嘅礼物，一齊打開佢。
真係可以開个玩具展覽会嚹！
家姐！幫我開禮物包。
真係好多嚹威仔！
幫手拆開佢啦。
原來鴨細芙翅大
原來呢个係包裝世界！點開展覽会嚹。
咦！乜盒裡面又係盒嚹……

區晴作品《威仔》

董培新為《環球文庫》四毫子小說所作的插圖

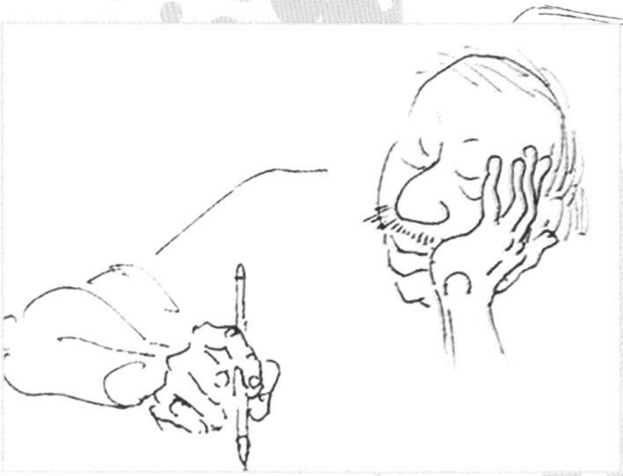

董培新自畫像（引用自董培新臉書）

董培新（一九四二—）

早期作品署名「培新」，一九七〇至一九八〇年代用過筆名「周時威」、「周新」、「馮人敬」等。生於廣西梧州，在廣州長大，自幼喜歡繪畫。十五歲移居香港，同年隨嶺南派高奇峰弟子蔡大可當學徒，翌年始以繪畫插圖為職業。一九五九年入職環球圖書雜誌出版社，早期插畫多於《武俠世界》發表。一九六〇年代曾為仙鶴港聯影業公司多部粵語電影擔任美術指導，及設計宣傳海報。一九七〇年代初開始漫畫創作。

一九八九年董氏移民加拿大溫哥華，一九九一年拜嶺南派楊善深為師，研習中國畫。二〇〇二年至二〇一九年間，先後在溫哥華、香港、廣州、澳門、台北、上海等地舉辦畫展。

章逸餤（一九三一—二〇一六）

又名章建國。祖籍浙江紹興，十五歲投身社會工作。

一九五〇年代在香港以「章逸餤」之名，為多份報刊繪畫插圖。海濱圖書公司、ABC小說叢出版社的流行小說封面和插圖，大部份是他的作品。畫作下方有時會署上他的英文名字：Yat Yim Cheung 或 Smith Cheung。

一九六二年創立章氏電影美術廣告公司，製作動畫廣告，並在澳洲設分公司。亦參與多部粵語片的動畫特技製作，及提供美術設計，包括一九六四年的《如來神掌下集大結局》。一九六六年曾監製及導演粵語片《太平山八仙奇遇》。

一九八〇年代初舉家移居加拿大多倫多，改名章建國。

一九八四年創辦有線廣播的加拿大中文電視。二〇一六年六月十八日在多倫多去世，享年八十五歲。女兒章小蕙（曾用藝名「章蓉舫」）參與過電影演出。章氏在六十年代曾以「章蓉舫」為筆名。

章逸餤的小說插圖

章逸餤的小說封面設計，有 Yat Yim Cheung 的簽名（見左下角）。

鮑狄祥（一九二八—？）

筆名「魯夫」、「香洲」、「七叔」、「鮑叔」等。廣東中山人，父親是在民國時期留學日本、著名精神病學家鮑芳洲。少時曾在日本及蘇州生活。求學期間，已為廣州《星報》繪畫武俠插圖。

一九五一年來港，參與東風有限公司胡為民創辦的《東風日報》和《東風漫畫》。兩年後與兄弟鮑楨祥和鮑會祥合作，主持《東風漫畫》名下的《小安琪》漫畫冊，並為好些流行小說繪畫插圖。

一九五七年加入《星島日報》，參與設計版頭，負責彩色兒童漫畫特刊，並投稿到《新晚報》、《大公報》、《文匯報》等。文風印刷出版公司出版的《文風小說叢》封面和插圖多出自其手筆。

一九八〇年代任教香港的大一設計學院。

鮑狄祥作品《大辮妹》

高寶為《家庭生活文庫》所作的封面設計

高寶的經典教科書插圖（引用自 Dickson Lo 圖片）

高寶（？—二〇一七）

原籍浙江紹興，生於廣州，作家高雄、高潔為其兄妹，少時已習畫。一九四九年與家人由廣州來港定居，活躍於一九五〇至一九九〇年代，先後為亞洲出版社、現代教育研究社、齡記出版社、皇冠出版社、《成報》、《香港商報》、《今日世界》、《家庭生活》、《中外畫報》等作插畫，畫作下方通常有 Polly Ko 的簽名。一九六〇年代，百代唱片公司邀請她繪畫唱片封套。期間中國文化事業有限公司出版《家庭生活文庫》，大部份封面和插畫均由她設計。一九九〇年代至千禧年代創作了不少中國畫和油畫，曾聯同其他畫家合辦畫展。

二〇一七年在香港去世，享年九十五歲。

關山美（一九二二—二〇一二）

原名王芳彥，北京長大，上海唸書，少時曾隨名畫家曹涵美學習繪畫。

一九四九年移居香港，為報刊雜誌繪畫插圖以及圖畫小說。文風印刷出版公司出版的《文風小說叢》，部份作品由她繪畫封面和插圖。

一九六一年曾在香港舉行個人畫展。

一九六三年到新加坡擔任遠東出版有限公司的美術部編輯，並為教育出版社的兒童讀物及教科書畫插畫。一九七〇年代成為自由畫家。一九八〇至一九九〇年代在南洋藝術學院擔任美術插圖導師。

一九九九年移居加拿大，二〇一二年於溫哥華病逝，享年九十歲。

＊現時所知畫家如奇情小說叢出版社的馮子萍、余丹青、蕭瑤，海濱圖書公司的沈鳳子、黃鳳蕭、小丁、夏紅等，均生平不詳。

民謠（廣東曲江）
當初甘願來交情，兩人講過千年情。
兩人好比河中水，河中無水正斷情。
關山美作圖
關山美在新加坡《南洋商報》的專欄作圖（引用自一九六九年九月二十六日《南洋商報》）

關山美為《文風小說叢》
繪畫的封面

「三毫子小說」現象、作家及作品研究

乙

價值的再思

文隨世變：司空明的「三毫子小說」

黃仲鳴
香港樹仁大學新聞及傳播學系教授

一、流行小說家司空明

司空明（一九二一—一九九七），原名周為，又名周鼎，別字紀英，是五、六十年代知名的小說家。除在報刊如《星島晚報》、《明燈日報》等連載小說外，還寫了不少「三毫子小說」，分由《環球小說叢》（環球圖書雜誌公司）、《海濱小說叢》（海濱圖書公司）出版。司空明還是一位報人。在《星島日報》由編輯、編輯主任、副總編輯，再而升任總編輯後，一直做到退休。七十年代，他任副老總時已擱筆，不再寫小說了。他曾說：

> 報館收入微，我惟有寫稿找外快。我一對子女都是靠稿費養大的。①

以前的報人，大都是文人。既是文人，便愛舞文弄墨。當年的星系集團，旗下除司空明外，還有兩位都是赫赫有名的，一是俊人（陳子雋），二是歐陽天（鄺蔭泉）。「星系三子」中，創作力最旺盛，還數司空明和俊人。在這裏，且談談司空明。

綜觀他的三毫子小說，是通俗小說？是流行小說？或是屬於純文學的小說？依我而觀，應歸入通俗小說類。

司空明的小說，題材多樣，作品繁多，據劉以鬯主編的《香港文學作家傳略》，列出他的作品有《喜上眉梢》、《鶯飛草長》、《情價》、《畫眉》、《五里霧中》、《綺羅香》、《一念之差》、《多餘的感情》、《新歡》、《死亡彎角》、《風塵慈母》、《斑馬線》、《鑽石頭腦》、《黑霧》、《春潮》、《無定向風》、《頭條新聞》、《家醜》、《鳳凰山》、《草木有情》、《新月》、《香城夢》、《火焰之花》、《殘夜驚魂》、《假護照》、《梅香劫》等。②

不厭其詳的抄錄，可見司空明寫作的勤

《環球小說叢》第四十九期司空明《後母心》

《環球小說叢》第八期司空明《烏衣劫》

奮。不可不知，劉以鬯與星系關係密切，與司空明熟稔；他列出的書目，現時大多已不存了。除上列外，我還知有《七重天上》、《再春花》、《曲江霧》、《江湖客》、《英雄淚》、《烏衣劫》、《無依的海鷗》、《脂粉叢中》、《後母心》、《金蛇》、《命案中人》、《情魔》等這些三毫子小說；他究竟寫了多少部，於今已是難以考證了。

那麼，他的作品不是純文學，就是俗文學了？我認為應將他歸入通俗作家類別。但又有論者說，指他是流行文學作家如何？

未深入討論前，先看這一段：

> 春夜的薄暮，使樹叢裏篩下來的月光細碎而朦朧。他們在荊棘中摸索，三個人互相以緊促的鼻息聲聯繫着，好容易才找到一個可以掩蔽的地方。前面斜坡上不知從何處伸展過來的一串鐵蒺藜，隔斷了那條到公路去的小徑，遠處閃爍着幾處燈光。

《環球小說叢》第一三〇期司空明《命案中人》

《環球小說叢》第五十七期司空明《金蛇》

這是司空明三毫子小說《情魔》（列《環球小說叢》第四十五種）的開篇。描繪得很細膩，用詞也非俗，一言以蔽之和問之：很「雅」了吧？

其實，司空明的小說，開首大都很「雅」的。又如《無依的海鷗》（《環球小說叢》第六十五種）：

> 深夜，街上靜悄悄的，大地又回復了寂靜，只有一家亮着燈光的酒吧，從矮腳門裏，透出一股熱騰騰的酒肉味兒，使冷峻的空氣中有着一點兒特別的氣氛。（頁二）

書名是「文藝」的，行文也很「文藝」，但要證明它是不是一部純文學小說，那還要看內容，看它表達的是甚麼，看它是否具有深層的意義，看它是否能振聾發聵，影響社會人心；而要達到這一層次，即是作品的內涵要勝過這些「雅」文字。而通俗文學是提供消費的文學，強調故事性、情節性，是「讀者文學」，而純文學則是「作者文學」。

通俗文學在類型方面，多指武俠偵探、社

《環球小說叢》第六十五期司空明《無依的海鷗》

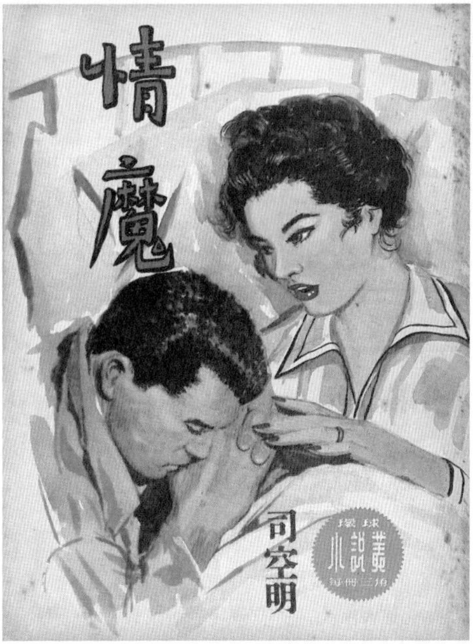

《環球小說叢》第四十五期司空明《情魔》

會言情、科幻神怪等等，這些，純文學是鮮有接觸的。司空明的小說，文字確是很雅（雖有點西化），但內容卻流於俗多；畢竟，他寫小說是為稻粱謀，內容必須娛樂讀者，要娛樂讀者就須「通俗」。

至於他的作品是否「流行文學」，那就必須明白甚麼是「流行」。而「流行」，很多論者都將它和「通俗」掛上鈎。不錯，要流行就必須迎合讀者；要「迎合」就要「通俗」，甚至要「媚俗」，那才能洛陽紙貴，一紙風行。

不可不知，「流行」還包括一些已被「定」為純文學、嚴肅文學的作品，因為這些作品都暢銷、都能「流行」不止一個時期，如魯迅的《吶喊》、巴金的《家》、《春》、《秋》等等。

司空明是否流行小說家，這難於證明，很難證明他在讀者中的接受程度，銷數也沒明文記下。

因此，司空明非「雅」作家，我始終當他是「俗」作家。但，他生產的作品一部又一部，多張報紙爭相連載，可證他確受歡迎，否則，出版商也不會找他「炮製」下去了。那麼，稱他為流行小說家吧，亦可。

司空明的小說題材，或說他的創作靈感何來，這和他是報人出身有關。記得，我初入報界時，每日寫一篇小小說，每遇題材枯竭，司空明便當頭一棒喝：「你日日編新聞，題材便從那裏來。」就這樣，我一寫便寫了十多年，得心應手。而我相信，他源源不絕的題材便從新聞而來。

因此，他從不寫武俠小說，也不寫艷情小說，他所寫的是「世情小說」，也稱為「世情書」，是古典白話小說的一種，又稱「人情小說」，是指以表現現實日常生活為主，主要描寫市井世態人情，也涉及家庭興衰榮枯，男女悲歡離合，所謂「讀通世情，書出智慧」。

司空明的靈感來自「新聞事件」；也是他深受「文隨世變」的影響。他的「世變」思想，還來自他的人生經歷、耳聞目見。

二、兩部抗日背景的小說

他有兩部以抗日時期為背景的三毫子小說，第一部是《英雄淚》（《環球小說叢》第二十四種）；第二部是《曲江霧》（《環球小說叢》第九十六種），在他芸芸的「世情書」中，最為特別，值得一談。

（一）《英雄淚》：異國情鴛

小說的背景是抗日戰爭時期，以副軍長林英傑率領中國遠征軍在緬甸叢林作戰的事蹟為經，與救護隊英國女上尉菲絲莉的戀愛故事為緯。在這部小說裏，司空明對叢林描述、軍事佈陣非常熟悉。他是否到過滇緬一帶，未悉。可以肯定的是，他一介文人，未曾參過軍，這些知識，應該是從書本上得來；但他消化力強，運用到小說上，使人如臨其境，如抵其陣。且看叢林的描述：

> 雨季剛過，叢林裏雖不見天日，但翳熱得使人感到有甚麼東西橫隔在胸口，連呼吸都不大自然。地面潮濕得可踏出水來，原始森林的腐臭氣息氤氳着

永不散去……（頁二）

當軍隊潰敗失散，林英傑抱着受傷的菲絲莉，與兩名士兵逃竄時；時間慢慢的過去，緬甸叢林有着這樣四個在死亡邊緣掙扎的人……（略）疲乏、乾渴，和傷勢都使他們接近死亡，敵人不意的襲擊更可催促他們生命的完結。緬甸的神秘叢林已是一個死亡的叢林，林內的悶熱和潮濕，蒸得他們的呼吸更形急促。（頁十三）

司空明發揮他的小說家想像，情與景交融。讀來有股逼人的氣勢。可惜，對兩軍交鋒的慘烈景象卻嫌弱，往往只是間接的描述，如：

黎明即將到來，炮兵受命向八莫舉行騷亂射擊，掩護突擊部隊爆破稍有軍事價值的物體和撤退至有利陣地。

盟軍戰鬥機在天將破曉的時候，已經在八莫上空盤旋，戰鬥又漸漸的暫時沉寂下去，僅是偶然有幾聲爆炸和幾陣機槍的音響。（頁八）

《環球小説叢》第二十四期
司空明《英雄淚》

司空明所採的敘事策略是，沒有前線只有後方。從指揮部所聽到的戰鬥聲響和通訊連的報告，藉此而令讀者知道戰情如何；而後方的救護站，只是不斷接救送來的傷兵，以顯戰況的慘烈。換言之，日軍在這部小說裏是隱形的，且看：

突然，一陣激烈的衝鋒槍聲自帳幕附近發出，手榴彈轟轟然爆發，傳令兵耿中方迅速的自帳幕前潛行到他倆的身旁：「鬼子來了！」

……

「呀呀！」鬼子的衝鋒呼喊響徹了森林，「咯咯咯咯咯咯」的衝鋒槍回答着鬼子的叫喊。（頁十二）

但雖然如此，我一邊細讀此書時，腦中便呈現出一幕幕血戰的景象。司空明運用了蒙太奇的技法，那些鏡頭雖然沒有兩軍對壘，但從後方的撤退、搶救傷兵等一組一組的鏡頭，可看出戰況的慘烈。然而，站在一些讀者的立場，這實屬不過癮。何況，在開篇時所佈下的陣地計劃，和構築工事的威勢，至此「輕描淡寫」就崩潰下去。

總一句，司空明的重點在於男女主人翁的身上；透過林英傑的視角，看到戰鬥；透過菲絲莉的眼睛，看到源源不絕的傷兵；由這些影像組成一場叢林血戰。

菲絲莉這個女上尉，對林英傑的傲慢十分不滿，兩人性格的差異，和中西文化的不同，書中亦有細膩的表達，如刀叉與筷子，如中國的所謂幽默和西方的幽默，兩人唇槍舌劍，卻令菲絲莉生出奇異的感情，既討厭他，卻又喜歡他，腦中不能驅走他的影子。（頁五）而林英傑呢，對這異國女子，「她縱然在黑暗的夜裏，苗條的曲線仍然可以看得分明。但這時已是部隊的生死關頭，中華民族所賦予他的使命一再驅使他心底的綺念。」（頁七）這奇妙的感情，直到林英傑將腿傷的菲絲莉救出；直到兩人在後方醫院的重逢，終於互表心跡，一段刻骨銘心的愛情故事就此展開。（頁十五）就在兩人準備結婚的時候，女上尉被英方急召歸隊，去了加爾各答。林英傑在抗戰勝利後，在東北「又陷入一場毫無止期的戰爭中」，「直到大陸一九四九變了色」，兩人音訊完全斷絕。一九五一年，林英傑千辛萬苦逃

到香港，尋找愛人的蹤跡，惟幾次發去英國的信都退了回來。（頁十七）

流落香江的大將軍淪為賣白粥小販，住在天台木屋，潦倒不堪。一位戰場上的英雄，還飽受黑社會的壓榨。（頁十八）菲絲莉因和他失了聯絡，以為他在內戰中陣亡，傷心欲絕，心灰意冷之餘，做了修女。兩人在香港重逢的一刻，司空明用了不少抒情筆法，一對情人是否大團圓結局，司空明採隱喻的筆法，由讀者想像好了。

《英雄淚》是一部歌頌中國戰士，歌頌異國愛情的小說。司空明的立場十分明顯，毫無遮擋、感情奔放，直筆來寫中國男兒的英雄氣概。結局時草草寫的大陸變色，草草寫的大將軍逃亡，正是當年一些國民黨官兵的下場，司空明似顯同情。

（二）《曲江霧》：戰時畸戀

《曲江霧》的背景，為抗戰時期廣東的省會韶關。在書前的引子裏，司空明即揭示小說的主旨：

> 在戰亂的年代裏，人們的遇合真奇異，他明知自己不該對這樣一個女子有情，但不幸卻有了愛。她進入他內心深處，又像霧般難以捉摸，使他夢魂顛倒……

《英雄淚》講的是戰爭中英雄兒女的戀愛故事，由相識到相戀到分離到重聚，司空明都有細膩的描述。但這書一絲的抗日情懷都沒有。有炮火，但只是躲避日本軍機的轟炸，男主人翁雖有「一腔束手待斃的悲憤」，但轉眼間，又「沉醉」於他苟安的生活中。

小說以第一身來書寫，即是男主人翁就叫司空明，是「桂林實業公司曲江辦事處」的主任。根據劉以鬯的《香港文學作家傳略》，司空明在香港淪陷後，自港前往內地，在《星島日報》胡好設立的機構工作。這機構估計在曲江，

《環球小說叢》第九十六期
司空明《曲江霧》

待證。但從小說中所描述的曲江地理形勢，司空明十分熟悉，如武江、湞江、東河壩，道路如何走，情景如何，令人恍置現場，甚至當時的居所、飲食，都刻劃得鉅細無遺。據此，司空明確曾在那裏生活過，不似《英雄淚》的緬甸叢林，只是作家的想像。

同時，透過辦事處同事的口中，曲江是偏安的，兩年來卻遭第一次最慘重的日機轟炸。轟炸後的滿目瘡痍，司空明寫得入木三分，可證當時他也在現場。而這次大轟炸，造就了男主人翁和女主人翁秦稚子的情緣。兩人一起逃難，一起逃到秦稚子的居處。男主人翁曾觸摸到秦稚子「柔軟的酥胸」，事後回憶起，「自己的手也有點異樣了。」（頁五）。

> 秦稚子是公司新來的女職員，來頭有點神秘，據傳是桂林總公司老闆派來的。對這謎一樣的漂亮女人，司空明有「異樣」後，漸生情愫，但發覺有一個勤務兵在暗中保護或監視她。最後揭盅，這女人確是老闆的秘密情人，為了躲避太太，所以才派來曲江暫避。而當太太去了重慶，老闆又召回她返桂林。（頁十五）

在秦稚子離開曲江前夕，男主人翁和她好上了。為了追尋這段情，男主人翁不惜千里迢迢去了桂林，結果當然是徒勞無功。而對桂林這後方的街道、環境，司空明寫來甚為熟悉。在戰時他確是走遍大後方的城鎮，成了他小說的重要場景，而對桂林的豪宅，和富有、權勢者的奢華生活，司空明用了諷刺的筆法，如「瘋狂的樂曲」、「荒蕩的笑聲」（頁十六至十七）等。還有反諷的是，在曲江時，秦稚子為他介紹一位「黃太太」，說是「黃師長的太太」，司空明加了個按語：「那個時候，要找一百個姓黃的師長，也許並不困難咧。」（頁五）這是對時代的嘲諷。這和《英雄淚》中落難香江的將軍，同樣是嘲諷。

故事的結局是，秦稚子永遠失蹤了，這段戰時的畸戀，只留下男主人翁無限的感喟，「我想假如再碰到她的時候，自個兒也許還是愛她的。」（頁十九）癡情至此！

小說佈局卻緊密，地域色彩濃，加上故事吸引，在芸芸三毫子小說中，司空明確是一枝健筆。《英雄淚》和《曲江霧》的戰時兒女情懷，也是三毫子小說中比較少見的。

三、兩部社會奇情小說

（一）《烏衣劫》：情劫情傷

所謂「烏衣」，是指一九四〇、一九五〇年代有錢人家穿着黑衣服的女傭人，「劫」是指所經歷的苦難。在故事中，這位年輕的女傭，為資助擺賣菜攤的情郎而誤墮風塵，歷經災難，兩人終得團圓。故事甚為簡單，但對當年貧苦人家的生活，描繪得很仔細。最後在警署中，警官當面盤問一干人的一段，寫得甚是沉痛。女傭阿娟在愛郎王坤面前，在警官的嚴詢下，逼得點頭：

> 那個警官便嚴詞質問那兩個女人；她們怎樣逼良為娼，一天接多少客，都問到了。
>
> 「該死，你一天要她接六七次客，五百塊錢，撈回那麼一大把錢，現在還想逼她回去嗎？」……（頁十九）

王坤聽在耳裏，臉色發白，「他驀然間，彷彿他的整個生命都經掠奪了似地，苦痛而呆木。……警署裏的全部對話，有如壞了的唱片，重複地在王坤耳際唧噥着。」他心痛，「窮苦的人，就連那麼卑微的生活，也必須付出那麼大的代價，才可以苟延殘喘。」（頁十九）

司空明的「控訴文字」甚為有力，兩人這段情劫情傷，雖「和好」了，但有沒有「後果」呢？司空明沒說，小說到此結束。

（二）《江湖客》：奇異職業

《江湖客》（《海濱小說叢》第二十八期）的背景雖沒有明說，但從行文脈絡來看，當是一九五〇年代。因為，那時有份「奇異的職業」，在一些社會文獻上都沒有詳說，而以此作為小說的骨幹，司空明是第一人。

這職業，是韓戰時期或之後，美國軍艦來港休整或度假，一些職人要取得「許可證」，才可上艦兜攬生意。

故事的主人翁江聰，就是個有證之人。但為了更好的生活，為了愛情，甘願受某勢力的招攬，帶了一班不明人士上艦，而終被揭發那班人是販毒。江聰終陷囹圄一年。最後，愛人哀痛地對他說：「放心，我一定等你！」但，司空明以一句話作結：「誰知一年後是甚麼光景呢？」這是對命運的悲控，也是市井客的悲鳴。

小說對那時代背景的描繪，甚為仔細。主人翁住在木屋區，睡的是帆布床，點的是蠟燭；出入當舖，除了上艦掙錢，還做過黑市教師，「半飽的肚子裏，委屈地填滿了粉筆屑。」（頁四）

在娛樂場當收票的女角葉珣，也是租住木屋的窮客。

對木屋的描繪，司空明頗傳神：

> 整夜裏，屋面上鎚鼓似的傾盆大雨的巨響，颱風猛烈地捲近過來的時候，地板便兀自震顫起來。江聰驚醒過來，覺得頭上有這麼冷冷的一滴，而腳踝那兒另外又有點淅瀝。屋漏，他只得爬起身，把帆布床拖開了。到再躺下去時，他才發現那兒也在漏水。屋頂的暴風雨好像正對他追擊。（頁四）

這時，他想起同住木屋的葉珣。這種木屋生涯，在一九五〇年代甚為普遍。生活的淒苦，江聰痛號：「這是個動盪的時代」，但葉珣說：「是一個最容易成熟的時代哪。」（頁十五）

這部小說描繪了那淒苦的時代，也敘述了為生活而誤墮法網的悲情故事。

四、小結

以「文隨世變」來統括那時的三及第小說，在司空明同期的小說家中，他最為出色。他的老友歐陽天的《人海孤鴻》，雖也描繪了一個不良少年的成長故事，但整體來說，不及司空明小說那麼深刻和控訴有力。

（本文「兩部抗日背景的小說」改自〈司空明的抗戰小說〉，刊香港《百家》第三十三期，二〇一四年八月，署名「方原」。）

註釋

①黃仲鳴：〈師門孱教記〉，《星島日報・星辰》，一九九七年七月十七日。

②劉以鬯：《香港文學作家傳略》（香港：市政局公共圖書館，一九九六年），頁二三七。

《英雄淚》插圖

別是一般情：高雄的敘事策略

黃仲鳴
香港樹仁大學新聞及傳播學系教授

上個世紀四十至六十年代的報刊讀者，有誰沒看過「經紀拉」、「小生姓高」、「三蘇」、「史得」的作品？單是一個「經紀拉」，在《新生晚報》連載的〈經紀日記〉，已足令人「瘋狂」：

> 這篇連載數年不衰的日記體長篇小說，不但為一般讀者所欣賞，文人學士，商行夥記，三百六十行，幾乎包括香港的各色人等，都人手一篇，其影響與魔力之大，真是未之有也。①

又如以筆名「三蘇」寫的〈怪論連篇〉，「小生姓高」寫的「晚晚新」艷情小說，當年的讀者，萬萬想不到這個以各種語言文字、以各種體裁、以不同的筆名寫出各種作品，而能膾炙人口者，竟是同一人。

他，就是高雄。

五、六十年代「三毫子小說」盛行，這個「通俗霸主」②又怎能缺席？我特地撿出他兩部：

(1)《偷情》，列《環球小說叢》第二種，香港：環球圖書雜誌社，缺出版日期；

(2)《母女情》，列《環球小說叢》第十七種，香港：環球圖書雜誌社，缺出版日期。

這兩部小說，俱署「史得」。史得，是高雄撰寫社會奇情小說的專用筆名。《經紀日記》、《怪論連篇》俱以三及第書寫，而「晚晚新」用的是淺白文言。這兩部三毫子小說，用的卻是正宗的白話文，而且還是頗文藝腔的白話文，比他後期寫的《香港二十年目睹怪現狀》（署名「高雄」）③更為耐讀和有韻味。

高雄是語言文字的高手。

高雄如果不是為稻粱謀④，相信他會成為

街坊聯歡會之名堂應加長論

三蘇怪論

昨閱報載，得悉各區街坊會擬發起一[illegible]會，大會之名稱甚怪夾甚長，稱曰：「港九各區街坊福利會慶祝由一九五八年元旦起香港政府擴大承認街坊福利運動聯歡大會」，全銜計共長三十八個字，照三蘇寫稿之習慣，越長越多稿費，自不待言。但如此嘜嘜嚤嚤之行文造句，我恐怕老編見之，必改小號字擺在二十個字。大聖直頭話造句不通，丟在落字紙簍也。好在街坊會並非寫稿人，長的好，將來大會開張。那個橫披就夠晒喇！成間中國酒家都唔夠掛擺。入地喊起來，無不驚駭共嘆，認為香港人堆頭確大焉！

不知何故，近來香港招牌之風氣，似乎流行夾長夾氣，架床疊屋，嘜咀嘜嘜，比方一個「香港實業工業出品展覽會」，已經名堂夠晒斤両。現在重嫌佢不夠長，下一年起，改為廿廿物物展覽會，全銜數十字，總三蘇無法記得，總之偉大巨型之至。大抵因此之故，街坊之聯歡會亦要搞出三十八個字之名堂也。

基於這種立場，研究一下這個招牌，覺得尚未得證。或曰：三蘇何以咁大胆亂彈？非也。講出來另有理由。原來這個會之所以組織，據說乃因由本年元旦開始，各街坊會已轉由華民司署直接指導，今後福利工作將更形積極與擴大之故。三蘇對街坊會一向關心，而且又係「華民」，所以對此次之更改「組織指導」，十分贊同。不過想深一下現在慶祝大會之名堂，其中有類「香港政府擴大承認街坊福利運動」字樣，就越覺古怪。三蘇讀得書少，向來不知道「承認」亦有巨型與小型之分，「擴大」與「縮小」之別。我承認華民司署指導街坊會，但點叫做擴大承認這種運動？其次，現在擴大承認矣，是否以前香港政府只係承認一部份？若然，又承認邊部份呢？（想非只承認花[illegible]佬嗰個部份也）。「就一由本年元旦起」，元旦二字，亦似乎用雖甚奇。「本年起」並不包括元旦在內耶？是以三蘇再三思之，這個銜頭似乎有再商量之必要。

如何更改法？三蘇墊高枕想了一晚，基於長夾氣之立場，試擬一個名稱如下：「港九各區街坊福利理監事及同人會員慶祝由一九五八年一月一日上午零時起香港政府指定華民政務司直接指導街坊福利運動深受得人擁戴大會」文長六十五字，比原定者架勢威猛矣，講陳顯爾，則又有過之，甚至連工展會都個新名堂，亦瞠乎其後。同時，講埋「深受得人」個部份，畫龍點睛，得體之至。既不必因為「擴大承認」而慶祝，單係慶祝「深受得人」之「慶」就已經夠晒矣。

如果重嫌唔夠長，三蘇可以再加幾個字，例如「華民司」之下可加「司署」二字，「聯歡」二字之上，可加「第一次」字樣，其下又可加「暨本年度各街坊歡宴」等字，寧無不可也。

一九五八年二月二日《新生晚報》刊登的「三蘇怪論」〈街坊聯歡會之名堂應加長論〉

新文學的一位健將。

在小說敘事和運用技巧方面，高雄比之那些為搵食而搵食的流行作家，更為優勝。他是有經營的，還採用現代小說的一些技法；同時小說所透露的道德倫理觀念，可與他的遺作《給女兒的信》[5]互相輝映。

一、《偷情》：現代小說技法

這部小說看似是以全知觀點寫就，但非也。高雄在此，用了兩個視角。開篇第一節是以補習教師的眼，來透視女主角林太太。第二節開始即全以女主角的視角來展開故事情節。第一節和第二節間，轉折看似突兀，卻非突兀。第一節可視為引子，介紹了兩位重要人物的出場，到小說結尾時，這兩位人物又重新連在一起，以收故事的峰迴路轉之效。

《環球小說叢》第二期史得《偷情》

故事是說一個有錢的寡婦林太太，與十歲的兒子相依為命，受到一位喜愛玩樂、如哈巴狗般的運動員白大元的苦纏；此際又邂逅了已結婚的舊情人艾風，迅即舊情復熾，發生了不倫之戀。一次酒醉，遭那「哈巴狗」乘虛而入。其後發覺懷了孕，但腹中塊肉究竟是誰的？她也不清不楚；在這悲苦、彷徨、意圖自殺之際，一直暗戀她、為兒子補習的教師知悉一切後，承擔了責任，和她成了婚，以全她的貞節，跟着留書出走。故事完結時，女主角淒涼號哭，發誓要到天涯海角，也要找他回來。

這個故事，是典型的通俗題材。但在高雄的生花妙筆下，卻引人入勝。第一節即佈下女主角不適的懸疑。這「不適」，究竟是甚麼「不適」？這伏筆，後文才揭盅是懷孕。由懷孕而引出舊情人和運動員的情感糾葛。這是傳統小說的草蛇灰線法。高雄雖說從未讀過小說作法，甚至唸的也不是文學系⑥，但對傳統的小說讀得甚多⑦，在應用上，自然得心應手。而開首她與補習教師「遊電車河」，到文末時女主人翁邀他再「遊電車河」，正是兩人間情誼的伏線和前後照應。

此外，高雄這篇小說還大量應用了內心獨白這種現代小說技法。如她思疑自己有孕：

……也許只是婦科病，也許只為了身體虛弱，並沒有其他。不是許多女人為了身體不好，也會有這樣子病徵的嗎？包括月事不調以及偶然的暈眩。說不定自己的也不外如此。判斷這事情的真假，只有一個辦法，就是請醫生做法官……

——哎！不去找個醫生看看，無論如何不放心！（頁五）

又如得悉有了孩子後的彷徨：

——還是結婚吧！結了婚，孩子就有了爸爸了。恥辱也可以隱瞞住了。可是嫁給誰呢？自然不可能是艾風。他有太太，雖則他說跟太太沒有好感。到底她是三個孩子的母親了。自己親口答應過她，決不破壞別人的幸福……

（略）

——那麼又嫁給誰呢？是白大元嗎？

> 這個孩子說不定是他的。可是這個人，不但自己不愛他，甚至恨他，而且，他根本不像是一個男人，看他那樣卑躬屈膝地討好自己，為了甚麼？還不是想在自己身上打主意嗎？他可能也並不真愛自己，只為了自己的錢！……（略）
>
> 那末，又嫁給誰呢？（頁十五）

其實，通篇就透過女主角的觸景而生出許多的「內心獨白」，而以此來鋪展情節。這在高雄一些社會奇情小說中頗為罕見。至於行文更非庸俗，而是用了不少抒情筆法，情與景往往交融。實屬通俗作品中的佳作。

二、《母女情》：反世俗的愛情觀

本篇一開首，即以楷書點出這小說的微言大義：

> 愛是人間最偉大的情感，愛創造一切。你可以追尋你自己的愛，但不能仇視別人追尋別人的愛；你有權利愛別人，別人也有權利愛你；你接受別人的愛，也應當體諒別人對你的愛；假如對愛運用不善，雖親如母女，也會發生悲劇的。

「史得」的三毫子小說，雖然仍脫不掉情情愛愛，但自有中心思想在。這「中心思想」是否他的人生見解，我們無從知悉；但證之他的遺作《給女兒的信》，對人生、對戀愛的態度、觀念，和他這兩部三毫子小說可謂一脈相承。

《母女情》的情節很簡單，開服裝店的孀居婦人秦太太，有個十七歲讀高中二的漂亮女兒秦婉。對這寶貝女兒，她寵愛有加。孰料女大不中留，秦婉竟然和音樂老師談起戀愛來。這音樂老師在秦太太的眼中是這樣的：

> 這一個名叫朱怡遠的音樂教員在秦太太眼中看來，實在太不成器了。不但年紀老，樣子又醜，滿臉皺紋，兩眼深陷，皮膚黝黑，走起路來，佝僂地一步一步的走，看上去簡直是個五十以上的人。衣服又穢又舊用不着說了，嘴裏老

是咬了一個煙斗，以致他的手指頭也沒有一個乾淨的，加上那副畏畏縮縮的神氣，秦太太一看到他就惡心……（頁二）

一個漂亮的小姑娘，居然和一個如此「醜陋」的老傢伙走在一起，秦太太怎甘心？雖然這個音樂教師很有才華，着力栽培有音樂細胞的女兒，但老師就是老師，怎麼能成為老公？於是極力阻撓，求之服裝店一個二十五歲的小夥計趙重生，偵之查之；而一腔憤懣和憂慮，也向這年輕人傾心相吐。結果是，女兒憤而離家，可沒有弄出如文首點題的「悲劇」，而是在趙重生這中間人的斡旋、勸解下，秦太太終於屈服。最驚奇的還是：二十五歲的小夥計和三十七歲的老闆娘竟然互傾心曲，好上了。秦太太卻心生疑懼，恐怕女兒「會反對我們麼」？隨即又說：「管她呢！這是我們自己的事情。」

至此，秦太太完全明白：愛情是「自私」的。

小說中的趙重生，老成持重，不少道理都借他的口中說出，雖云說理，而且還掉書包，但讀來一點也不覺悶場；高雄說故事的本領確實很強，加上一手流暢的白話文，佈局和鋪排經營得當，能令人一口氣讀竟全文。

《母女情》這題目比《偷情》較佳。不單述母對女之情，還分別說母之情，女之情。對於「老」，高雄有這樣的看法：

《偷情》插圖

> 青春與年紀的關係，亦非共存。年月的消逝，人力不能挽回，但卻能把青春抓住不放。一個人的真正青春並不在他的臉上與身體各部份上，而在他的腦子裏；身體老了，思想仍可青春。⑧

這番話，可以作為書中兩段忘年戀的註腳。由此而觀，高雄是反世俗的，他所歌頌的愛情，是無分年齡，階級的；小說中的音樂教員，也是一個反世俗的人物，他無所畏懼、畏縮，坦誠的去愛一個學生。而秦太太也是反世俗的，去愛一個比她年輕十二歲的男生。反之，趙重生亦然。這部小說可以一個「奇」字來說明。

（本文修訂自〈高雄的兩部「三毫子小說」〉，原刊香港《百家》第三十三期，二〇一四年八月。署名「陶海燕」。）

註釋

① 見金聖嘆為《經紀日記》所寫的〈序〉。金聖嘆：〈序〉，《經紀日記》（香港：大公書局，一九五三年），頁一。

② 這綽號見黃仲鳴：〈「通俗霸主」高雄的塗格年代〉，收入楊玉峰、鄧昭祺：《騰飛歲月——一九四九年以來的香港文學》（香港：香港大學中文學院，二〇〇八年），頁二一五—二三〇。

③ 高雄：《香港二十年目睹怪現狀》（香港：文藝書屋，一九七二年）。《香港二十年目睹怪現狀（新篇）》出版於一九七八年。高雄：《香港二十年目睹怪現狀（新篇）》（香港：文藝書屋，一九七八年）。

④ 高雄曾拒承認是「作家」，只謙稱為「寫稿佬」、「一個說故事的人」、「職業作家」，承認寫通俗小說只是「賣錢」，否則「餓死」。見劉紹銘訪問，陸離筆錄：〈高雄訪問記〉，香港《純文學》月刊第三十期（一九六九年九月），頁一九七—二一〇。

⑤《給女兒的信》出版者：高黃舜然（按：即高雄太太）。高雄：《給女兒的信》（香港：高黃舜然，一九八二年）。

⑥ 高雄：《給女兒的信》，頁十八。

⑦ 見劉紹銘：〈經紀拉的世界〉，《純文學》第三十期（一九六九年九月）。

⑧ 高雄：《給女兒的信》，頁八七。

「祝福」的政治暴力：王敬義《祝福》初論

陳智德
香港教育大學文學及文化學系副教授

王敬義的短篇小說《祝福》刊於《小說報》第一一四號，版權頁無顯示出版日期，由小說內容及《小說報》出版順序推斷，大約一九五九年或一九六〇年前後出版。由虹霓出版社出版的《小說報》是五、六十年代著名的「廉紙小說」（又稱「三毫子小說」）載體，另有環球出版社的《環球小說叢》、明明出版社的《星期小說文庫》（為「四毫子小說」），均以情節曲折的男女戀愛故事吸引讀者，出版物的封面和插圖尤其突出男女邂逅、擁抱相吻的形象以增加吸引力，誘使讀者對小說內容作出預設的情慾投射和想像。

《祝福》一方面符合三毫子小說最基本的男女戀愛及情慾故事，另方面也屬於早期三毫子小說中帶有反共政治色彩的「反共＋愛情」模式，王敬義就在男女戀愛情慾和「反共＋愛情」模式中，設計出一個來到中國北京求學的菲律賓華僑少女角色，故事環繞着病體、南方鄉愁和香港想像，結合象徵投奔自由的西方（蕭邦）音樂作為感情媒介，把戀愛、情慾、鄉愁和政治想像，結合在既有的「廉紙小說」載體當中。

大約四萬字的小說共分十九章，以少女蔡瑤娜和鋼琴學生顧忠的戀愛為基本情節，至第六章，華僑少女收到來自菲律賓的家書，看着寄到「新中國的首都北京」的信封和郵票，少女好像突然驚覺：「真像一場惡夢，這已經發生的一切；但卻是真實的，可怕的真實」，再上完華僑補習班早上三節政治課之後，少女得知戀人遭受的委屈和傷害，決定與那失意的年輕鋼琴學生顧忠逃亡：「化裝成農人，晝伏夜行、偷渡」。

小說在這病體少女的悵惘開始進入內容核心，環繞着十二月北京下雪風景以及更陰冷的政治審查氣氛，少女蔡瑤娜與她的戀人顧忠一直等

《小説報》第一一四期王敬羲《祝福》

候、商議離開北京的機會，其間，顧忠壓抑着情慾，可能因為內心埋藏着父母遭受政治清算的陰影，少女與戀人一次有關聖誕節的對話中，敘事者點出宗教與政治的矛盾，蔡瑤娜問顧忠是否基督徒，顧忠説「我曾經是基督徒，現在是青年團的團員」，蔡瑤娜不明白再問：「這兩種身份不能同時保有嗎？」顧忠無法解釋，只能不停的笑，他的笑掩飾了政治壓抑下的失語，正如他在蔡瑤娜帶他回宿舍的路上轉身疾馳而去，逃走的姿勢是一種情慾壓抑的掩飾。

觀乎《祝福》的封面，年輕男女在雪境中相視，配合著名的三毫子小説刊載物《小説報》的載體預期，很容易想像這是一本愛情小説，卻在愛情的框架中，毫不隱藏地一再呈現出更明顯的政治壓抑帶來的病患、傷害和失語。

蔡瑤娜終於等到離開北京的機會，小説第十章道出了日期和氣氛：「這是一九五八年一月一日的晚上。寒冷與恐怖凝凍了一切」，蔡瑤娜一人乘火車先到廣州，準備與從香港前來的父親會面，再帶她到香港，等候期間偶然結識了一個從香港被騙到中國的菲律賓華僑男子吳世安，在蔡瑤娜無法取得出境證而彷徨期間，小說的第十三章，作者終於寫出了三毫子小說讀者所真正預期的愛慾場面，配合全書唯一彩色的床上擁吻插圖。然而無法取得出境證的蔡瑤娜很快就離開廣州回到北京，再與本來的戀人年輕鋼琴學生顧忠一起了。第十五章，蔡瑤娜收到在廣州結識的菲律賓華僑男子來信，提及與騙他到中國的朋友發生衝突，結果殺死了那人，他想到已不可能返回香港，決定自殺，最後寫信向蔡瑤娜表示永別了。

蔡瑤娜後來考上了太原師範學院，就前赴山西與顧忠話別，抵埗後寫了三封信給顧忠，抱怨學校的政治課，而且身體愈來愈差而病倒。蔡瑤娜回到北京進醫院，顧忠則獲准到波蘭參加鋼琴比賽，病重的蔡瑤娜彌留中想像顧忠彈奏蕭邦的《波蘭舞曲》，終於病逝。顧忠在波蘭得知蔡瑤娜的死訊，決定「從波蘭投奔自由世界尋求政治庇護」，小說於此結束，敘事者在末句表示對顧忠的祝福。

在這本情節頗為曲折的小說裏，其「反共＋愛情」模式主要是以政治壓抑結合情慾壓抑來呈現，並呈現了兩組結構，其一是顧忠的政治壓抑引致的情慾壓抑，由此，蔡瑤娜與顧忠的愛情生活，尤其蔡瑤娜對他的感情顯得有點飄忽；其二是蔡瑤娜與同屬菲律賓華僑的吳世安，二人同處一個期望離開中國而不得的政治壓抑中，二人壓抑的情慾突然釋放了，卻異常短暫，小說透過以上兩個壓抑的「反共＋愛情」組合，蘊含着另一種政治隱喻：蔡瑤娜與吳世安在小說中分別病逝和自殺，一方面強化政治壓抑引致的情慾壓抑，當其釋放卻換來悲劇，另方面又反襯出顧忠的政治和情慾雙重壓抑中的弔詭：以情慾的徹底壓抑——戀人離世才換取了一個投奔自由的結局，政治目的達到了，愛情和情慾卻在此過程中雙雙犧牲。小說第十三章，蔡瑤娜與吳世安二人既期待又無法實現的共同的香港想像，透過突然釋放的情慾而稍稍接近了，卻又何其短暫，甚至預示二人年輕生命的早逝，這一段全書唯一的愛慾場面，細讀其實充滿了傷感。

由此而觀，這「反共＋愛情」的小說，實在是以愛情的犧牲換取了反共，小說作者王敬羲固然由此帶引出一個控訴政治閹割了愛情的反共政治訊息，但他自己可能並未為意，是這種以犧牲愛情和情慾以換取政治成就的故事，某程度上正突顯了政治話語施加於獨立個體生命的暴力，無論其屬於反共與否。但，這或許是那時代一種無可逃避的政治偏至，王敬義這篇名為《祝福》的「反共＋愛情」小說，實際上猶如「祝福」的反面：以政治詛咒和政治暴力，顯露出一種全時代所有人無以逃遁的壓抑。

《祝福》插圖

古今紅顏：南宮搏的言情小說

鄒芷茵
香港恒生大學中文系助理教授

一、引言：南宮搏與《小說報》

南宮搏（一九二四—一九八三）自一九五〇年代起，①於香港報刊發表大量通俗小說，類型（genre）以歷史小說為主，亦有少量社會小說、言情小說；至一九八〇年代仍屢見新作。

他於一九五〇年代末隨團訪台，並開始為台灣報章供稿，②及後曾於一九六七年移居台灣；③在香港發表之小說，亦相繼在台出版及改編成電影、戲劇。他雖曾自稱「客居香港」，④但他於一九七六年已在港歸化英籍，⑤最後於香港病逝，⑥可算是個以「香港」為本位的創作者。現存研究都以南宮搏是賣文為生、作品銷量高企的通俗作家。⑦

《小說報》是由黎劍虹以小報（tabloid）面貌經營的通俗小說報刊，創辦於一九五〇年代。此報資金源自美國新聞處（下簡稱「美新處」），發刊密度接近雙週刊，內容須事前獲得美新處同意。⑧每期發表一篇約四至六萬字的中篇言情小說、社會小說，均由小說名家撰寫。⑨南宮搏是當時的通俗名家，也是《小說報》的招攬對象。⑩《小說報》刊出的南宮搏社會小說和言情小說，數量不多；⑪其中最為研究者所注目的，是《小說報》第二期刊登的社會小說《水東流》（又名「大江東去」、「憤怒的江」）。⑫《水東流》是個控訴戰後由長江引起天災人禍、民生困苦的寫實故事，帶有強烈的政治立場。

台灣學者王梅香以美新處檔案資料，整理《水東流》的出版提案和成書過程，指出《水東流》實為美新處其中一個政治宣傳出版計劃，後來方於《小說報》重刊。王氏點明，《水東流》是「由美方提出構想和靈感的『命題小說』」；於《小說報》重刊後，再由同為黎劍虹所主持的虹霓出版社，編成單行本上市。⑬

繼《水東流》後，南宮搏又為《小說報》

《水東流》單行本的插圖

撰寫《萍水緣》、《青春季》、《碧海歌》、《花衣人》、《小兒女》和《荳蔻年華》，約於一九五〇年代中至一九六〇年代初刊出，其中至少三篇是言情小說。⑭王氏認為，像《青春季》這種沒有政治宣傳、只有「無害的」愛情題材的故事，「對於美援文藝體制的整體宣傳仍是有正面意義的」，「能夠淡化《小說報》的政治宣傳色彩」。⑮

本文認為，南宮搏於《小說報》發表的言情小說的言情元素，可與他的歷史小說創作互相呼應。此外，除了淡化《小說報》的政治宣傳色彩外，這些小說以女性形象來漾照城市空間；這城市空間，實際又帶了戰爭、逃亡等政治宣傳文藝的常見佈局。以下，本文首先分析南宮搏歷史小說的言情元素；然後探討其《小說報》言情小說的女性形象，以思考成為通俗作家的必要條件。

二、歷史故事與亡國女性

南宮搏為《小說報》撰寫數篇言情小說期間，也同時在為不同報刊撰寫大量歷史小說。他十分清楚，歷史小說之所以是他最為人熟悉的作品，皆因他筆下的言情小說、社會小說的數量實在不多：「十年來，我經常地寫作歷史小說，人們在我的筆名上的，是『歷史小說家』。」[16]

歷史小說是戰後香港文學場域的一道顯眼文學風景。早在戰前的一九四〇年代，香港報章已見中國歷史小說的蹤影。轉入一九五〇年代的冷戰時期，歷史小說發表數量大增，成為香港通俗文學生產的一大類型。

南宮搏不是香港撰寫歷史小說第一人，而香港歷史小說亦非始於冷戰。[17]當時的《工商日報》、《星島晚報》及《新生晚報》於戰後均開始長期連載歷史小說，其中以南宮搏作品數量最多。他鍾愛中國歷史，古典詩詞造詣亦不低；[18]而赴港前已曾在上海出版中國言情、神話及歷史短篇小說集《紅牆》。[19]

他於一九五二年起，主要在《工商日報》及《星島晚報》固定小說專欄執筆至一九八三年，[20]類型大多為歷史小說，如一九五二年《星島晚報》的〈虞美人之死〉；[21]同時為本地《星島週報》、《新生晚報》、《小說報》；台灣《徵信新聞報》（《中國時報》）等各種連載小說專欄供稿。他在《工商日報》的專欄位於副刊「市聲」，於一九五二年開始撰寫時，欄目名為「美

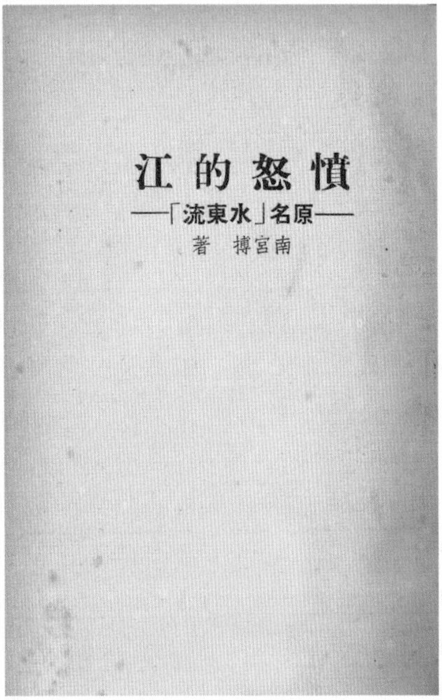

《水東流》原為《小説報》第二期重刊的作品，後來再編成單行本《憤怒的江》上市。圖為單行本的內頁。

人秘史」，首兩部連載小說為〈董小宛〉和〈妲己〉；[22]至第三部小說〈秦良玉〉時，[23]專欄開始稱為「歷史小說」，類型非常鮮明。這些專欄小說連載完結後，經常會結集成單行本，由創墾出版社、南天書業公司、亞洲出版社、友聯出版社、自由出版社和虹霓出版社等出版。

歷史小說結合「歷史」和「小說」的特質，在真有其事之中無中生有，形式着重題材；並可兼容推理、奇幻、言情等其他類型。[24]南宮搏創作歷史小說三十年，筆下歷史人物眾多。他認為自己寫的是「現代化的中國歷史小說」，嘗試以「歐洲的歷史小說風格有系統地寫長篇中國歷史小說」，參考了英國、德國一九二〇至一九三〇年代的歷史小說筆法而成，[25]並「集中一個時代的特點而陪襯故事的主人」。[26]其中最常見的題材，要數「女人」和愛情；如他寫於一九五〇年代的歷史小說題材，以明末及女性最多，情節多以愛情為骨幹。

不少研究者皆點出，南宮搏歷史小說常見聚焦於女性故事人物的言情元素，[27]如蔡造珉認為「愛情是南宮搏歷史小說的一大特色，其所佔比例之重，許多時甚至超越歷史部份」；[28]應鳳凰認為「刻劃古代美女，渲染鋪陳她們的感情、生活是南宮搏小說一大特色」。[29]南宮搏曾於一九八〇年代親自解釋，他的「女人」故事人物與歷史本身的關係如何密切。他的看法是，這些「女人」的美名或惡名，是由身處時代所賦予的：

> 中國歷史，就從文獻最少的夏代起計，每一個朝代，大抵都有些特出的女人，「特出」，指其本身的姿色美麗以及政治的關連；任何一個朝代的美麗女人，倘若沒有強烈的政治陪襯，便不會享大名，流傳後世。[30]

因此，他以女性人物為故事中心的歷史小說，通常先以宏大、浩瀚的空間書寫起筆，以營造強烈的特定時空氣氛：

> 商朝的都城自亳邑遷到朝歌之後，已經四百年了，自從庚丁在位時改進了青銅製造器皿之後，這城市迅速繁榮起來，帝乙做了三十七年帝王，悉心建造宮室和兵車，[……]朝歌已經是擁有十

> 萬人口的大城了。[31]

小說着力書寫帝辛與妲己的愛情故事，描寫男女的戀愛心理和行動，充斥言情元素；故事結局更安排姬旦滅商後，把商帝辛的寵妃妲己納為己用，思考女性在時代之下的愛情何去何從：

> 「妲己——」姬旦上前拉住她的手。
>
> 「我是不祥的啊——」她感傷地說：「人們說受辛是為了我而亡國……」
>
> 「過去的事情不必談了——」姬旦顯得一往情深：「我們會很好的……」〔……〕「你以後不要再叫妲己了，我回頭替你另外取個名字。」[32]

除了女性形象和言情元素外，南宮搏亦常選擇亡國題材。他在一九五二年至一九五三年間於《工商日報》連載的四部小說，其中的〈董小宛〉、〈秦良玉〉、〈春風悞〉三部都是明末題材作品；剩下的〈妲己〉則是著名的周朝滅商，亦為亡國故事。[33]他在〈春風悞（「悞」為原文）〉連載前發表了〈前記〉，向讀者說明自己的選材用意：

> 關於明末的故事，我已經寫了「圓圓曲」、「桃花扇」、「董小宛」三書，皆述明亡之前的事，是社會基礎崩解中的悲劇；本篇則敘述南明弘光朝覆亡之後的生活故事，以靠攏投順的明朝士大夫為中心，〔……〕至於紅娘子與葛嫩娘等，或參加實際鬥爭，或以身殉國，其風格遠在那些朝秦暮楚的士大夫之上，〔……〕。[34]

「冷戰時期」是個左右對壘、口號沸騰的時代；歷史小說看起來脫離現實，不涉現世；在創作題材和情節結構，卻實可佈置各種回應時代的細節。雖然南宮搏未曾證實自己的歷史小說的批判意圖，但他所密集發表的亡國故事、「社會基礎崩解中的悲劇」，實在很難不讓當時讀者，尤其是南來者就當時的社會氣氛加以聯想。

三、現代女性的愛情陰霾

南宮搏在《水東流》後，為《小說報》撰寫《萍水緣》、《青春季》、《碧海歌》。它們發表於一九五五年至一九五九年，均為言情故事。他在另一部小說《這一家》（一九六二）的前言中，統稱自己的言情小說、社會小說為「現代小說」：

> 「這一家」並非歷史小說，是我們同時代的故事。自然，這不是我十年間第一部「現代小說」，約略計算，在過去十年中，我出版的「現代小說」，也有五六部。不過，在最近三年，寫作「現代小說」，卻以此為第一部。
>
> 「現代小說」這一個名詞，為我杜撰，和歷史小說相對。[……]
>
> 若干年前，長江水災，有一位在漢口作堤工的青年逃了出來，我聽到他的故事，寫成了「憤怒的江」。[……]
>
> 波特萊爾說：「那些邪惡所砌成的精華之光吸引着我，使我忘記來處與不知去向，我喜愛看繁華場中。我平安地生活在繁華場中。」㉟

按照王梅香的研究成果來推論，即上文提及的「在漢口作堤工的青年」的故事，應由美新處所提供；《水東流》（憤怒的江）取材對象，正是「逃出來」的青年了。

在《水東流》後發表的《萍水緣》，也有「逃出來」的題材。《萍水緣》封面為表情焦慮的女性，配以「一對現代戀人的愛情悲劇」為宣傳文字，介紹此作為「一個已婚的男人和一個已婚女人」的「使人同情」的相愛故事，強調內容「優美細膩，感情真實」。㊱這篇乍看是個挑戰社會道德的婚外情故事；但小說甫一下筆，卻以「戰爭」為話題：

> 在戰爭的歲月裏，在流亡的路途上，我也曾愛過，我也曾為愛而笑，但是，我不曾為愛情而流淚，人們說：不曾流過眼淚的愛情不是真實的。㊲

故事以男主人公為敘述者「我」；他認為自己不羈放任的愛情觀，是來自戰爭的陰影：

> 像在戰爭的流亡中底際遇一樣，祇有今朝，也祇有今宵……[……]現在，

> 我把戰時的愛移植到暖室裏的鮮花底身上。我不應該啊！而且，這誘引也構成一種啟發的罪惡啊！回到家裏，我的妻兒在恬適的酣睡之中，我看他們，又多了一份疚慚——[88]

至於女主人公「她」（張真），更是個因戰爭要遭遇無數不幸的人：

> 我是一個在戰爭中長大的孩子，我的家因戰爭而從去了財富和溫暖，〔……〕在心理上就不會是健康的，嚴重一點說，可能會是變態的。〔……〕到廣州遭遇第二次戰爭時，我們逃到了香港，不久，我的第二個孩子（那是一個男孩）也誕生了！那是新的混亂與苦難。[89]

上文所說的「第二次戰爭」，應指二戰後的國共內戰。《萍水緣》的情節，不時穿插男女主人公的戰爭記憶，以佐證男女出軌的扭曲慾望各有苦衷；其中尤以張真最為身不由己。小說強調這現代女性婚姻失敗的原因，是在於戰爭所剝奪了她的自主和生活尊嚴。

由於背負「戰爭」，張真因此最後沒法狠心出走；男主人公見狀惟有放棄私奔，各自都帶着義務，重回香港的舊家庭。小說臨近結局，南宮搏更引用了庚信〈哀江南賦〉的「不有所廢，其何以昌」，來比喻已婚的「我」放棄家庭的決心。〈哀江南賦〉為哀悼梁朝滅亡的作品，除了隱隱呼應男女口中的「戰爭」，亦暗示現代女性破舊立新的意志不足，導致她選擇重回暴力丈夫身邊的悲慘愛情結局。

《青春季》的故事氣氛，則比《萍水緣》的輕鬆得多。《青春季》以全知敘述角度寫成；故事環繞剛滿十八歲的鄉下女子林毓秀，隻身到達陌生的香港，追求城市生活和戀愛的成長經歷。此故事雖不再為戰爭陰霾所籠罩，但這現代女性所在的城市空間仍然充滿危險：

> 人們說：城市中充滿了豪華。
> 人們又說：城市中充滿了罪惡。
> 不論如何，人們嚮往於城市，人們都希望自己底青春季，於城市中創建一份功業。

《小說報》第三十九期南宮搏《萍水緣》

於是，年青人向城市走，像神話中的愛爾．阿虔一樣——希望在沙漠中尋到美麗的蜃樓。㊵

林毓秀本來少不更事；惟剛一抵港，便目睹了夜總會歌手（她的堂姐）林如玉假扮尋死而欺騙情人、夜總會衣帽間員工張麗珠欺騙男同事王三保感情和金錢等壞事，方開始認真警惕城市環境。幸好好友陳貞和慈善的夜總會東主李老闆循循善誘和暗中保護，林毓秀的心智和社交技巧愈來愈成熟。理想戀愛對象嚴小龍出現後，她不顧危險，放縱享樂，險象環生；最後尋得正直的王三保為如意郎君。

《青春季》雖沒有沉重的戰爭陰霾，但小說亦以各陌生男女的互動，來展現鄉下女性在城市中容易孤立無援的處境，以強調良好品德教育的現代年輕女性的重要。

《碧海歌》與《青春季》一樣，以全知敘述角度寫成。故事開首是個余氏一家四口在狂風暴雨下掙扎航海的場景；余之芳一家來自中山，開船時遇上海難。父親、母親、兄長均告失蹤；全家剩下年輕的妹妹余之芳於香港漁村獲救。余之芳只擺出與她年紀並不相稱的憂鬱神情，對漁村的人一律閉口不言。來自城市的夏天放，對她十分同情：

曾經，他想像她是啞巴，此刻，他想像她是別有原由——在亂離的年月中，即使是小孩子，也可能會憂鬱和恐懼的。㊶

因漁村住着不懷好意的男人朱三發，所以余之芳悄悄離開寧靜的漁村，獨自走進人來人往的市區。當她確認自己漂流之地正是香港，她的情緒終於改變：

她沒有流淚——因為，流淚已不足表現她的沉痛，能夠哭泣的人是幸福的！因為還有人聽他的哭泣。而她，祇有一個人——在陌生的土地上，在滿佈着危險中求取生存！自由自在地生存！㊷

因此，余之芳也是「逃出來」的人——逃出

《小說報》第六十四期
南宮搏《青春季》

危險之地，幸運地得到仁慈的獨居老男人洪圖大收留、養育，又結識了好朋友鼓勵她當上歌場歌手謀生的董嬌艷，以及愛護她的情人夏天放。她的際遇，與《青春季》的林毓秀有點相似，但身世較林毓秀更淒涼；故事情節驚險連連，成長經歷比林毓秀更曲折離奇。

歸納三篇小說看來，南宮搏於《小說報》上發表的言情故事，皆聚焦於現代女性於城市空間下的被動與不幸。在南宮搏的筆下，現代女性雖然擁有鮮明的個性，但惟有遇上扶助、指導、鼓勵女性改善生活、健康成長的善良男女，女性方有放下過去、突破不幸的機會。成功的女性，便能如南宮搏引用波特萊爾所說的，「平安地生活在」邪惡的「繁華場」中。

這些言情小說皆見南宮搏歷史小說的寫作特色：一、以紛亂俗世為小說場景，如歷史小說中的亡國社會，或者言情小說中的戰後社會、邪惡城市等；二、以命運悲慘的女性人物為故事中心；三、以愛情故事為情節骨幹，甚至故事人物的救贖。由此可見，南宮搏的歷史小說和言情小說之寫作手法，是一脈相承的。

《小說報》第九十七期南宮搏《碧海歌》

四、結語：作家作為通俗小說的生產條件

南宮搏雖為通俗小說名家，惟其小說著作獲學術研究、文選和「香港文學史」注意。一九八〇年代及以後的香港作家及學者，對南宮搏和歷史小說的關注也不多。[43]原因似乎在於，他的小說形式通俗；而且像《小說報》這類小說，更須在下筆前獲得出資者同意，創作空間的確不算隨心所欲。研究者因此也難以量度這些通俗小說，甚至這通俗作家（生產者）個別的藝術成就。

就文化場域的角度而言，通俗小說是獲取「經濟資本」(economic capital，指金錢得益）為主的「大規模生產」(large scale production)。考維爾蒂 (John G. Cawelti) 在〈通俗文學研究中的「程式」概念〉內指出，通俗藝術生產者與其個別作品的關係，不必如高雅藝術生產者那樣緊密：「在研究高雅藝術時，我們最感興趣的是單個藝術家的獨特成果；而對於通俗文化，從某種意義上說，我們所面對的卻是集體的產品。」因此，通俗文學生產者的寫作能力、藝術成就，並不低於高雅文學生產者；兩種生產者所具備的能力，本不相同。[44]

通俗文學生產者的藝術價值，往往在於其「大規模生產」的能力，因為這負責生產的作家必須能以驚人的速度來寫作；不但要文筆流暢，而且具有靈活的公式（formula）書寫技巧，以便回應出資者對小說內容的要求。

南宮搏具有歷史題材和類型的寫作偏好，本與美新處《小說報》的出版方針不大投契；但他生產通俗文學的速度、親國民黨的立場、善用言情元素的特質，加上受歡迎的程度，又實在為《小說報》、美新處的理想人選。從南宮搏的言情小說與歷史小說在技法上的相通之處，正展示了他作為通俗作家的大規模文學生產能力。

（本文部份研究成果曾於「第二屆從誤讀、流變、對話到創意國際學術研討會：戰後台灣、香港、馬華文學場域的形成與變遷（二〇一六）」會議」發表；並承蒙香港教育大學中國文學文化研究中心、李卓賢先生、林肇豐博士及李凱琳博士惠贈研究資料，謹此致謝。）

《碧海歌》插圖

註釋

①南宮搏另名馬彬、漢元等，祖籍浙江，一九四九年於《掃蕩報》工作，後為上海《和平日報》總編輯，以後「自滬來港」，具體來港日期不詳。參劉以鬯主編：《香港文學作家傳略》（香港：市政局公共圖書館，一九九六年），頁五六。從〈南宮搏等人　獲准歸化英籍〉可見，南宮搏於香港身份證明文件上，應以「馬漢嶽」為原名。見（作者不詳）：〈南宮搏等人　獲准歸化英籍〉，《工商晚報》第二版，一九六二年八月二十七日。

②據林芳玫統計，南宮搏一九六〇年代在台出版著作共二十四種，於多產作家中產量排名第四，僅次於郭良蕙、郭嗣汾和繁露；比一九六〇年代開始流行的高陽之產量多出十一種。參林芳玫：〈第一章　作家類型與影響文學聲譽的因素〉，《解讀瓊瑤愛情王國》（台北：時報文化出版事業有限公司，一九九四年），頁五二。

③南宮搏曾任《中國時報》社長，見劉以鬯主編：《香港文學作家傳略》（香港：市政局公共圖書館，一九九六年），頁五六；實際就任時間不詳。他於一九七〇至一九八〇年代在台出版或再版的作品，如中國歷史小說、中國現代社會小說及香港社會小說等，多由時報文化出版事業有限公司主理，包括病逝後才出版、署名「漢元」的散文集《香港的最後一程》。漢元（南宮搏）：《香港的最後一程》（台北：時報文化出版事業有限公司，一九八四年）。有關南宮搏移居台灣之消息，見（作者不詳）：〈作家南宮搏　今自港返國〉，《經濟日報》（台灣）第五版，一九六七年七月十九日。

④南宮搏：〈我且說在香港〉，《自由談》第十三卷第五期（一九六二年五月），頁一九。

⑤（作者不詳）：〈南宮搏等人　獲准歸化英籍〉《工商晚報》第二版，一九六二年八月二十七日。

⑥（作者不詳）：〈名作家南宮搏病逝〉，《工商日報》第七版，一九八三年十一月二十八日。

⑦南宮搏向香港報章供稿至一九八〇年代，在港出版著作約至一九七五年而止。香港各大學學術圖書館及公共圖書館館藏所見，南宮搏在港最晚出版為一九七五年署名「馬彬」的《郭沫若批判》（香港：燎原出版社，一九七五年，據香港亞洲出版社一九五四年版影印本）。他的作品於一九九〇年代應已不大在港流通。

⑧王梅香指為「二十日」，見王梅香：《隱蔽權力：美援文藝體制下的台港文學（一九五〇—一九六二）》（新竹：國立清華大學社會學研究所博士學位論文，二〇一五年），頁九九。

⑨梁黎劍虹：《梁寒操與我》（台北：黎明文化事業公司，一九八〇年十月，再版），頁一六二—一六四。

⑩梁黎劍虹：《梁寒操與我》，頁一五八。

⑪《小說報》並沒有標示具體的出版日期。有關《小說報》的篇目，見王梅香：《隱蔽權力：美援文藝體制下的台港文學

（一九五〇—一九六二）》，頁三一七—三二二。

⑫ 出版年份應為一九五五年二月三日以後，具體日期不詳。

⑬ 王梅香：《隱蔽權力：美援文藝體制下的台港文學（一九五〇—一九六二）》，頁二六二、二九四；南宮搏：《憤怒的江：原名「水東流」》，（香港：虹霓出版社，一九五五年）。

⑭ 《花衣人》、《小兒女》和《荳蔻年華》尚未見於本地各圖書館館藏。

⑮ 王梅香：《隱蔽權力：美援文藝體制下的台港文學（一九五〇—一九六二）》，頁二八八。

⑯ 南宮搏：〈寫在「這一家」的前面〉，《聯合報．聯合副刊》第八版，一九六二年九月十三日。

⑰ 早在二戰前，香港已有歷史小說見報。於一九二〇至一九三〇年代，香港報章時有以中國歷史為題材的文藝作品，如黃言情：〈吳起、張飛〉（粵謳），《香江晚報．諧部》，一九二二年五月四日，轉引自《香港文學大系一九一九—一九四九．通俗文學卷》（香港：商務印書館（香港）有限公司，二〇一四年），頁二一六；小說與散文的惜惜：〈張季直別史〉，《工商晚報．晚香》第四版，一九三〇年十一月十六日；惜惜：〈風流才子易順鼎〉，《工商晚報．晚香》第四版，一九三〇年十一月十七日等，形式簡單但有講史之風。

⑱ 見南宮搏：《觀燈海樓詩草》（香港：良友出版公司，一九五五年）。

⑲ 馬彬（南宮搏）：《紅牆》（香港：〔出版者不詳〕，一九七九年）（據上海大家出版社一九四九年版影印）。

⑳ 南宮搏於一九八三年十一月二十六日逝世，其《工商日報．市聲》專欄「東海傳奇」一直連載至一九八四年一月十五日，全文完結，署名仍然是「南宮搏」，不知是已成之稿或他人代筆。此專欄於一九八四年一月十六日改為李岳「金瓶雙艷」。

㉑ 南宮搏：〈虞美人之死〉，《星島晚報》，一九五二年一月七日至十六日。

㉒ 南宮搏：〈妲己〉，《工商日報．市聲》，一九五二年九月四日至一九五三年二月十六日。

㉓ 南宮搏：〈秦良玉〉，《工商日報．市聲》，一九五三年二月十七日至九月九日。

㉔ 美國文化研究者考維爾蒂（John G. Cawelti）指出：類型（genre，或譯「體裁」）指「一種結構模式，這種結構模式用語言材料體現普遍的生活形式或神話」，如西部故事和偵探故事如屬英雄歷險的同一「類型」。詳參考維爾蒂著：〈通俗文學研究中的「程式」概念〉，收入周憲等編：《當代西方藝術文化學》（北京：北京大學出版社，一九八八年），頁四二四—四二八。中國歷史小說古已有之，並非摩登產物。魯迅在《中國小說史略》裏就以「平話」為「講史小說」之源頭；但「歷史小說」（historical novel）本身是個西方文學概念，而中國文學先有「講史」、「演義」等概念相近的作品，後由吳趼人正式提出「歷史小說」一詞。參魯迅：〈元明傳來之講史〉，《中國小說史略、漢文學史綱要》（新

北：新潮社，二〇一一年），頁一二五—一五三；陳子平：〈第四編 歷史演義編〉，收入范伯群主編：《中國近現代通俗文學史》（南京：江蘇教育出版社，二〇一〇年），頁一九—二四；薛建蓉：〈第一章 緒論〉，《重寫的「詭跡：日治時期台灣報章雜誌的漢文歷史小說》（台北：秀威資訊科技，二〇一五年），頁三〇—四六。

㉕ 南宮搏：〈序〉（序言寫作時間為一九七五年七月一日，香港），《楊貴妃》（台北：時報文化出版事業有限公司，一九八四年），頁二。

㉖ 南宮搏：〈作者序〉，《韓信（上）》（台北：麥田出版，二〇〇二年），頁一六。據劉以鬯：《香港文學作家傳略》，頁五七，《韓信》單行本更早版本為「台北：徵信新聞報，一九六四年」，連載版本待查。

㉗ 「言情小說」一般泛指「通俗愛情小說」；詳參黎秀明：《文化雜交：一九五〇年代香港言情小說》（香港：天地圖書有限公司，二〇二〇年）。

㉘ 蔡造珉：《南宮搏著作研究》（台北：萬卷樓圖書股份有限公司，二〇一四年），頁六一。

㉙ 應鳳凰：〈香港文學傳播台灣三種模式——以冷戰年代為中心〉，《文學評論》第二十一期（二〇一二年八月），頁五〇。

㉚ 南宮搏：〈楊貴妃故事傳述〉，《大成》第二期（一九七三年十二月），頁一三。

㉛ 南宮搏：〈妲己〉，《工商日報．市聲》第四頁，一九五二年九月四日。

㉜ 南宮搏：〈妲己〉，《工商日報．市聲》第四頁，一九五三年二月十六日。

㉝ 南宮搏：〈楊貴妃〉，《星島晚報》，一九五二年二月六日至二十八日。南宮搏：〈宋王臺〉，《星島晚報》，一九五二年二月二十九日至三月十一日。南宮搏：〈西施〉，《星島晚報》，一九五二年三月十二日至四月二十日。

㉞ 南宮搏：〈春風悞．前記〉，《工商日報．市聲》第二頁，一九五三年九月十日。

㉟ 南宮搏：〈寫在「這一家」的前面〉，《聯合報．聯合副刊》第八版，一九六二年九月十三日。

㊱ 南宮搏：《萍水緣》，《小說報》第三十九期（出版日期不詳），封面頁。

㊲ 南宮搏：《萍水緣》，《小說報》第三十九期（出版日期不詳），頁二。

㊳ 南宮搏：《萍水緣》，《小說報》第三十九期（出版日期不詳），頁二。

㊴ 南宮搏：《萍水緣》，《小說報》第三十九期（出版日期不詳），頁四。

㊵ 南宮搏：《青春季》，《小說報》第六十四期（出版日期不詳），頁二。

㊶ 南宮搏：《碧海歌》，《小說報》第九十七期（出版日期不詳），頁三。

㊷ 南宮搏：《碧海歌》，《小說報》第九十七期（出版日期不詳），頁四。

㊸ 一九八〇年代由馮偉才等編的《香港短篇小說選（五〇—六〇年代）》以嚴肅文學為中心，沒有編入南宮搏的作品。至於一九九〇年代出版的小說選，除了劉以鬯的《香港短篇小說選：五十年代》和也斯等編的《香港當代作家作品合集選：小說卷》，同選入署名「馬彬」的神話小說〈神農〉外，黃繼持、也斯、馮偉才和梅子另編有的香港小說選，雖有編入通俗作品的意向，但均沒有選入南宮搏的作品。見鄭慧明、鄧志成、馮偉才編：《香港短篇小說選（五〇—六〇年代）》（香港：集力出版社，一九八五年）。馬彬（南宮搏）：〈神農〉，收入劉以鬯編：《香港短篇小說選：五十年代》（香港：天地圖書有限公司，一九九七年），頁二五七—二六九；原載於《幽默》一九五二年六月。黃繼持、盧瑋鑾、鄭樹森編：《香港小說選（一九四八—一九六九）》（香港：香港中文大學人文學科研究所香港文化研究計劃，一九九七年）。也斯編：《香港短篇小說選：六十年代》（香港：天地圖書有限公司，一九九八年）。馮偉才編：《香港短篇小說選：七十年代》（香港：天地圖書有限公司，一九九八年）。梅子編：《香港短篇小說選：八十年代》（香港：天地圖書有限公司，一九九八年）。台灣學界方面，有的研究者如江俊逸、蔡造珉着力整理南宮搏作品版本，並從文本分析探討南宮搏小說的整體風格，冀從小說的題材、主題和結構方面作內部研究。參江俊逸：《南宮搏歷史小說研究》（台灣：中國文化大學中國文學研究所博士論文，二〇〇四年）；蔡造珉：《南宮搏著作研究》（台北：萬卷樓圖書股份有限公司，二〇一四年）。另有研究者如應鳳凰和王梅香，從外部研究的角度來分析南宮搏各類小說，與冷戰時代文學生產體制與政治宣傳的互動，如歷史小說於冷戰時代受歡迎的原因，以及南宮搏與美國新聞處的關係等。參應鳳凰：〈香港文學傳播台灣三種模式——以冷戰年代為中心〉及王梅香：《隱蔽權力：美援文藝體制下的台港文學（一九五〇—一九六二）》。

㊹ 考維爾蒂（John G. Cawelti）著：〈通俗文學研究中的「程式」概念〉，收入周憲等編：《當代西方藝術文化學》（北京：北京大學出版社，一九八八年），頁四二四。

論董千里的「三毫子小說」

葉倬瑋
香港教育大學文學及文化學系副教授

一、「歷史小說作者」董千里及「三毫子小說」

董千里（一九二三—二〇〇六），筆名「項莊」，浙江人，一九五〇年來港定居。生得鷹目銳灼，鷹鼻尖拔挺高，臉形瘦削，頗具英氣。筆耕數十年，曾撰寫小說、電影劇本、政論、雜文等，在《明報》、《新生晚報》等報有專欄，雜文結集出版有《讀史隨筆》、《人間閒話》、《舞劍談》（俱為小草出版社出版）、《項莊雜文》（百葉書舍）、《有情有理》（華漢文化事業公司出版）等。另有歷史小說《成吉思汗》、《董小宛》、《馬可·波羅》、《柔福帝姬》、《玉縷金帶枕》。①

董千里在香港文壇有兩副臉孔，一為以雜文名世的「項莊」，一為歷史小說作者「董千里」。前者毋論，後者憑依出版、自述、文學史來奠定位置。② 至於三毫子小說，翻檢關於董千里的記

董千里接受電視訪問
談金庸《射鵰英雄傳》

述，近乎缺席。「三毫子小說」是通俗作品，讀者眾多，稿費有可觀的一百五十至二百元，而當時的家庭月入才約二百元。[3]不少作家為了謀生，都過着「煮字療飢」的生活（劉以鬯語）。[4]有些作者對寫這些小說還抱着自責，[5]不主動提及乃是常情。董千里也極少提及他的三毫子小說，好不容易在一篇雜文中找到他自己的說法：

> 香港出版界自有「小說叢」之後，小說作家的數量正在大量增加，一般內容亦都盡量走戲劇性的路子，以迎合電影界的趣味。據一個朋友約略統計，六、七年來所出版的這一類小說叢當近千冊，為電影公司購買改編的約佔六分之一（國語片與粵語片又為一與三之比），可證這一類「新型小說」的確頗受電影界尤其粵語圈的歡迎。基於這種自由經濟的供求關係，恐怕以後還會有大量的生產。雖然就我所知，它的水準逐步低落，近年已引不起國語圈的興趣，出路日狹了。[6]

「小說叢」即指三毫子小說，當時較著名的有《海濱小說叢》、《環球小說叢》等。他文章補充了這些小說的盈利及書寫方式，除了向來知曉的香港和南洋銷售外，還有電影公司購買版權以改編，所以小說要迎合的就不止讀者，還包括潛在的電影製作人及觀眾。[7]董千里該文還說自己曾寫過近三十本這類小說叢，這遠遠超過筆者經眼的作品數量。由於作者未必署本名，加上文獻罕有流傳，我們已很難查到董千里創作的三毫子小說的具體數目及篇目。虹霓出版社《小說報》有以下數種署名「董千里」的小說：

《藍衣人》（第二十六期）；
《雲孃》（第三十四期）；
《夜深沉》（第四十三期）；
《碧血情仇》（第五十期）；
《雪山情》（第六十一期）；
《綉幕怨》（第七十一期）；
《學府情潮》（第八十一期）；
《哈爾濱玫瑰》（第九十期）。

筆者曾寓目其中六種，⑧本文談董千里三毫子小說的特點，所依的也是這六篇作品。這些作品大都具有三毫子小說的政治意識形態和基本特點，茲不贅言。⑨以下嘗試談談董千里這幾部小說比較突出的部份。

二、離開即新生：作為橋樑的香港

三毫子小說是香港文字消費的獨特產物，大部份小說的故事發生地也在香港。董千里愛寫異域風情，其歷史小說《成吉思汗》、《馬可．波羅》、《柔福帝姬》都以域外為敘事空間，他的三毫子小說亦愛寫異域或者中國邊地，例如《夜深沉》主線在檀香山，《藍衣人》以補敘遼西工地故事為主，《學府情潮》故事發生在北平，後段補上鴨綠江奴工營，《雪山情》所敘之事更遠在西藏。異域不只是故事背景，董千里還添上了許多風土習俗的描寫，最明顯是《雪山情》寫西藏的騎射大會、天葬、傳說等，這些習俗貫串整部小說、連合主角的行動，以主角的視覺為讀者進行西藏文化導賞。其他如《藍衣人》記遼西風雪及工人的工歌，《夜深沉》寫檀香山海灘的愛情石等，都容易引起讀者的獵奇心理。

值得注意的也包括香港的重要性。也許跟董千里本人是南來文人的身份有關，他的三毫子小說要角很少是香港人，但香港這地方卻對故事發展有着舉足輕重的作用。《學府情潮》的男主角林白鷗是廣東人，到北平唸書。他被秦仇脅逼做特工，後來在朋友協助下逃到香港，可惜已跟妻子陰陽永訣。香港之行在小說中早已透露，但受各事阻撓而不斷錯過時機，結果林白鷗要經歷韓戰劫難，失去右臂，家破人亡，然後才能抵達國之邊地，呼吸自由空氣。小說對香港的描寫很少，但若沒有香港此地，林白鷗這些遍歷劫難的異鄉人又如何重獲新生？香港的存在本身對他們而言已是一種福蔭。《藍衣人》亦類似，馮大鈞好不容易攜妻子祁玲南逃，他準備從深圳過橋到香港時，甫生鄉愁與新生的複雜感覺：

> 過橋的意義就是從飢寒到溫飽，從恐懼到平安，從死亡到生機。但同時也意味着遠離家鄉，拋棄難友，作亡命式的萬里投荒。

《小說報》第八十一期董千里《學府情潮》

情感寫得非常深刻。事實上，他們到港後並沒有事事順利，祁玲難產而死，小說沒有交代腹中嬰孩能否保住，只是從護士口中轉達馮大鈞的堅強：「馮大鈞決不甘心就此傷心而死；他要堅強地活下去，比以前更勇敢，也更仁慈。因為仁者無敵———」這不啻是對新生命的決志陳辭，「獨在異鄉為異客」是無法否定的情感，但「人離鄉」卻不一定「賤」，是貴是賤視乎一念本心，即使那只是想像或者憧憬，香港不正是希望的象徵麼？

當然也不盡然，在《夜深沉》裏，女主角文叔子從北平來到香港，再遠赴檀香山。她在香港曾因利慾薰心，墮入陷阱，成為特務的禁臠，也被逼以美色害人性命。她寫信給舊情人駱正初，才能逃離噩夢，在檀香山重新做人。可是，隨着特務尋上門，這段塵封的夢魘又被召喚出來，並使她跟丈夫和丈夫摯友楊惠元發生嫌隙。文叔子一直不願將往事告知丈夫，最後她決定坦白，丈夫不僅不介意，還說會更愛她，因為她有比常人更善良的心，以及更大的勇氣。在這則故事，香港是文叔子的創傷，這當然緣於政治漩渦。文叔子二次逃難，仍是異鄉人。但香港的創傷及延伸至檀香山的試煉，使她跟丈夫真真正正坦誠相對，假如香港在文叔子經歷中缺席，就不會有這段良緣。

香港好比一座橋，通往幸福之地。彼岸是心田，乃解脱苦難與憧憬新生之所。

三、古典文學的融鑄

董千里文字有古意，簡練有致，金庸連載《天龍八部》時有段時間由倪匡代筆，潤筆者便是董千里。他在幾部歷史小說融入古典文學是順理成章，但三毫子小說這種通俗消費品，卻沒有這種必要，硬套古典反而會影響讀者閱讀興味。然而，董千里卻刻意就此嘗試，而且效果並不突兀；除了間中引用詩詞斷章外，他擅長提煉古典意境，融入小說情境，其中在《學府情潮》一部尤為成功。

林白鷗和杜鵑認識然後相戀，有一次二人相約在圖書館見面，林白鷗先到，故意躲起來開杜鵑玩笑，待她焦急得快哭了才跳出來。這一段

小說報

26

藍衣人

董千里

（序幕）

這是第十四小時了。雨下着，我的心凝結着，兩者都不會有過片刻的休息。

現在我沒法教自己安靜下來，我在醫院的迴廊間走過來又走過去，彷彿想數清地下究竟砌了多少塊紅磚。後來，突然有一個衝動使我踏下草地，抵受着風吹雨打。雖然是乍暖還寒的仲春時節，那些冰涼的雨絲風片卻令我感覺到一種寧貼的希望。

於是我就讓自己留在露天，從折磨中求取心底的平安，——因爲我覺得這樣便分担了靈芝的痛苦。

《小說報》第二十六期董千里《藍衣人》

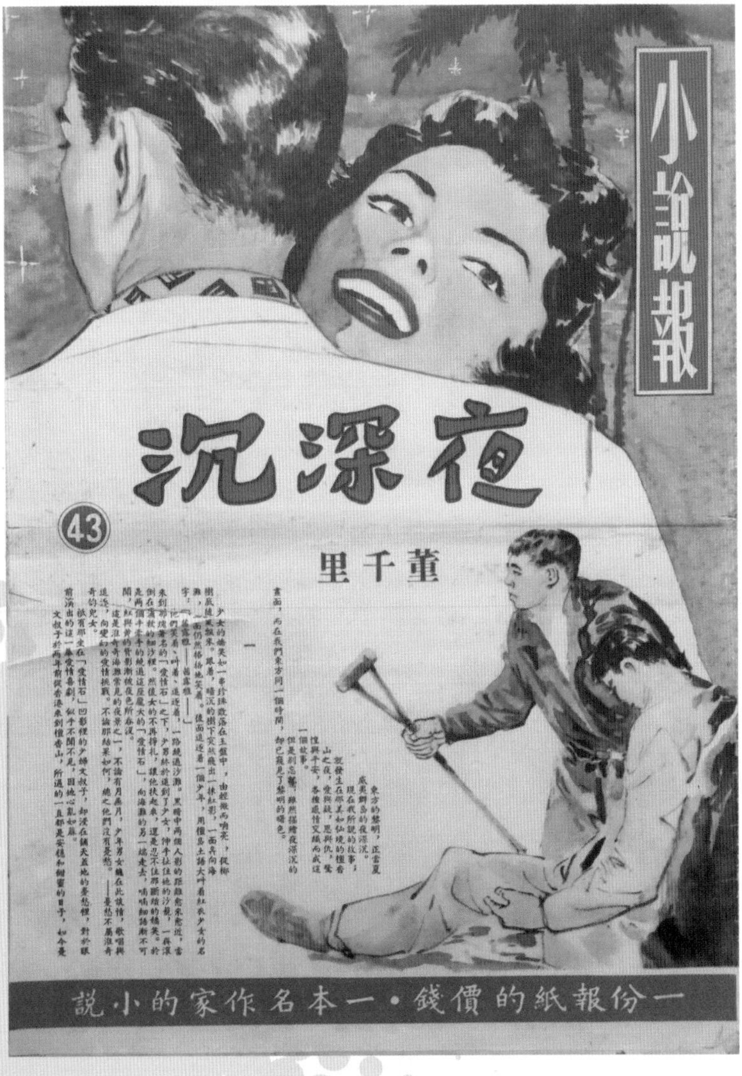

《小說報》第四十三期
董千里《夜深沉》

情節取材自《詩經．邶風．靜女》：「靜女其姝，俟我於城隅。愛而不見，搔首踟躕」。詩歌寫的是熱戀男女的玩笑，活潑可喜，但董千里將之化入小說時就作了許多細節調整。杜鵑有許多秘密，男主角林白鷗初未知曉，她一直受秦仇脅逼，情緒長久壓抑，又無人可訴，她孤身赴約時總猜疑有人跟蹤她，所以她才急得要哭起來。這時，林白鷗跟杜鵑是截然兩種心情的，男的只顧玩笑，女的憂心忡忡；杜鵑甚至嚴肅地問林白鷗假如自己死了，他會不會來弔喪，而最後竟成語讖。董千里從人物心理上之調整，使古典化用顯得自然和合理。

類似的化用在同篇中還有出現。大學第一學期結束，林白鷗回廣州過年，臨別之際，杜鵑和杜爺爺、老太太為其餞行，小說如此寫道：

> 我已決定回家，一切摒當就緒之後，到杜鵑家裏去辭行。他們準備了豐富的晚宴為我餞別。爺爺席間說了許多勉勵的話。老太太叫我早點回來，最好是過完舊曆年就動身，這樣可以在開學以前到達北平，休息一下再去上學。
>
> 我對他們的好意非常感激，並且謝謝他們過去半年來的照顧。我特別注意杜鵑，她甚麼話都沒有說，但是我可以從她眼中看見，她正在竭力控制內心的感情，使它不致於流露到面上。
>
> 飯後，當大家回到前面談話的時候，杜鵑稍坐了一下，便起身離開。我顧不得許多。跟在她後面，走進她的臥室。
>
> 她默默的打開衣櫃，從裏面拿出幾塊手帕，回身遞給我，她說：「留着你回廣州再用吧。」
>
> 「謝謝你，小妹。」我接過藏好。
>
> 「你路上要當心。」
>
> 「我會的，小妹。我會時刻想到你。我盡可能早點回來。」
>
> 我們沉默着，我有許多話要說，又好像一句話也沒有，我想她也是的。

這一段最少化用了兩個古典文本，一是《西廂記》長亭送別老夫人為張君瑞餞行的一段（第四本第三折）。席上老太太鼓勵張君瑞考取狀元，並將崔鶯鶯許配與他。整個晚宴，鶯鶯暗自神傷，不發一語。該節由鶯鶯獨唱，唱辭都是傷離之情，但晚宴場景鶯鶯之科白卻只有兩次「長吁」和一句「紅娘，甚麼湯水咽得下」。她只為離別傷感，對張君瑞能否考上狀元並不關心。直至夫人退席後，張崔二人共聚，才賦詩以表深情。董千里化用這個情節，杜鵑和鶯鶯一樣壓下千言萬語，僅為分離落寞。兩個文本稍有不同的是林白鷗覺察到杜鵑的沉默，明白她在壓抑情感，亦因如此，他才能緊跟突然離開的杜鵑，然後方有房中贈手帕一小節。這一小節寫得精巧簡潔，手帕贈送乃才子佳人小說常見之舉，而《紅樓夢》第三十四回，賈寶玉託晴雯將兩塊舊手帕贈予林黛玉又是意涵深邃的經典場面，誰都不曉得寶玉贈手帕之意思，只有黛玉體會出來，情不自禁地在手帕上題了三首詩。小說沒明白表示贈手帕之意是甚麼，但黛玉愛哭，寶玉贈其日常所用之舊手帕，就應有代己拭淚及貼身常伴的意思。董千里化用這小節，杜鵑白鷗二人一遞一接一藏，情意默默感通，自然不必多話。董千里愛讀《紅樓夢》，[10] 從這細節可見他化用之工巧，亦可見他對《紅樓夢》的體會是頗細緻入微的。

董千里的「三毫子小說」頗多引錄古典詩詞，例如《學府情潮》篇末引秦少游〈踏莎行·郴州旅舍〉「可堪孤館閉春寒，杜鵑聲里斜陽暮」、《雲孃》寫梅自清獨酌時思念雲孃，引用柳永〈蝶戀花·佇倚危樓風細細〉「衣帶漸寬終不悔，為伊消得人憔悴」、《夜深沉》化用蘇軾詞〈水龍吟·次韻章質夫楊花詞〉下片「點點是離人淚」的詞句等，與上文所述二例相比，是比較生硬直接的引用，這當然也構成所謂「文字有古意」的部份，但我們若放過了小說化用古典意境的細節，就較難欣賞到董千里的匠心獨運。

四、實驗敘事

三毫子小説標榜的是「一份報紙的價錢，一本名作家的小説」，論者已指出一些名作家，會嘗試將現代主義技法融入三毫子小説創作裏。⑪這些創作實驗，自然兼得「娛樂自己」和「娛樂別人」之效。董千里的作品在敘事技巧方面亦有實驗性，《藍衣人》便是其中的佼佼者。

這部小説以「我」在醫院等候難產妻子動手術開篇，幸運地妻女平安，但同房的另一難產婦卻未渡過危險關頭。本來人道關懷，「我」走去安慰焦急無助的產婦丈夫，然後從其口中得知藍衣人的故事；至此，讀者方知小説的主角不是「我」而是這位丈夫馮大鈞。馮大鈞述説藍衣人在遼西苦寒之地強制勞動的故事，他們如何被虐待、苛責，如何抵抗衛兵的監視，和報復藍衣人中的背叛者。馮大鈞被沈屠夫虐打後軟禁起來，小説又通過馮的回憶敘寫更早時間他和祁玲的相知相愛，然後又回到遼西工地的敘事。原來，沈屠夫竟是馮大鈞的哥哥，所以沈不僅沒置馮於死地，還將馮偷運到北京，並送上通關文件和新的身份證書。馮在北京偶遇早已失散的祁玲，原來她為生活而淪為私娼。二人重逢後私訂終身，結伴南下，雖屢逢波折，但最終到達香港。小説於是再回到開首的時空，原來「我」是一位作家，於是馮囑託「我」務必寫下他們的故事，並送上一個預設但未知的結局——馮大鈞會勇敢生存下去。小説打破順敘的敘事時間，利用插敘、補敘將不同時間發生的故事拼湊成脈絡，這種「故事中的故事」頗有後設小説的特點，由始至終我們讀到的都是從馮大鈞口中娓娓道來的故事，雖然敘事者沒有導引讀者去質疑這個故事，反而利用「我」情感上的認同讓讀者一起認可故事的真確性。然而，藍衣人故事的結局又是馮大鈞的「安排」和「預告」，「我」既非見證人亦非參與者，「我」跟讀者一樣只是一個願意去相信馮大鈞故事的「凡夫」而已。小説寫「我」將馮的故事轉告妻子靈芝：

> 靈芝默默地聽着我説完，還是不曾開口。現在我們彼此都不敢向對方看，因為祇要稍稍轉動，包在眼眶裏的泉水就會不停瀉下。我們曾經在欣賞悲劇之前這麼相約，**但我每次都故意破壞，為**

的是要看那拭淚後的羞笑。而此刻的眼淚是那樣的真實！決不是因悲劇而流的那種半苦半甜。如果我看她，她會哭上幾個鐘頭，然後是整年的憂鬱！

原來，「我」曾是那種質疑悲劇真實性的傢伙，他這次忍着不破壞馮大鈞的故事，是不敢讓愛妻克服難產過後帶上整年的憂鬱。馮大鈞的故事從邏輯上也許有不通處（例如他是否曾背叛同伴、他對祁玲的態度等），但讀者所應許的版本包孕着崇高情感，那就何妨讓它存留、視之為真實。小說最後一段寫：

我咀嚼着這蒼涼的嘆息。雨絲還是飄灑不停，東風捲起薄紗窗帘，一天的烏雲。但是在烏雲背後，不正是屬於馮大鈞的大片藍天麼？

相信烏雲後是藍天是一種信念，也是一種生之動力；敘事序次的打破不一定帶來質疑，也可以傳遞信念。董千里另一篇三毫子小說《碧血情仇》，在順敘敘事裏加插了倒敘和插敘，利用不同角色的回憶來填充補漏，以自圓其說，也成全了中年人為青年一代犧牲的崇高情操。又如《雪山情》，結尾透露這個淒美故事由唐醫生傳出來，唐醫生正是故事裏給予男女主角毒藥的人。這個故事讓人為女主角珠朗瑪的堅貞和善良動容，「至少在聽過這故事的人心裏，她是永生的」——董千里如是說。

五、結語

以上簡析了董千里幾部三毫子小說的特別之處，冀能在消費文化和政治宣傳以外，稍稍勾勒出這些文本的可觀之處，以說明文本的價值不能簡單地從雅俗分類上截然二判。一九六〇年六月十五日，董千里在《香港時報．淺水灣》發表了〈騎師、韁繩和馬——論文藝工作者的道路〉，此文是回應崑南數日前在同刊之〈當前文學藝術工作者的道路〉一文。[12] 董千里認為崑南不是職業作者，鼓吹分開生活售稿和嚴肅作品並不符合現實。他有兩個主要觀點，一是不能強分嚴肅及商品，二是不能全盤接受西化。後者是習見論辯，但前者卻是夫子自道。他將作者比喻為騎師、讀者是馬、文藝作品是韁繩：「韁繩的過長，過短或一長一短都會影響人馬前進，甚至反其道而行的」，他的意思大概是優秀的作家寫作時，必然會顧及讀者大眾，而不是孤芳自賞；故此，商品化並不必然降低文藝作品的價值的。一九九五年，年逾七十的董千里在《明報》專欄上寫：「稿匠係由文人『異化』而來，形式仍為文人而本質有異。主要由於寫作動機乃為稻粱謀，故此必須嚴格遵循市場經濟定律；女為悅己者容，士為市場而寫」，⑬ 行文不無自嘲，然同一問題讓他數十年來思考不斷，既是「己慮」，何嘗不可為「港情」呢。⑭

《藍衣人》插圖

註釋

①董千里的生平、軼事和出版資料，可參黃維樑：〈千里之行　始於項莊〉，《城市文藝》第一卷第五期（二〇〇六年六月）；黃南翔：〈項莊縱橫文壇半世紀——悼念以筆當劍的董千里先生〉，《城市文藝》第一卷第五期（二〇〇六年六月）；黃仲鳴：〈項莊舞劍　意在靠嚇〉，《文匯報》副刊采風版，二〇〇六年六月二十四日；黃仲鳴：〈東拉西扯說簡而清〉，《文匯報》副刊采風版，二〇〇六年六月二十五日；葉輝：〈悼念董千里先生〉，《明報》時代版，二〇〇六年六月二十五日；《有情有理》載有「作者簡介」，項莊：《有情有理》（香港：華漢文化事業有限公司，一九八六年），頁一。《香港作家雜文選》有董千里小傳，何錦玲編：《香港作家雜文選》（香港：新亞洲文化基金會有限公司，一九八七年），頁三一一。黃子程：〈雜文家的秘密〉，《星島日報》，二〇〇一年十一月二十六日。

②劉登翰編的《香港文學史》將南宮搏、董千里、高旅作為歷史小說的代表作家，認為董氏對「那種遺失了的馬背民族的神秘偉力很感興趣」，如《成吉思汗》；又指他的《董小宛》、《玉縷金帶枕》等小說瀰漫濃重的浪漫主義。這一節的撰寫人是鍾曉毅。見劉登翰主編：《香港文學史》（北京：人民文學出版社，一九九九年），頁二九一—二九四。

③參考吳昊：〈海角癡魂：論香港流行小說興盛（一九三〇—一九六〇）〉，《作家》第十九期（二〇〇三年一月）。

④劉以鬯：〈五十年代的香港小說〉，《香港文學節研討會講稿匯編》（香港：市政局公共圖書館，一九九七年），頁一七八。

⑤例如註4劉以鬯該文就引述了路易士在《火花》後記的一段話，路易士覺得自己賣文，跟路邊妓女一樣是可憐蟲。

⑥董千里：〈小說與電影〉，《人間閒話》（香港：小草出版社，一九七二年），頁二七八。黃靜研究通俗小說時，亦引述羅斌之說法：「我先讓日報連載小說，然後再出版單行本，遠銷外埠，最後再拍成電影，也就是『一雞三吃』。」所以小說、外銷和電影在當時有着緊密的協同效應。黃靜：〈流行文化王國之崛起：環球出版社創辦人羅斌的傳奇故事〉，收入香港電影資料館節目組編：《七彩都會新潮：五、六十年代流行文化與香港電影》（香港：香港電影資料館，二〇〇二年），頁一五—一七。

⑦上世紀五、六十年代的電影，不少改編自流行小說、漫畫，或取材自流行曲。也斯：〈五、六十年代流行文化與電影〉，收入香港電影資料館節目組編：《七彩都會新潮：五、六十年代流行文化與香港電影》，頁二—三。同書黃靜：〈流行文化王國之崛起——環球出版社創辦人羅斌的傳奇故事〉、沈海燕：〈社會陷阱與救贖天使——看鄭慧、依達五、六十年代作品的曖昧道德〉及張競心：〈從流行文學與改編電影看五、六十年代的花花世界〉都有探討「三毫子小說」改編

成電影的課題。見同書，頁一五—二四。

⑧《雪山情》、《學府情潮》及《藍衣人》為香港教育大學中國文學文化研究中心所藏，《雲孃》及《碧血情仇》由香港中文大學圖書館藏有。另外，筆者搜集資料時，又得到蕭永龍先生慷慨借出《夜深沉》，及三毫子小說研究者潘惠蓮女士的協助，謹此向蕭、潘兩位致謝。

⑨鍾曉毅曾概括五、六十年代的言情小說，認為它們有着類似明清才子佳人的模式。「主題披露與人物描寫有着較趨同的『套板』，一部小說講述一次戀愛經歷或者一個婚姻故事，間或也探討一下諸如『愛情是甚麼』這樣的話題，在盡情抒發纏綿、神奇、朦朧、哀怨的情愛夢幻時，亦帶着理念的意味。通常以女性為主人公，以美好的愛情為至高無上的理想，以結成美滿姻緣為結局。情節模式不是『一見鍾情』，就是『千里姻緣一線牽』，雖然或者會遇到一些惡人惡事的阻撓，或者弄成了三角戀愛、糾纏不休的局面，但最終都能排除萬難，善有善報，有情人誤會冰釋，成神仙眷侶。」鍾曉毅：〈香港言情小說的流變及文類分析〉，《香港作家報》擴版號第二十二期，一九九七年七月一日。

⑩黃南翔回憶七十年代在邵氏電影公司與董千里共事的軼事，他說當時董千里提醒黃要好好讀《紅樓夢》，「搞創作的人，最好能多讀幾遍」。黃南翔：〈項莊縱橫文壇半世紀——悼念以筆當劍的董千里先生〉，《城市文藝》第一卷第五期（二〇〇六年六月）。

⑪王梅香：〈美援文藝體制下的台、港、馬華文學場域——以譯書計劃《小說報》為例〉，《台灣社會研究季刊》第一〇二期（二〇一六年三月），頁二三—二五。

⑫董千里：〈騎師、韁繩和馬——論文藝工作者的道路〉，《香港時報．淺水灣》，一九六〇年六月十五日；崑南〈當前文學藝術工作者的道路〉，《香港時報．淺水灣》，一九六〇年六月十一日。這次參與論爭的還有王無邪：〈文學藝術工作者的工作〉，《香港時報．淺水灣》，一九六〇年六月十六日，都在劉以鬯主理《淺水灣》時刊載的。

⑬項莊：〈已老莫稿匠〉，《明報》副刊，一九九五年十一月三日。

⑭「消閒成為文學主潮，從傳統觀點看來，確是香港的不幸和作家的悲哀；但從發展的觀點看，它又是香港的幸運和作家的福氣。縱觀世華文學歷史與現狀，惟有香港這一自由港才有可能出現如此蓬勃昌盛的消閒文學，任何地區都不可能出現這一奇蹟。這是特殊時空出現的特殊文學現象，可謂史無前例，堪稱空前絕後。」清風明月：〈香港文學自由談〉，《作家雙月刊》第二期（一九九八年七月）。

言情教育：杜寧的戀愛教室

黃淑嫻
嶺南大學中文系副教授

一、前言：吃完雲吞麵、買本「三毫子」

當電子貨幣逐漸入侵我們的日常生活，我仍然喜歡盡量用現金過活。尤其拿着那些風光不再的硬幣，我會感到特別親切，好像時光倒流與歷史中的你和我相遇。如果我活在一九五〇年代，我會用三毫子硬幣買一本小說嗎？我想……吃完一碗雲吞麵，還剩三毫子，我會買。試想我是一個隨着父母從內地來香港的少女，我會想知道自己在這花花城市的未來，好像占卜一樣，我會遇到怎樣的男朋友？何時結婚？我會過得快樂嗎？這一切大概父母的經驗不能幫助我，那就讓小說家告訴我吧，哪怕只是夢一場。

一九五〇年初從內地來香港的羅斌老闆（一九二三—二〇一二），無疑是非常富生意頭腦的人。①他的環球圖書雜誌出版社，在五、六十年代出版了不少流行刊物，橫跨不同的文類，更連起不同的媒體，羅斌可算是當年的文化工業大亨。在羅斌眾多的出版之中，俗稱「三毫子小說」的《環球小說叢》應該最為當今研究者津津樂道。有研究者推算第一本的《環球小說叢》《歷劫奇花》是在一九五六年九月十七日至十月七日之間出版。②可能是這系列留下來的小說比較多，以及那些帶點俗艷的彩色封面，以深眼高鼻的女郎作招徠，令《環球小說叢》成為了那個年代通俗小說的標誌。

在眾多文學類型中，言情小說是當年有代表性的類型，連起其他的媒體，例如電影和電台的天空小說，言情作品都是主要的類型。吳昊在他的文章寫道，在一九六〇年代前後出現了一些深受女讀者歡迎的愛情通俗小說。③這些言情小說為甚麼吸引女性？我猜想其中一個原因，是這些故事為當時的女性提供了不少想像空間，成為了她們戀愛的指南。④

我在這十數年間陸陸續續看一些「三毫子

小說」和改編的電影，我不是收藏家，但總是得到朋友的幫助，有機會看到這些從三毫子小說變成價值不菲的書，感到非常幸運。這次有機會集中看了杜寧的十一本作品，應該是他所有的「三毫子小說」吧，算是對他有較全面的了解。這些小說包括《一夜之間》（《環球小說叢》第十九期）、《追踪》（《環球小說叢》第二十二期）、《女兒心》（《環球小說叢》第三十七期）、《情賊》（《環球小說叢》第五十四期）、《生離死別》（《環球小說叢》第一〇一期）、《蓬門怨》（《環球小說叢》第一〇六期）、《洞房花燭夜》（《環球小說叢》第一二五期）、《玉女痴情》（《環球小說叢》第一六三期）、《裙下君子》（《環球小說叢》第一七六期）和《一束金髮》（《環球小說叢》第一八一期）。

《環球小說叢》在一九六一年結束，改為《環球文庫》，售價四毫。杜寧也有繼續創作小說，按手上的資料，他在「四毫子小說」時期寫了《綠箋紅淚》（《環球文庫》第四十二期）、《千金小姐》（《環球文庫》第四十六期）、《拜金恨》（《環球文庫》第五十二期）、《錯愛記》（《環球文庫第五十六期）、《情天斷魂》（《環球文庫》第六十七期）、《最後一分鐘》（《環球文庫》第八十三期）、《醉生夢死》（《環球文庫》第九十五期）及《午夜人狼》（《環球文庫》第一〇一期）等等。

這文章集中討論杜寧的三毫子小說，我深信通俗文學自有通俗文學的意義，值得我們探索。這次機緣巧合能看到杜寧三毫子小說時期的所有作品，閱畢後發覺他大部份作品的主人翁都是二十多歲的年輕男女，這年齡是戀愛的季節。杜寧如何透過言情小說的類型呈現年輕男女在香港的情愛故事？尤其是女性，她們在愛情中會遇到甚麼問題？以下，我會首先討論杜寧小說的幾個特點，然後集中討論我認為較成功的一本小說。

二、杜寧的言情小說二三事：壞男人與好男人

在五、六十年代的環球作者群中，杜寧並不算是最受關注的作家，鄭慧和依達都要比他更受出版社看重。「三毫子小說」常在封底介紹某一個作家的作品，我看過有小平、鄭慧、龍驤等，但沒有看過杜寧，但在其後的「四毫子小說」中就見過一次，當中提到他的小說受職業女性的歡迎。[5]根據本書的作者簡介，杜寧生於一九三〇年，本名吳仰宇，江蘇嘉定人。他一九四九年定居香港，做過多種行業，然後在一九五六年開始發表小說，首部作品是在報章發表的長篇小說。[6]我們可以想像，一九五六年正是《環球小說叢》的開始，杜寧就在此時獲邀加入環球王國，開始撰寫他的三毫子小說。他在《情賊》故事的尾聲寫到自己幼年失學，在自修中學習寫作。[7]從知名度來說，一九五九年才是杜寧重要的一年。他的三毫子小說《女兒心》被電懋公司改編成國語片《玉女私情》（一九五九），而女主角尤敏憑此片獲第六屆亞洲電影節「最佳女主角」。其後，邵氏也改編過他的小說《蓬門怨》，改名為《姊妹情仇》（一九六三），這兩本小說都是他在三毫子小說時期的作品。[8]跟不少當年的作家一樣，杜寧也參與過電影行業，根據香港電影資料館網站的資料，杜寧當編劇的電影有《碧水紅蓮》（一九六〇）、《仙鶴神針》（一九六一）和《少年十五二十時》（一九六七）；當編劇和導演的電影有《母親與我》（一九七一）、《歡天喜地》（一九七一）和《發達之人》（一九七二）。另外，還有《夜半人狼》（一九六三）是改編自他的小說。杜寧主要活躍於國語片的圈子，當中只有兩齣電影是粵語（《仙鶴神針》和《夜半人狼》），而他執導的三齣電影中，《發達之人》和《母親與我》都是屬於台灣公司出品。我們所知有關杜寧的事情不多，也不知道他七十年代以後的生活如何。

南來作家杜寧，在五、六十年代活躍於香港流行文壇，當時他只是二十多歲的年輕人，面對新的生活環境，通過寫言情小說來認識香港，了解成長。台灣學者對言情小說有較多的研究。[9]在討論瓊瑤的作品時，有論者這樣界定言情小說：「言情小說主要是書寫人間情愛，特別是男

《環球小説叢》第二十二期杜寧《追踪》

《環球小説叢》第三十二期杜寧《灰寡婦》

杜寧

女情愛的敘寫。以浪漫愛情故事為基軸，鋪陳男女主角的戀愛事件，經過重重的考驗，包括兩人誤解，父母的反對，時空離別等等磨難，更加堅定愛情意志，營造出愛情的堅貞不渝。」⑩雖然文章研究的焦點是瓊瑤，但愛情為人生大事這點適用於不同地方的言情小說，分別在於愛情是結合了甚麼元素展開。

林芳玫曾指出，瓊瑤的言情小說是「附着在一個較大的家庭關係網絡，因此愛情本身缺乏內在獨立的意涵。」⑪我想從這裏開始想起，杜寧的言情故事當然有家庭，但家庭和兩代問題等等都不是最重要的元素。我想可能杜寧是男作家，而且帶着從內地來到香港的那種漂泊感，家庭反而在他的小說中並沒有太大的壓抑性。《女兒心》是比較直接講到中學生與家庭的關係，是杜寧少數不以愛情為主線的故事。女主角丁佩英的生母在她年幼時與男朋友私奔，當她長大後母親回來想把她接到外國發展，離開孤單而一直照顧她的父親。這故事的矛盾源於上一代的歷史，一段不成功的婚姻，但因為書中的丁佩英性格自主與西化，她能勇敢面對自己的身世，雖然最後她知道原來母親的男朋友才是自己的生父，但她還是選擇留下來照顧養父（這是那個年代必然的選擇吧？），家庭的歷史沒有為她帶來太大的內心抑壓。

那麼，甚麼才是愛情的阻礙？杜寧會告訴你是花花世界中的情場騙子。杜寧的小說富都市感，對於香港地理的描寫非常具體，例如他會具體寫到香港街道、餐廳、舞廳等名字，讓香港讀者有投入感。他的版圖也遠及海外，例如《追踪》講男女主角在美國荷李活一所餐廳認識；《情賊》的一對男女是在前往羅馬的飛機上邂逅。杜寧小說的地理邊界是流通的，人物能穿梭不同城市，給當時貧困的大多數讀者美麗的想像。然而，在這種流通的空間中，騙子是很容易乘虛而入的，尤其是玩弄女性感情的男性——騙子都是男性。《情賊》的男主角胡偉仁不光騙舞女白麗的感情，更在白麗結婚後，在外國再騙有錢女劉淑華。其後，白麗和淑華見面，後者不堪壓力而自殺身亡，偉仁繼續欺騙女性，小說後半部是白麗向他報復，要為所有受害的女性出一口氣。對於這個壞男人，杜寧最後沒安排富道德教

《環球小説叢》第三十七期
杜寧《女兒心》

《環球小説叢》第一〇六期
杜寧《蓬門怨》

《環球小説叢》第一〇一期
杜寧《生離死別》

《環球小說叢》第五十四期
杜寧《情賊》

誨的結局，白麗走上前往日本的郵輪，闖進他的房間，破壞了他另一場騙案，差點兒被騙的女方走了，白麗也走了，剩下偉仁一個人在船上，之後找不到他的蹤影了。小說這樣寫道：「或許他至今還在日本，或許他又去了別的地方，或許他已經……但，這個虛構的故事只能在這裏結束。」⑫我認為這結局比當年流行的教化作品好看，讓讀者有更多的想像空間。杜寧的另一小說《灰寡婦》也是講男子設愛情陷阱騙有錢的寡婦，但小說安排他最後改邪歸正，《情賊》的結局反而更有咀嚼的空間。

男騙子在不同小說中會以不同形態出現，成為女性在愛情路上最需要小心的頭號敵人。《玉女痴情》的女主角卜慧敏和表哥胡維霖門當戶對，兩家父母都希望他們結婚，變相是現代的包辦婚姻。有趣的是，兩人真的相愛起來，家庭的安排不光沒有為成長的少女帶來問題，反而是幫她尋找了理想對象。這回應了上文提到家庭並不是杜寧小說的矛盾所在的觀點。那麼問題在哪裏？年輕的慧敏竟患上了絕症，而這突然而來的變化，試出了維霖其實根本不愛她，一切只是為

《環球小説叢》第一六三期
杜寧《玉女痴情》

了她的家世，在某種意義上他也是騙子。杜寧筆下的情場騙子，是對於城市生活的典型看法，源於五四文學的作品，女性在城市中總會遇上危險，不光感情沒有了，就連性命也難保。

壞男人談過了，杜寧小說中的好男人又是怎樣的？比較簡單及典型的例子是《玉女痴情》中的永年。永年一直暗戀着慧敏，他的樣貌與家勢都比不上維霖，但他沒有因為慧敏的絕症而離棄她，反而是慧敏一直拒絕他，讓永年非常傷心。其後因為維霖的離開，慧敏才發現永年才是真正愛她的人，不離不棄。最後他們擁抱，小說這樣寫道：「在慧敏的滿足而欣喜的遺容上，有一點點的水漬，它分辨不出是雨呢？還是從永年眼眶中掉下的淚水。」[13]三毫子小說的男女主角都是才子佳人，弔詭的是，杜寧告訴你單靠外表吸引的愛情是不可靠的，對於女性浪漫的追求，在那個講究現實的中國人社會，認為是不切實際的想像。

然而，有趣的是，上述典型的好男人形象，在杜寧的小說中不是主流，他的小說愛寫那種矛盾的青年，他們充滿缺點，甚至破壞了自己的愛

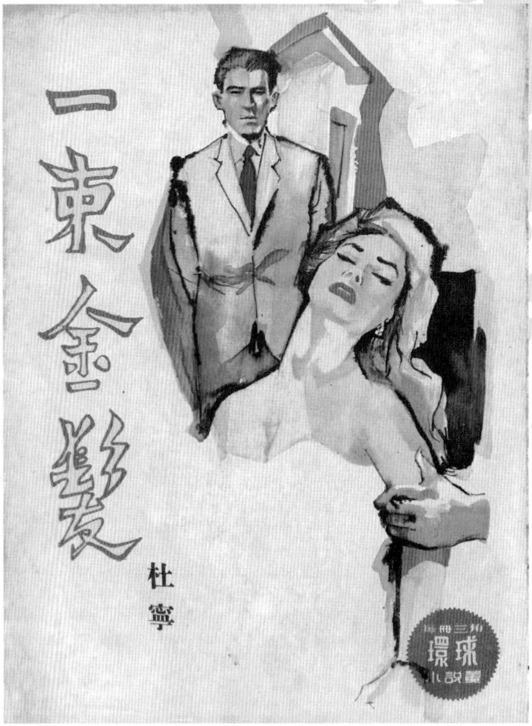

《環球小說叢》第一八一期杜寧《一束金髮》，為該刊最後一期。

情，但不是出於他的原意。我覺得杜寧筆下這種男性比較真實，幸好沒有過份自戀。情慾的掙扎往往成為一個好男人的大考驗，在杜寧不少小說中，婚前性行為可能令女性有身孕這點，往往是男女之間的主要煩惱。小說中會出現一些親密的場面，而男性是否能夠控制情慾，這就是一個考驗。《一束金髮》是杜寧最後一本三毫子小說，也是整個系列最後的一期。故事男主角的名字就用上了「杜寧」，也是一個作家，為環球出版社寫稿，更以第一人稱書寫，極度貼近作者的真實身份。小說中的杜寧在香港大學的音樂會上認識了一個美麗的英籍少女南茜，他們相愛起來，最後因為南茜父親勞埃斯的反對，二人分開，南茜成為修女，而杜寧最後也受了洗，二人好像在宗教中再相逢。《一束金髮》是我看過的杜寧作品中，父輩影響最大的小說，但核心的原因是殖民地所產生的文化不對等的問題。南茜的父親知道他們談戀愛之後，第一時間把女兒送到醫院檢查她是否還是處女。杜寧走到勞埃斯面前，希望他能把女兒嫁給他，當然遭到反對，但勞埃斯說：「可是你給我的印象很好，因為今天上午我得到了真實的答覆，你沒有傷害南茜，這是我應該感謝與尊敬你的。」[14]小說中的杜寧比南茜大十一年，他是歷練的人，靠寫稿為生。開始的時候，他是抱着玩票的、追女仔的心態，隨後感受到南茜的真誠。他們之間有親密的身體動作，例如小說中寫這：「我得承認自己對吻有豐富的經驗，但，當我把嘴唇湊上去的時候，卻感到一陣震顫，我似一個初吻的人，那般地恐懼而又熱望。」[15]勞埃斯雖然破壞了他們的愛情，但小說是認同勞埃斯以上的角度的：男性能控制自己的情慾，讓他成為受尊敬的人，一個好男人。這一點在杜寧不同的小說中都有類同的情節以作反映。

值得一提的是，為何勞埃斯不願意把女兒嫁給杜寧？最主要不是因為他窮，而是他作為「中國文化人」的身份，[16]而這等同活在困苦中，不光是指薪金。杜寧聽到這原因後，無言以對，好像自己都默認了。我想這其實是作家杜寧自己本身的問題，背負着離鄉別井的失落，賣文為生的痛苦，加上殖民地社會的不公，令他有感而發。

杜寧在兩本小說中的情慾場面寫得比較露骨（當然不能與當時的「有味」小說相比）。其中一本是《裙下君子》（另一本在下一節討論），這本小說又以「杜寧」為男主角的名字。風流作家杜寧在醫院留醫，遇到美女護士林淑珍（英文名字是Mable）。小說講他們不果的愛情，原因是杜寧發現不能改變自己的性格，考慮到Mable嫁給醫生將會對她更好，故他最後放棄了愛情。最後一場寫他回到常去的舞廳，繼續他的夜生活。小說以第一人稱敘事，真實的杜寧在結尾請讀者不要以自傳來看！

當時言情小說的特點，是把文藝與情慾扣連一起。一方面主角杜寧會寫「我似一葉孤舟，漂浮大海上，永遠望不着邊際，在這二十九年的時期，它不算是一個短暫的日子。」[17]另一方面，也會寫男女情慾的感覺：「她的右手，漸漸地從我背脊上升起，一直升到我的腦後，驀地，她用力的攀住了我的頭，左手緊緊地抱擁我的肩膊，似乎不讓空氣間隔着我，她終於把舌尖吐了出來……」。[18]《裙下君子》的故事再發展下去，杜寧希望與Mable發生關係，但女方因為怕有身孕而沒有進一步。因為婚前性行為而有了身孕的

《環球小說叢》第一七六期
杜寧《裙下君子》

問題，在杜寧的小說出現了很多次，這比兩代的問題來得更嚴重。小說的名字《裙下君子》已經把男主角定位，他一方面能控制自己的情慾，另一方面能面對自己性格的缺點而選擇放棄愛情，這種較複雜的好男人才是杜寧最肯定的。我們可以看到杜寧的戀愛教室主張：女性還是找一個可靠的男人好，浪漫的情人雖不一定是騙子，但不是託付終身的好人選。

三、《一夜之間》：賢良淑德太太的二十四小時

《一夜之間》是杜寧第一本三毫子小說，我認為是他最好的三毫子小說。看完後，讓我想到德格拉斯．薛克（Douglas Sirk）的電影，他在五十年代於美國拍攝的一系列家庭倫理片異常精彩，擅於描寫男女在家庭倫理網中複雜的心理。《一夜之間》寫從英國回到香港轉機的男子沈其賓，在酒店等候轉機到日本時，與舊情人吳文潔相遇。十年前，其賓到劍橋大學讀書，文潔在沒有解釋下與他分開，令他鬱鬱寡歡。文潔

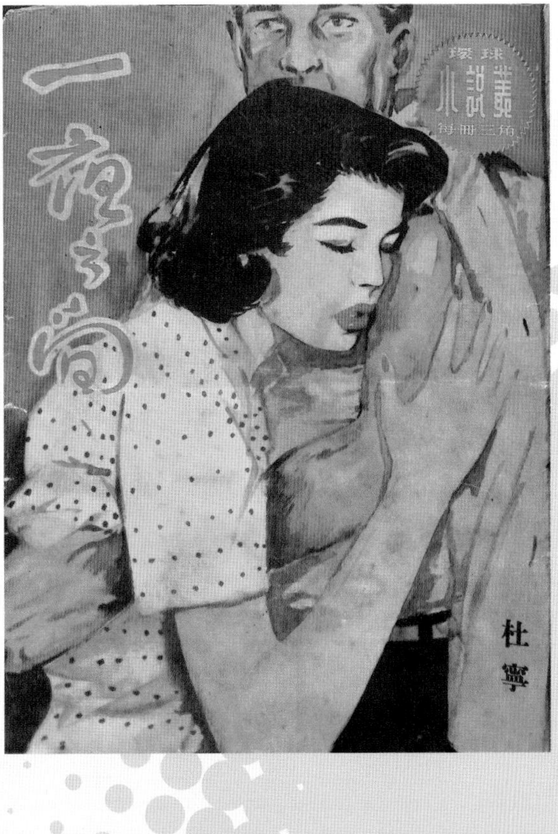

《環球小說叢》第十三期
杜寧《一夜之間》

在九年前與商人顧鳴壽結婚，育有一子一女。二人重逢，百般滋味在心頭，文潔向他道出分手的原因，二人在其賓半島酒店房間有親密的接觸。文潔半夜回家，與鳴壽吵鬧起來而出走。鳴壽以為她到了半島酒店找其賓，結果是其賓猜出她去了以前常去的沙田酒店，二人到沙田找她。文潔與鳴壽在沙田酒店相見而互相諒解，其賓獨自離開。第二天，當文潔和鳴壽到半島酒店，希望把其賓留下來的時候，其賓已經到了啟德機場，準備飛去日本了。

在小說的形式上，《一夜之間》是有設計的作品，正如題目所示，主要情節是發生在一個晚上。整個敘事時間是一天，從其賓和文潔下午在半島酒店巧遇，到第二天三人在啟德機場道別。主要人物只有三個，三人的心理都有發展，而以女主角文潔為中心。這種比較簡約的、控制的敘事時間，令人想起現代主義作品，如維珍妮亞·吳爾芙（Virginia Woolf）的《戴洛維夫人》（*Mrs. Dalloway,* 一九二五），整個故事都在一天發生，而兩者都是講已婚婦人長年的心理壓抑。當然《一夜之間》不是前衛的意識流小說，文字完完全全是通俗文學的風格，這種敘事時間的嘗試，再沒有出現在杜寧其他的三毫子小說中。《一夜之間》可以視為雅與俗之間有意義的對話。

時間集中在一天，而且重要的情節在一個晚上，人物的感情是爆發性的，女主角的性格最為複雜，甚至達到扭曲的程度。文潔是有錢太太，是別人眼中賢良淑德的女人。她向其賓解釋，因為當時母親病了而急需金錢，鳴壽幫了她，但鳴壽是非常好的丈夫，是真心愛她的好男人，文潔甚至認為其賓應該認識他。然而，這位賢良淑德太太總是拖延回家，自願留在其賓的房間到半夜，帶出了她內心的另一面。最重要的是，這篇小說的情慾描寫是杜寧小說中最大膽的，文潔好像在短暫的時間扮演了另一個自己，例如小說寫道：「文潔軟綿綿的倒在床上，她毫無抵抗的張開了嘴唇，接受着他口腔裏傳來的一股沸燙如火的熱力。」⑲ 他們始終沒有發生關係，道德戰勝了情慾，然後小說這樣道出文潔的心理：「她躺在床上，眼角旁潤濕一片，她不知道其賓的懸崖勒馬，對自己來說，是一種幸運呢，抑是沮喪？」杜寧寫出這個賢良淑德的太太內心長久壓抑的情慾，其賓的出現可能只是催化劑。

杜寧筆下的文潔還帶着自毀的傾向，進一步把劇情推展。文潔回到家以後，自己告訴丈夫與其賓在房中發生的一切，還說：「他是多麼的大方，給我多麼的甜蜜。」[20]如果文潔只是為了私會情人，是不會這樣做的，小說明顯想帶出文潔長期在家庭壓抑下的情緒，一下了爆發出來，甚至抱着毀掉了也無妨的心態。

小說也有細心經營男性的複雜性格，揭開他們君子背後真實的面貌。其賓面對移情別戀的文潔，其實沒有太大的怨恨，畢竟事情已經過去了很久，而且他最終明白她的原因，了解她當時的情況。其賓對文潔的慾望，是由文潔複雜與帶自毀性的性格所觸發的。他們在餐廳晚飯，親密地跳舞，文潔在其賓面前轉述丈夫如何稱讚他是君子，因為文潔和其賓之前沒有發生過關係。小說在此寫出溫文的其賓的報復心理，遂邀請文潔回到他半島酒店的房間，好像因為以前所謂君子的人格，讓他失去了很多，他好像突然要證明自己不是甚麼君子。

另一個男性是鳴壽，他在小說中最重要的一段，是他半夜在房中等待文潔回來的一幕。他思前想後，憂慮萬一失去了文潔，他就失去了現在優越的生活，跌進了失序處境。事業有成的鳴壽最重要的事情，是維持美滿家庭的狀態，讓他能夠在舒適圈內生活下去。

《一夜之間》要比杜寧其他的小說好，是因為小說對人物有深入的探索，哪怕文字很直白。值得留意的是，通篇小說沒有壞人：我們不會討厭鳴壽，我們明白到他的考量，當然也不會責怪文潔和其賓。有趣的是，小說沒有否定文潔是賢良淑德的女性，或者懷疑其賓和鳴壽是誠實可靠的男性，故事只是以一晚的時間，讓讀者看到了好男好女心底內一堆有待清理的雜物，或者根本就是他們人生的一部份，只是他們不想看到。小說的結局是鳴壽提議與文潔到日本旅行，重拾二人的感情，又可以探望其賓，彷彿是一個大團圓結局，大家三人又穿起道德的長袍，直至另一個極端的晚上重臨。

四、小結

老實說，不是每部杜寧寫的小說都好看，有些情節不通，有些人物沒有好好地發展，缺乏說服力，我相信這是當時通俗小說普遍的問題。《一夜之間》是杜寧的第一本三毫子小說，但之後的作品就沒有達到這水準了，這是作家時間不夠？還是這樣的作品不夠通俗？這有待我們再看他的四毫子小說再作評論。

言情小說縱然公式化，但在不同的年代裏，我們都可以在小說家的故事中看到人情世故，帶我們走入俗世的處境。杜寧的小說的好男好女不是那種高叫道德口號的人，總有着模糊性，這樣的人物令讀者看得更投入，更感同身受。如果我是一個成長中的少女，我會用三毫子，買一本小說，成為杜寧戀愛教室的學生。

註釋

① 有關羅斌的生平，可參考他的口述歷史，陳國燊：《一筆橫跨五十年》（加拿大卑詩省列治文：9297 Enterprise Inc.，二〇〇六年）。

② 有關「三毫子小說」這叫法的來源，可參考潘惠蓮：〈香港的「三毫子小說」何時誕生？〉，《微批》，二〇二〇年十月十八日，https://paratext.hk/?p=2940，檢索日期：二〇二二年二月九日。

③ 吳昊：〈海角癡魂：論香港流行小說的興盛（一九三〇—一九六〇）〉，《孤城記：論香港電影及俗文學》（香港：次文化堂，二〇〇八年），頁一六五。

④ 看鄧小宇寫依達，感受到他唸小學三年級時閱讀通俗小說對他的影響。鄧小宇：〈依達——重新記起的名字〉，「鄧小宇的站借問」，二〇一五年十一月，http://dengxiaoyu.net/News/View.asp?ID=1651，檢索日期：二〇二二年二月九日。

⑤ 封底有這樣的介紹：「杜寧，他是『環球小說叢』基本作者之一，也是中篇創作小說的健筆。他有超乎常人的多方面生活經驗，所以他的作品更為一般職業女性所歡迎。被改編為電影者不計其數，著稱的有奪得亞洲影展的《玉女私情》。」杜寧：《千金小姐》（香港：環球圖書雜誌出版社，一九六二年）。

⑥至於是甚麼的長篇小說，還有待查考。

⑦杜寧：《情賊》（香港：環球圖書雜誌出版社，出版年不詳），頁一九。

⑧有關電影的改編，我曾在別的文章討論過，但當時還沒有機會看杜寧其他的作品。黃淑嫻：〈從流行小文學的改編看邵氏和電懋——杜寧和瓊瑤的例子〉，收入黃愛玲編：《邵氏電影初探》（香港：香港電影資料館，二〇〇三年），頁一七三—一八一。

⑨例如先行者是林芳玫：《解讀瓊瑤王國》（台北：時報文化出版事業有限公司，一九九四年）。

⑩黃儀冠：〈言情敘事與文藝片——瓊瑤小說改編電影之空間形構與現代戀愛想像〉，《東華漢學》第十九期（二〇一四年六月），頁三二九—三七二。

⑪林芳玫：《解讀瓊瑤王國》，頁二四。

⑫杜寧：《情賊》，頁一九。

⑬杜寧：《玉女痴情》（香港：環球圖書雜誌出版社，一九六〇年），頁一九。

⑭杜寧：《一束金髮》（香港：環球圖書雜誌出版社，一九六〇年），頁一六。

⑮杜寧：《一束金髮》，頁一二。

⑯杜寧：《一束金髮》，頁一六。

⑰杜寧：《裙下君子》（香港：環球圖書雜誌出版社，一九六〇年），頁六。

⑱同前註。

⑲杜寧：《一夜之間》（香港：環球圖書雜誌出版社，出版年不詳），頁八。

⑳杜寧：《一夜之間》，頁一二。

《一夜之間》插圖

劉以鬯的「三毫子小說」和現代主義的關係

區仲桃
香港教育大學文學及文化學系助理教授

一

也斯在〈從《迷樓》到《酒徒》——劉以鬯：上海到香港的「現代」小說〉（下稱〈從《迷樓》到《酒徒》〉）一文中指出：劉以鬯的《酒徒》繼承及轉化了中國三、四十年代現代小說的傳統，「開創了香港現代主義一條不同的路。」①也斯在文中嘗試勾畫劉以鬯的創作歷程，說明《酒徒》這部現代主義經典得以生成，是作者多年創作經驗累積所得。按照劉以鬯的說法，他的作品籠統分成「娛樂別人」和「娛樂自己」兩大類。前者是為了生活而寫的通俗作品；後者是劉以鬯為滿足自己的創作理想而撰寫的嚴肅作品。也斯認為這兩類作品的關係複雜，劉以鬯在實際層面中如何對這兩類作品的創作做到涇渭分明，是也斯感興趣的課題。雖然〈從《迷樓》到《酒徒》〉的討論較多是放在劉以鬯的嚴肅作品和作家對西方現代主義作品的關注上，但也斯也注意到劉以鬯的通俗作品對後來《酒徒》的創作也有一定的貢獻。然而，礙於文章的焦點，也斯沒有展開討論，但列出一份劉以鬯通俗作品的名單，其中包括在鼎足出版社（一九五七）出版的《星嘉坡故事》。②

《星嘉坡故事》是一個有趣的例子。它在鼎足出版以前，首先在《小說報》出版，亦即後來被稱為「三毫子小說」的通俗作品。③雖然王梅香在〈美援文藝體制下的台、港、馬華文學場域——以譯書計劃《小說報》為例〉一文中的焦點是放在美援文化和《小說報》的關係上，但無獨有偶，她在討論的過程中亦用了一定的篇幅分析劉以鬯在《小說報》出版的《星嘉坡故事》（後改為《星加坡故事》）的來龍去脈。王總結道：《小說報》的三毫子小說作家一邊要肩負政治宣傳任務，一邊追求現代主義的理想；「然而，在更多時候，可以看到的是，作家用諷刺、惡作劇和現代主義的技巧，來處理反共的主題，形成一九五〇年代美援文藝體制下的特殊文學風景。」[4]王梅香在一定程度上確認了三毫子小說和現代主義技巧的關係密切，到底劉以鬯的三毫子小說和現代主義的關係又如何呢？礙於王的文章關注點在美國新聞處和《小說報》的關係，所以她同樣沒有在這個話題上着墨。本文認為劉以鬯的三毫子小說和現代主義的關係較複雜。一方面，這些小說繼承了作家在上海時期的代表作〈露薏莎〉的寫作範式。按劉以鬯的說法，〈露薏莎〉是幼稚、庸俗和技巧低下的作品；另一方面，劉以鬯仍然沒有完全放棄從技巧上追求現代主義理想，只是在追求的過程中未必能隨心所欲，在很大程度上受制於讀者的期待視野。劉以鬯在《小說報》中曾發表過五篇三毫子小說，[5]其中以《藍色星期六》這篇的寫作技巧最具實驗性。這篇短文希望透過分析《藍色星期六》來說明劉以鬯的三毫子小說和〈露薏莎〉及現代主義技巧的關係。

二

早在上海期間（一九一八—一九四八）劉以鬯便開始接觸及創作現代主義作品。他接觸的現代主義作品籠統可以分成兩大類：西方現代主義作品（例如喬伊斯《尤利西斯》的原著）及上海現代主義作品。後者還涉及對日本新感覺派作品的轉化。劉以鬯在上海時期的作品明顯受施蟄存和穆時英等人的現代主義（以描述深層意識的心理分析小說為主）作品及上海的消費文化影響，[6]他在《劉以鬯卷》中只收進了兩篇上海時期（一九三九—一九四九）的小說：〈七里嶴的風雨〉及〈露薏莎〉。其中劉在〈自序〉中只點評〈露薏莎〉，可見他對這篇小說的重視。劉以鬯對這篇少作的批評十分嚴厲，認為〈露薏莎〉的「技法低下」、「用虛構的、庸俗的故事作歪曲的反映」；然而，小說「抓到了生活的真實」，「寫愛國志士在『孤島』陸沉後的英勇行為，意圖是好的……有突出意義的題材。」[7]

劉以鬯於一九九〇年批評自己這篇成於一九四五年的作品時，無形中道出自己對現代主義的獨特看法：將現實主義與現代主義結合在一起。[8]按照劉以鬯的分析，小說的技巧主要效法現代主義（特別是意識流和心理分析方面），但內容則強調真實。[9]〈露薏莎〉被劉以鬯評為幼稚的原因，主要是技巧及故事設計方面，愛國的題材卻備受作家肯定。在同一篇〈自序〉中，劉以鬯也談到「三毫子小說」的問題。他指出香港是一個高度商業化的社會，作家（賣文者）寫作時受到很多掣肘：「如果『三毫子小說』出版人要求賣文者在小說中加插政治宣傳，賣文者就要在小說中將出版人的政治觀點作為自己的觀點。」[10]劉以鬯指的「三毫子小說」（《小說報》）的出版人是香港美新處，它的政治觀點是反共。[11]

〈露薏莎〉和劉以鬯後來的三毫子小說有很多共通點，[12]特別是在人物的設計和故事情節等方面，可以說前者為後者提供了一個原型。簡單來說，〈露薏莎〉是關於一位美麗的俄國舞女露薏莎在孤島時期的上海，與一位愛國的抗日記者一段短暫的愛情故事。小說最後是露薏莎捨身換取記者繼續他抗日救國的工作。[13]以人物設計來說，〈露薏莎〉的女主角背景帶點神秘色彩。露薏莎的父親是俄國落難貴族，輾轉逃難到中國和一名中國女子結婚，一家在東北生活。後來日軍佔領東三省，露薏莎的家人先後死去，她到了上海淪落風塵。男主角是失意記者，失掉工作後，出於正義，加入了抗日行列，但感到力不從心，經常借酒澆愁。〈露薏莎〉的這種人物設定，在劉以鬯的三毫子小說中十分常見，特別是女主角幾乎都帶有神秘感。男主角的背景相對較簡單。

故事情節方面追求曲折離奇，以〈露薏莎〉為例，和現實距離較遠，甚至帶有夢幻色彩。失意的男子在故事中遇上如仙女下凡般的美麗女性，有情人是否能終成眷屬就要看女子的本性，及男子的造化。〈露薏莎〉的寫作手法以直白的文字和簡單的敘事技巧為主。在劉以鬯的三毫子小說裏，人物設定及故事情節等方面都和〈露薏莎〉較接近，至於技巧方面卻隱約反映了劉以鬯現代主義的追求。以下將以《藍色星期六》作進一步說明。

三

《藍色星期六》在《小說報》第六十八期出版。[14] 小說從人物設計和故事情節等方面，都是在〈露薏莎〉範式的基礎上加以發揮。相對來說，寫作技巧方面卻比劉以鬯其他「三毫子小說」更具實驗性，以下會分別說明。先說人物設計，《藍色星期六》的女主角名叫夏莓仙，外表美麗動人不在話下，她的神秘感一度讓男主角以為她是鬼魅。男主角的背景則簡單多了。他是有婦之夫，有一個兩歲大的女兒，一直以寫作為生，在報館當編輯。《藍色星期六》的人物設置和〈露薏莎〉基本特徵十分接近，例如女的充滿神秘感；男的則較平常普通。我會在下面介紹情節時，再進一步說明。

故事情節方面，《藍色星期六》同樣是追求曲折離奇，比〈露薏莎〉有過之而無不及。夏莓仙和男編輯邂逅於跑馬地。他倆第一次遇見時，男編輯運氣奇差，差不多把身上的錢都輸得清光。最後他決定把剩下的二十塊押在一匹名叫「欽天監」的馬匹身上，就在這時夏莓仙突然出現，請他代買「欽天監」。面對美麗的夏莓仙，編輯欣然答應。賽果「欽天監」勝出。夏苺仙再請編輯代領彩金，誰知領到彩金後轉眼間便看不到夏苺仙的蹤影。同樣的事情接連發生，好不容易得到夏苺仙的地址，編輯想着把彩金送回給她，誰知到了她的家找到的卻是夏苺仙的墳墓。

以上一切都是發生於四年前的事，接着四年間男編輯到了新加坡工作，並在那裏結婚及誕下女兒。到他回流香港後，出版社主編要男編輯寫一個馬場故事，他便想起這段舊事來。值得注意的是，男主角指出他曾把這段往事寫成一個故事，題為〈馬場花魂〉。[15]主編建議他再到馬場尋找靈感。誰知事隔四年再到馬場，竟然與夏苺仙重遇。男編輯聽了夏苺仙的貼士，贏了馬。兩人相約一起吃晚餐。這次女主角不單沒有逃脫，而且還一一解答男主角的疑問。夏苺仙曾結婚，她的丈夫名李忠，是有錢商人，但年紀比夏苺仙大。女主角嫁給他主要是為了錢，李忠雖然知道這個事實，但仍深愛妻子，以致縱容她賭馬。一次夏苺仙在李忠出差期間，把他的家財全部輸掉，因為沒有面目面對李忠，於是她假扮自殺身亡。誰知李忠以為妻子已死，自尋短見。事後夏苺仙深感悔意，為了生活，曾到越南當舞女，期間認識了一名法國軍官，並跟他到法國居住。再回香港時，夏苺仙已有一定的積蓄，加上賭博贏了大筆錢，生活無憂。夏苺仙仍然不改賭馬的習慣，四年前在馬場遇見男編輯，驚覺他的外貌和死去的丈夫十分相似，出於對丈夫的愧疚，試圖以金錢或貼士幫助男主角來換取安慰。

故事說到這裏已極盡曲折離奇，誰知更複雜的情節還陸續有來。男編輯開始和夏苺仙交往時，剛巧女兒得了急病，最後死去。妻子失去女兒的同時，更得知丈夫另結新歡，於是提出離婚。夏苺仙和男編輯兩情相悅，只是男編輯離婚後才知道夏苺仙有一個長期交往的男友曾查理，而且兩人還育有一個兒子。開始時夏苺仙答應不再和曾查理見面，但兩人結婚後，夏苺仙卻不守承諾，最後和男編輯鬧得不歡而散，落得離婚收場。離婚後的夏苺仙和曾查理走在一起，繼續沉迷賭博，把以往贏得的金錢在數月間輸光，兩人經常為金錢吵鬧。夏苺仙想和男編輯復合不果，嘗試自殺。獲救後，決定再到越南當舞女去。臨離開前把自己的兒子送給男編輯，作為對方為自

《小說報》第六十八期劉以鬯《藍色星期六》

已失去了女兒的補償。

按以上簡單的故事交代，那種曲折迂迴的情節除了給一般讀者帶來豐富的娛樂性外，當然亦滿足了《小說報》的字數要求。然而，在滿足「娛樂別人」這要求之餘，《藍色星期六》在敘事技巧上亦帶有現代主義色彩，或者以西方文學思潮發展的時間線來看，會被定義為後現代主義技巧。⑯《藍色星期六》可以說是具有後設或元小說（metafiction）的雛型。故事中的敘事者（即男編輯）透過故事內容告訴讀者構思這篇小說的過程。男主角在出版社主編要求下要寫小說，他找來數年前出版的〈馬場花魂〉作為藍本。這部份內容讓人直接聯想到劉以鬯本人，他曾出版一篇名為〈花魂〉的短篇，除了改動了人名及個別語句外，內容和〈馬場花魂〉幾乎一模一樣。再加上故事提到男主角曾到新加坡工作，這點亦與劉以鬯的生平不謀而合。換言之，《藍色星期六》的開首部份營造了一種真實感。這些真實的背景和故事後面的發展，形成了真實與虛幻相互交錯，讓讀者難以分清兩者的界限。

《藍色星期六》在寫作技巧方面的實驗性，還在於嘗試多種結局的可能性。⑰〈馬場花魂〉（或〈花魂〉）顯示了夏苺仙其中一種結局，那就是她真的羞愧自盡，以鬼魂的形態出現在馬場。另一種可能性是她與法國軍官在法國長相廝守。不過相對於和男編輯白頭偕老，這種可能性較低。故事發展到夏苺仙和男主角結婚本應可以是一個最好（合情理）的結局。也許礙於讀者的期待或者字數的限制，小說繼續探討另外一些發展的可能性。其中一種可能性是夏苺仙和她長期交往的男友曾查理結婚，和他們的兒子快快樂樂一家三口生活在一起。然而，劉以鬯並未有選擇這個結局。故事繼續發展下去，夏苺仙和曾查理鬧翻了，希望返回男編輯身邊，這當然是一種結局的可能。不過，劉以鬯沒有選擇這個可能性，他安排男編輯拒絕，夏苺仙自殺，但他仍然對這種結局不滿。結果，夏苺仙獲救，她決定到越南做舞女，把兒子「送」給男編輯撫養。簡單來說，劉以鬯在小說中提供了最少七種結局的可能性。如果讀者對某種結局較滿意的話，也許停在那裏，不再看下去，也算是一種特別的閱讀經驗。讀者和作者在其中有較多的互動。

四

如果把劉以鬯其他三篇三毫子小說，包括《星嘉坡故事》、《蕉風椰雨》及《蠱姬》作簡單比較的話，我們會發現《藍色星期六》的敘事技巧較具實驗性。另外，《蕉風椰雨》也嘗試借大戲《武松與潘金蓮》來說明女主角花蒂瑪困於愛慾與道德之間的矛盾心理。雖然這部份內容佔小說的篇幅不多，但卻在一定程度上反映了女主角的潛意識——她深受傳統道德的掣肘。[18]至於《星嘉坡故事》及《蠱姬》基本上較接近〈露薏莎〉的範式之餘，礙於三毫子小說的篇幅較長（約四萬字左右），所以故事發展會呈現和《藍色星期六》相若的敘事方式，那就是作家彷彿提供多於一種結局的想像。然而，由於這些小說沒有像《藍色星期六》般配以明顯的後設技巧，所以一般會當作情節豐富來看。

透過以上簡單的分析，我們可以看到劉以鬯的三毫子小說雖然在內容上和〈露薏莎〉較接近，以虛構甚至（用劉以鬯的說法）以庸俗為主，但技巧方面，個別小說已見現代主義的雛型，是研究劉以鬯由上海時期蛻變到香港現代主義時期這個過程中不可或缺的一環。

《藍色星期六》插圖

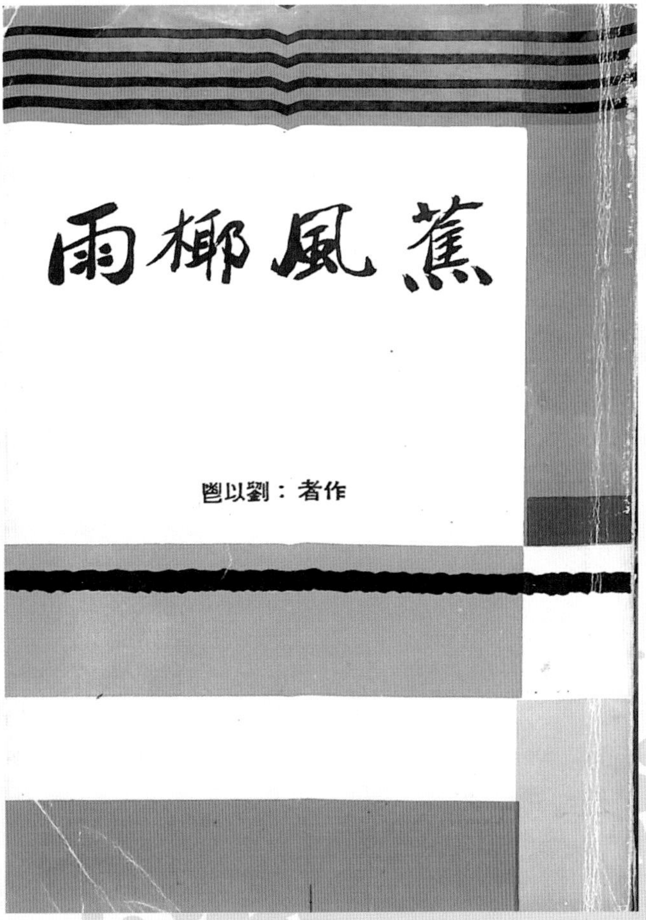

《椰樹下之慾》後來改成《蕉風椰雨》出版（圖為鄭明仁先生所藏簽贈本）

註釋

① 梁秉鈞等編：〈從《迷樓》到《酒徒》——劉以鬯：上海到香港的「現代」小說〉，《劉以鬯與香港現代主義》（香港：香港公開大學出版社，二〇一〇年），頁一三。

② 以上有關梁秉鈞對劉以鬯討論見註1文章，頁一〇——一五。

③《星嘉坡故事》在《小說報》出版年份相信是一九五六年。具體的出版日期則有待進一步考證。有關三毫子小說的起源、三毫子小說與劉以鬯的關係，及劉以鬯對三毫子小說的分析可以參考以下資料：潘惠蓮：〈香港的「三毫子小說」何時誕生？〉，《微批》，二〇二〇年十月十八日，https://paratext.hk/?p=2940，檢索日期：二〇二一年九月十三日；許定銘：〈三毫子小說〉，「許定銘文集」，二〇一四年九月一日，https://huitingming.wordpress.com/category/「三毫子小說」、「四毫子小說」/，檢索日期：二〇二一年九月十三日；鄭明仁：〈劉以鬯與「三毫子小說」〉，《香港文學》，http://www.hongkongliterary.com/dzdetail.jsp?id=8552，檢索日期：二〇二一年九月十三日；蕭永龍：〈劉以鬯的三毫子小說與再創作〉，《星洲網．讀家副刊》，二〇二〇年九月十五日，https://www.sinchew.com.my/20200915/蕭永龙／刘以鬯的三毫子小说与再创作/，檢索日期：二〇二一年九月十三日；林方偉：〈重復的書寫，反復的回望——劉以鬯南洋小說的變奏情結〉；東瑞：〈人品。文品。新集子——追憶劉以鬯先生〉，收入劉以鬯著，《藍色星期六》（香港：獲益出版事業有限公司，二〇一九年），頁三〇九—三一八。

④王梅香：〈美援文藝體制下的台、港、馬華文學場域——以譯書計劃《小說報》為例〉，《台灣社會研究季刊》第一〇二期（二〇一六年三月），頁三五。通俗文化和西方現代主義關係千絲萬縷，近年已有研究指出著名的現代主義作家，例如 T. S. Eliot 及 William Faulkner 等在流行（通俗或商業）雜誌中發表作品。見 Peter Brooker, *The Oxford Handbook of Modernisms*, Oxford: Oxford University Press, 2010, pp.300-352。

⑤王梅香在〈美援文藝體制下的台、港、馬華文學場域——以譯書計劃《小說報》為例〉一文中提到，劉以鬯一共在《小說報》中發表了五篇三毫子小說。根據不同的資料來源顯示，這五篇小說包括：《星嘉坡故事》、《椰樹下之慾》（後改為《蕉風椰雨》）、《藍色星期六》、《蠱姬》及《愛情圈外》。其中，我看過其中四篇，包括香港教育大學收藏的原裝《小說報》版本《藍色星期六》和《蠱姬》，至於《星嘉坡故事》及《蕉風椰雨》經修改後收入二〇一九年的小說集《藍色星期六》的版本。《愛情圈外》的名字從陳素怡的〈記香港書展第一屆年度作家：劉以鬯〉看到。陳素怡：〈記香港書展第一屆年度作家：劉以鬯〉，《期頤的風采——懷念劉以鬯先生》（香港：香港文學出版社，二〇一八年），頁一七九。

⑥梁秉鈞：〈從《迷樓》到《酒徒》——劉以鬯：上海到香港的「現代」小說〉，《劉以鬯與香港現代主義》（香港：香港公開大學出版社，二〇一〇年），頁五；黃勁輝：〈劉以鬯的現代復修：一種在都會消費文化下現代主義的美學追尋〉，《劉以鬯與香港現代主義》（香港：香港公開大學出版社，二〇一〇年），頁二七—五八；歐嘉麗：〈關於文學的「簡單」對話〉，《期頤的風采——懷念劉以鬯先生》（香港：香港文學出版社，二〇一八年），頁二四九。

⑦ 劉以鬯編：《劉以鬯卷》（香港：三聯書店（香港）有限公司，一九九一年），頁二。

⑧ 同前註，頁五。

⑨ 劉以鬯在〈「娛樂他人」和「娛樂自己」〉一文中，對現代主義的追求有清晰的說明：「我從小喜讀現代主義小說，卻不否定理性和理性思維的能力……我試圖將現代主義與現實主義結合在一起，借此構成一種不同的混合形式。」引文見劉以鬯：〈「娛樂他人」和「娛樂自己」〉，《城市文藝》第九十六期，（二〇一八年六月），頁八—九。另外，有關劉以鬯和現代主義的關係可以參考拙文：區仲桃：〈劉以鬯的現代主義〉，《名作欣賞》二〇一九年第一期，頁五八—六三。

⑩ 劉以鬯編：《劉以鬯卷》（香港：三聯書店（香港）有限公司，一九九一年），頁三。

⑪ 王梅香：〈美援文藝體制下的台、港、馬華文學場域——以譯書計劃《小說報》為例〉，《台灣社會研究季刊》第一〇二期（二〇一六年三月），頁一—四〇。

⑫ 這點會在第三部份作進一步說明。這裏先舉其中一個例子：〈露薏莎〉和《星嘉坡故事》中兩位女主角同樣在風月場所賣笑維生，她們不約而同都喜歡 Kiss Me Again 這首歌。

⑬ 劉以鬯編：〈露薏莎〉，《劉以鬯卷》（香港：三聯書店（香港）有限公司，一九九一年），頁一二—五〇。

⑭ 本文有關《藍色星期六》的討論參考以下版本：《小說報》，香港：虹霓出版社，第六十八期。

⑮ 事實上，劉以鬯曾把類似的故事收入短篇小說集《天堂與地獄》中，故事題為〈花魂〉，是劉一九四八年至一九五一年間的作品。註3提到蕭永龍的〈劉以鬯的三毫子小說與再創作〉中亦有說明〈花魂〉和《藍色星期六》的關係。

⑯ 關於香港現代主義開端有一定爭議性，一般會認同五十年代的《文藝新潮》在推動香港現代主義扮演重要的角色。然而，五十年代西方已進入後現代主義時期，所以後設小說會定義為後現代主義小說。例如，經典的後設小說 John Fowles 的 *The French Lieutenant's Woman*〔《法國中尉的女人》〕（一九六九）在西方會被認為是後現代主義小說，但以香港來說，它仍然在香港現代主義的時間線中。這個話題並不是本文討論的焦點，有關西方現代主義的論述可以參考 Peter Brooker, *The Oxford Handbook of Modernisms.* Oxford: Oxford University Press, 2010。至於香港現代主義劃分的討論可以參考拙作 Au Chung To, *The Hong Kong Modernism of Leung Ping-kwan.* Lanham, MD: Lexington Books, 2020。

⑰ 這種後設小說特色同樣在後設小說經典《法國中尉的女人》中找到。

⑱ 另一部值得討論故事中現代主義技巧的三毫子小說是《蕉風椰雨》，礙於篇幅及手上沒有《小說報》的版本《椰樹下之慾》，這個課題有待日後展開。

蘇絲黃的澳門——從小說到電影，從在場到缺席

宋子江
多倫多大學士嘉堡校區語言研究系及聖喬治校區東亞研究系助理教授

一、引言

李察．梅臣（Richard Mason, 一九一九—一九九七）在一九五〇年代造訪香港，數月內寫成長篇小說《蘇絲黃的世界》（*The World of Suzie Wong*, 一九五七），講的是英國青年藝術家羅勃特．羅麥斯（Robert Lomax）和吧女蘇絲黃（Suzie Wong）之間曲折離奇的愛情故事。①羅麥斯是來自英國的青年藝術家，卻選擇在殖民地香港進行藝術創作之旅。蘇絲黃是戰後從上海逃難到香港的中國女子，身世坎坷而於灣仔南國酒店淪為吧女。兩人情愫漸生，在克服了金錢、道德、喪子、囚禁、疾病等重重困難之後，最終離開香港，在澳門成婚，兩人到世界各地旅行，雙宿雙棲。這本流行言情小說出版後，隨即成為國際暢銷書，被改編成舞台劇、電影，也被翻譯成中文出版。

雖然梅臣的小說很受讀者歡迎，但其定位始終是一部流行言情小說，二〇一一年企鵝出版社再版此書時，封面推介文字仍為「言情國際暢銷書」（The Sensational International Bestseller）。雖然這本小說未引起嚴肅文學研究者的持續關注，但是它對香港英文文學的重要性不容置疑，正如何漪漣指出：「它擴寬了香港英文文學的文化版圖，跨國殖民文化邊界，使香港英文文學可以容納流行文化及其話語模式。」②涉及到蘇絲黃的學術討論，多數發生在文化研究的領域，並且絕大部份偏向電影改編，例如淩穎詩對《蘇絲黃的世界》小說和電影中的服裝有過深入的討論。③從梅臣的原作到電影改編，乃至中文翻譯，澳門的「在場」與「缺席」互現於各版本。

本文除了追溯《蘇絲黃的世界》的改編和翻譯版本外，同時亦探討澳門如何在各版本中呈現，及其「在場」與「缺席」的原因。

一九五七年出版的精裝本 *The World of Suzie Wong*

電影《蘇絲黃的世界》劇照

二、改編和翻譯的概況

一九五七年，梅臣的小說《蘇絲黃的世界》在美國出版，不久就被美國舞台劇作家保羅·奧斯本（Paul Osborn，一九〇一——一九九八）改編成同名舞台劇，在紐約百老匯上演，後來又被引入倫敦的威爾士親王劇院。④根據飾演蘇絲黃的舞台劇演員周采芹的回憶，在紐約和倫敦上演的舞台劇，講的是「一位英國青年和一位心地善良的中國妓女之間的愛情故事」，周采芹獲得蘇絲黃這個角色，最主要的原因是她和蘇絲黃都是來自上海，周也有戰後短暫停留香港的經驗。⑤舞台劇被美國導演李察·昆恩（Richard Quine，一九二八——一九八九）和編劇約翰·帕特里克（John Patrick，一九〇五——一九九五）改編成同名電影，由威廉·賀頓（William Holden，一九一八——一九八二）和生於香港的混血兒關南施（Nancy Kwan，一九三九——）主演。這部荷李活電影在一九六〇年被搬上銀幕後風靡一時，一九六一年在香港上映時也讓觀眾排長龍買票觀看。⑥李歐梵對電影讚譽有加，認為昆恩把一部「二流小說拍出神采」。⑦電影上演以後，「蘇絲黃」也隨即成為殖民地香港的黃皮膚「吧女」甚至「妓女」的代名詞。電影對原著改編之處甚多，內裏亦不乏思想層面的考量，大美國主義昭然若揭。電影情節全部發生在香港，而馬來亞、日本、英國、澳門等部份情節則被刪去。

梅臣的原作已暢銷世界，昆恩的電影更讓全世界觀眾在銀幕上看到栩栩如生的「蘇絲黃」。香港的環球出版社就抓住良機，請來張續良把故事進行改編重寫，並於一九六〇年八月九日推出「三毫子小說」市場。荷李活電影在香港上映大賣，等於免費給環球圖書出版社做了前期宣傳。三毫子小說的印製成本低廉，價格便宜，普羅讀者看完即棄，但卻極為流行，還有不少作品被改編成電影，可謂一九五〇和一九六〇年代香港流行文化不可忽視的一面。⑧由於三毫子小說有其固定的製作模式——即三十二開本，內文以新聞紙黑白印刷，配以彩色封面，每本六十四頁——張續良不得不大量刪減故事內容。張續良大體上改寫自電影情節，也不忘從原著小說中取材，濃筆重墨刻劃蘇絲黃悲慘的南來身世，以引起讀者情感上的共鳴。與電影一樣，三毫子小說《蘇茜黃的世界》的所有故事情節都發生在香港。在張續良譯的《蘇茜黃的世界》的第一頁，出版社打出兩行顯眼的推介文字：

> 這是一部流行全球、人盡皆知的名著，曾經被搬上百老匯的舞台，曾被好萊塢改編成電影。目下再經名小說家張續良予以改編重寫，適合國情，當更為生色。⑨

其中「改編重寫，適合國情」四字透露出譯者的立場，「國情」是指時代背景，而「國」字則流露出譯者雖不認同變色後的大陸，但仍心懷中華，其譯筆透露出譯者對港英殖民者之深惡痛絕。

內地改革開放以後，大量西方文學得以譯介引入，流行小說亦在其列。一九八八年，梅臣的小說被翻譯成中文《酒吧女》，由西安華嶽文藝出版社出版，譯者名為斯余。⑩到目前為止，在《蘇絲黃的世界》的數個改編和翻譯版本之中，只有斯余的譯本《酒吧女》比較完整地呈現了原著的故事框架和情節，但是《酒吧女》也忽略了許多細節，例如也斯就曾批評其省去羅麥斯繪畫的背景以及有關章節。⑪此處「忽略的細節」是指向羅麥斯在馬來亞的殖民經驗以及他在殖民地對繪畫產生興趣的過程。刪減細節缺乏適當的權衡是譯者斯余的最大毛病，關於澳門的章節亦然。

《酒吧女》封底的「內容提要」明顯突出其意識形態取向：

> 本書是英國著名作家梅遜所寫的一部描寫香港下層妓女的長篇小說。[……]小說通過蘇珊的不幸遭遇，真實而細緻地描寫了許多歷盡悲酸、屈辱偷生、不甘沉淪又無力自拔的香港妓女形象，同時也表現了那些縱情聲色、醉生夢死的嫖客、賭徒的醜惡形象，揭露了資本主義社會繁華現象背後的黑暗和罪惡。⑫

雖然《蘇絲黃的世界》基本上是一本講香港的小說，但這段文字的批判對象也包括「資本主義社會」的澳門在內。「賭徒的醜惡形象」只出現在

《環球小説叢》第一六六期張續良
《蘇茜黃的世界》

澳門的兩章裏，而且醜惡的還有酒店駐場的皮條客。譯本針對的是資本主義，而非殖民主義，從而讓讀者感覺這本小說走的是批判寫實的路子。

通覽《蘇絲黃的世界》的改編和翻譯概況，不難看出電影人和譯者對原著的改動帶有多重因素，涉及跨語言、跨文類、文化工業、文化政治等多個層面，筆者將在下文對此詳細加以討論。⑬

三、改編和翻譯的細節

（一）背景及語言

張續良和斯余兩個譯本的開頭，基本上是梅臣原作的翻譯，只是減省一些瑣碎的細節。男主角羅麥斯和女主角蘇絲黃在渡輪上初遇，蘇絲黃假扮富家小姐與羅麥斯相談甚歡。兩人下船離別，蘇絲黃拒絕和羅麥斯再約會。羅麥斯輾轉下榻灣仔南國酒店，畫下讓他魂牽夢繞的蘇絲黃，卻發現她是南國酒店非常受歡迎的駐場吧女。昆恩的電影為兩人的邂逅加上小插曲，蘇絲黃冤枉羅麥斯偷她的手袋，這一段是原作和兩個譯本都沒有的。

梅臣的原作有幾個小情節，交代香港當時的社會現狀。例如，羅麥斯在難民聚居的灣仔找到南國酒店之前，曾嘗試在半山租房子，卻發現所有房子都擠滿了難民，而且他也無法支付高昂的房租。一九四九年中華人民共和國成立，大批民眾南下香港，搭建棚屋，人浮於事。張續良譯本的目標讀者是身處此背景的香港普羅大眾，譯者沒有必要翻譯這些情節。斯余的譯本將情節保留了下來，卻並沒有交代時代背景。

昆恩在電影中省略此情節，則出自與兩位譯者不同的考量。昆恩在電影中插入一個細節，羅麥斯向華人交通警察問路時，吃力地說粵語，卻發現交通警察的英文非常好。昆恩的電影着重於呈現羅麥斯對香港的不了解，有利於營造異國情調，從而讓美國觀眾更容易代入電影角色。張續良把在當時也算是慣用的「蘇絲黃」譯成「蘇茜黃」，這種細膩的處理可謂別出心裁。在字形上，一方面把女主角塑造成西方男性拈花惹草的對象，另一方面草字頭又凌駕在「西」之上，意味着委身酒吧的女主角也有西方男性無法控制的一面。[14]

斯余把書名翻譯成「酒吧女」，[15]對比張續良翻譯書名時細膩的處理，斯余的處理明顯粗暴許多。雖然張續良在音譯名字上有隱晦的思考，但中譯終究失去了原作的一大特色，也是李歐梵認為梅臣寫得最傳神的蘇絲黃的「洋涇浜英文」。[16]「洋涇浜英文」是一種皮欽英語（pidgin English），在殖民時期華英混雜的香港，皮欽英語也算是一個特色。當時的商人是在華洋交易的環境中自然習得和使用皮欽英語，回到各自族群的生活環境中便不常使用。蘇絲黃是個文盲，她的英文口語是從舞場和酒吧學會的，如梅臣原作中出現的「short-time」（「次性交易」）、「all-night」（「包夜」）之類的用語，想必是當時灣仔酒吧環境下的語言產物。昆恩的電影則充份利用語言上的優勢，盡情發揮蘇絲黃的皮欽英語，有利於為美國觀眾營造異國情調。梅臣原作的第一頁，有蘇絲黃標誌性的「No talk!」，張續良很聰明地避開這個困難，乾脆將其省去，而斯余卻譯為「誰與你說話？」，[17]也並未能保留原小說中語言混雜的特色。

昆恩的電影和張續良的譯本有一個共同的特點——所有角色用語言進行交流時，幾乎都沒有障礙。這一點在昆恩的電影裏表現得特別誇張，即使幾個吧女坐在一起，沒有西方人在場，她們的對白也多數是英文。當語言問題出現的時候，張續良的做法往往是刪減。他的選擇無可厚非，香港的普羅讀者也不會有耐心甄別小說中口語上的差異。而另一譯者斯余則把故事情節保留，卻忽略其細節，可見譯者對原作的語言操作和背景描寫並不十分了解。

（二）角色的改寫：羅麥斯

從原作到電影再到兩本譯作，羅麥斯由英國人被改寫成美國人，又被改寫回英國人，箇中波折耐人尋味。從英到美是關鍵的改寫。原作中的羅麥斯是英國年輕人，在馬來亞種橡膠樹時，養成畫畫的習慣。在殖民地進行殖民活動，羅麥斯非常不喜歡這種生活，所以沉迷於作畫，逃避現實，帶着憐憫的眼光來畫馬來亞女子。藝術使他離開了醋罈子未婚妻斯黛拉，決定赴香港專心畫畫。在電影中，羅麥斯變成了美國中年建築師，畫畫是業餘愛好。他厭倦了枯燥的辦公室生活而決定遠走東方，於是存錢來香港住一年，專心畫畫；張續良譯本中的羅麥斯，基本上是拷貝電影人物，仍是個美國人；斯余則緊跟原著，羅麥斯是英國人。

原作中的羅麥斯非常討厭生活在殖民地上的英國人，梅臣對這些人物的刻劃也非常生動：羅麥斯被拉去參加白人的晚宴，晚宴上的談話內容集中在種族歧視上，他們當中突然出現一個奧尼爾先生（Mr. O'Neill），等眾人發表完帶有歧視華人的言論以後，再故意假稱自己是個私生亞歐混血兒，使同桌的種族主義者非常尷尬而不得不醜陋地自圓其說。梅臣討厭殖民者，對美國人也沒甚麼好感。他創造了一個角色——美國年輕人羅尼（Rodney），一個充滿紈絝習氣的花花公子，對蘇絲黃糾纏不休，行為霸道卻內心脆弱，時不時掩面大哭。梅臣筆下的羅尼，可以被看成冷戰時期美國文化霸權的象徵，但是梅臣沒有深挖下去，只把他當成一個嘲弄的對象。美國導演昆恩自然也不會把羅尼搬上大銀幕了，也很自然地保留了白人晚宴一幕，好讓美國觀眾對英國殖民者嘲弄一番。張續良和斯余兩位譯者將此部份一概刪除，前者有意而為之，後者則是對以上關於殖民地的細節並不十分了解。

羅麥斯要和蘇絲黃在一起，少不了內心和現實的掙扎。一方面，羅麥斯當然不希望蘇絲黃繼續接客；另一方面，他也需要有足夠的錢來維持他和蘇絲黃母子的生活。在梅臣的原作中，羅麥斯和蘇絲黃產生愛的火花，過了幾天逍遙快活的日子。蘇絲黃不顧羅麥斯反對，繼續接客，但是蘇絲黃這樣做並不是貪圖錢財，而是為了賺錢留給兒子將來接受教育。蘇絲黃的兒子死後，她覺得錢不再重要，就住在羅麥斯的房間裏，專心照顧自己心愛的人。羅麥斯是一個比較主動的角色，靠愛情跨越道德柵欄，靠藝術來解決經濟問題。他既把畫賣給紐約的畫廊和藝術雜誌，又在倫敦舉辦畫展，聲名大噪，還帶蘇絲黃出席開幕禮。斯余的譯本忠於原文，基本上對羅麥斯沒有作出改動。

在昆恩的電影中，羅麥斯面對同樣的問題時，他出去找工作試圖解決經濟問題，但是不成功。蘇絲黃提議出去接客，兩人大吵一架，氣得蘇絲黃憤然出走。內心的空虛讓他意識到自己對蘇絲黃的愛。他找到蘇絲黃的時候，發現房屋坍塌，壓死了蘇絲黃的兒子。蘇絲黃為兒子辦了喪事，愛情讓羅麥斯放下成見，勇敢地向蘇絲黃求婚，兩人共諧連理，電影的故事便到此為止。羅卡曾批評電影結尾的大美國主義：蘇絲黃在辦理喪事的時候，還叫羅麥斯寫一封信給地府，好讓她的兒子可以平安。這個結局給出的信息無非是「蘇絲黃和她的下一代非靠『美援』不可」，即使死人也離不開美援。⑱

張續良的譯本和昆恩的電影一樣，走的也是大美國主義的方向。在張續良的譯本中，羅麥斯則是個比較軟弱的人，面對相同的道德和經濟問題，他和蘇絲黃說了這樣一段話：

> 蘇茜，你這做法實在使我愧不敢當。我喜歡你是真的；但是我還沒有能力全部負起你的生活需要。試想想，今晚你令我感到愉快了，但當明天你離開我，為生活而必須和其他水兵攪在一起時，我的難堪會是多厲害的？⑲

說完蘇絲黃離去，留下羅麥斯在房間裏大叫「蘇茜，蘇茜……」。可見，羅麥斯是個非常被動的角色，任由命運擺佈。這個問題一直拖到小說結尾才得到解決，羅麥斯突然收到哥哥的一封信，說為他在美國找到美術編輯的工作，他終於可以把蘇絲黃帶離香港。一九五〇年代生活在殖民地香港的華人，受盡殖民者的歧視，心理上也無法接受由一個英國人拯救蘇絲黃，因此張續良免不了要回應社會文化背景和讀者的心理期待，必須把羅麥斯改成美國人。

（三）角色的改寫：蘇絲黃

李歐梵點評蘇絲黃時，指出這個角色的局限：「脫不了文學上的典型——心地善良又一往情深的妓女」，認為梅臣受到《茶花女》、《蝴蝶夫人》等作品的影響，批評梅臣沒有把蘇絲黃的故事置於冷戰的背景，小說淪為「只談風月，不談國事」之作，又批評梅臣為了迎合「鬼佬」的口味，在蘇絲黃辦喪的風俗上花了過多筆墨，忽略敘事者的感受，因此不如電影改編的一幕使他這位「半個香港人」感慨萬千。[20]但是另一方面，這部電影是娛樂「鬼佬」的荷李活風月片，「迎合鬼佬」卻也是它的一大缺點。我們很難想像一九五〇和一九六〇年代的美國「鬼佬」會對一個香港妓女為亞歐混血的兒子辦喪而感慨萬千。電影中最「迎合鬼佬」的莫過於對蘇絲黃的改寫了。

梅臣原作中的蘇絲黃還不失為一個重情重義的女子，而且她的個性非常強烈和獨立，羅麥斯是沒有辦法控制她的。例如，在蘇絲黃傷人案的庭審上，蘇絲黃對「正義」有自己的定義，不相信法官會判自己入獄，所以如實陳述案情，完全沒有接受羅麥斯的教唆。梅臣筆下的蘇絲黃可以把莫泊桑的小說改編，讓其他吧女聽得如癡如醉；她即使聽不懂莎士比亞的英文，也能看得懂倫敦環球劇院上演的《哈姆雷特》。她一方面還保留某些中國傳統婦女的道德觀念，為兒子可以付出一切，但另一方面她又打扮得摩登時髦，嚮往被英國男人帶離香港的一天。小說中的蘇絲黃是一個掙扎在傳統與現代之間的角色，她面對過去與現在的矛盾，常常不知自己未來應該走向何方。她和很多南來人一樣，把香港當作暫居之地，在她身上我們隱約可以看到戰後香港何去何從的迷茫。

斯余的譯本基本上忠實地呈現了原作中的蘇絲黃，但電影和張績良譯本中的蘇絲黃則很不同，前者不過是一個取悅西方男性的妓女角色而已，後者則是一個深陷煙花之地而苦苦尋求出路的南來女子。一個擁有西方男人無法駕馭的情商的東方吧女，顯然不是導演昆恩想要的角色。電影中的蘇絲黃依賴性較強，也很被動。她數次試圖把自己獻給羅麥斯，但都被打斷或拒絕。最誇張莫過於她既向金主班恩（Ben）投懷送抱，又故意一身華裝出現在羅麥斯面前。羅麥斯一氣之下把蘇絲黃的衣服脱掉，並抛下一句：「你根本不知道真正的『美』是甚麼！」（You don't have the faintest idea of what real beauty is!），蘇絲黃只得抱頭痛哭。電影中的羅麥斯突然變成為「美」下定義的人，強加於蘇絲黃的身上，他還故意買古裝給蘇絲黃穿起來做他的畫模！蘇絲黃對男主角一往情深，隨時候命，任由擺佈，還不介意賣身養家，對於輕易代入電影男主角的西方白人男觀眾來説，她簡直稱得上是一個完美的東方妓女。

張續良用第三人稱來對英文小説和電影進行改寫，但是小説的絕大篇幅是從蘇絲黃的角度來敘述。當羅麥斯意外發現蘇絲黃是文盲時，蘇絲黃就開始回憶自己的身世。蘇絲黃的回憶部份約佔整部小説的三分之一。對於所有帶着過客心態落難香港的人來説，香港是苦難的象徵。蘇絲黃在上海時父母雙亡，戰後跟隨叔父南下香港，被叔父強姦，淪落做妓女。她有過美麗的初戀，可惜情人阿倫（Alan）意外溺斃。另一個情人貝利（Perry）使他懷孕，卻抛棄了她，生產後還被人搶劫和強姦，差點病死。雖然這些情節都是取自梅臣的原作，但張續良把這麼大篇幅放在蘇絲黃悲慘的往事上，更容易博得讀者的眼球，批判寫實的文字也把蘇絲黃塑造成一個楚楚可憐的受害者。蘇絲黃希望跟着鬼佬情人離開香港，因此不像電影中那般對羅麥斯一往情深。蘇絲黃相信英國人班恩會帶她去倫敦，又被重新出現的英國人貝利迷惑，貝利也是她兒子的父親，她夢想和貝利組織家庭。最後，還是美國人羅麥斯帶她去紐約，離開她的受難地香港。

四、小說與譯本中的澳門

在梅臣的小説以及斯余的譯本中，羅麥斯和蘇絲黃到澳門旅行結婚之前，二人在香港經歷了許多波折。英國人班恩和美國人羅尼追求蘇絲黃不遂；颱風吹塌了蘇絲黃居住的棚屋，她的兒子不幸罹難；蘇絲黃醋意大發之下刺傷毒舌吧女貝蒂，隨後敗訴被關在荔枝角收押所；禍不單行，蘇絲黃又染上肺結核。蘇絲黃出監之日，羅麥斯計劃給蘇絲黃一個驚喜，前往接她一起去澳門結婚，而此時蘇絲黃的肺病還未痊癒，仍在輪候醫院床位。

梅臣在小說中對澳門景色和社會的描寫並不多，筆者譯出如下：

> 到了澳門，我們乘坐三輪車去酒店。它比雙輪車更寬敞，有雙人座位，還可以把行李放在腳下。車伕穿着卡其色襤褸短褲，頭上的草帽只剩下帽沿，就像頂着一個破爛的光環。與香港相比，澳門這座小城昏昏欲睡，有種頽唐和腐敗的感覺。我們路過一座天主教堂，它起初是西班牙巴洛克風格，但和周邊混在一起，如中國通的臉，看起來很有中國味道。我們把行李放在酒店，又叫車伕送我們去英國領事館。他笑了笑，點了點頭，說他明白了。五分鐘以後，卻停了下來。士兵拿着步槍，上了刺刀，在由一隊葡國東非士兵守衛的大屋前停了下來。士兵拿着步槍，上了刺刀，臉色如咖啡豆。㉑

第一段描寫頗有幾分殖民地的味道。梅臣對車伕的描寫，突出當地華人營生艱難，映襯這座小城的「頽唐和腐敗」。他在描寫天主教堂時（筆者估計梅臣描寫的是玫瑰聖母堂），用「中國通的臉」這個明喻來表現澳門華洋混雜的境況。他還不忘調侃澳葡殖民地政府的東非士兵，「臉色如咖啡豆」讓人啼笑皆非。

可惜，在斯余的譯本中，這些對澳門殖民風光的描寫都被刪去，而刪去的原因則可以在以下一段譯文中略見一二：

> 澳門是在半島的尖端上，在十分鐘內你可以從島的這邊走到那邊，花二十分鐘便可以從城市中心走到橫跨半島中間的邊界；不過，這麼炎熱的天氣，你是不會走路的，三輪車到處都有。許多世紀來，澳門作為中國大陸的門戶迅速得到了繁榮，然而現在，這扇門被關起來了，這裏不再有貿易、工業和商業，——除了鴉片、賭博和女人之外，它簡直是個死城。我們所住的旅館，這三樣都有，整整兩個樓面都是賭博場。至於鴉片和女人，只要通知一下侍者，就可以送到你房間裏。㉒

筆者也將這段描寫譯出，以窺斯余翻譯時省略的細節：

> 澳門位於半島尖端。只消十分鐘便可以從南灣海灘的一邊走路到另一邊。只需二十分鐘便可以從市中心，穿過半島的樽頸位，走到邊界，看到紅色的中國旗幟沿路飄揚。不過，天氣那麼炎熱，我也不會選擇步行，去甚麼地方都會坐三輪車。澳門作為通往中國的閘道，已經繁華了數個世紀，但是現在閘已拉下，沒有貿易、沒有工業、沒有商業——除了鴉片、賭博和妓女，再也沒有甚麼能讓這座小城保有生氣。在我們落榻的酒店裏，黃賭毒齊全，賭場就佔據了兩層樓，房內有按鐘可以召來鴉片和妓女，也可以叫該層的侍應安排。侍應同時也是賭場的馬仔，如果你想一邊賭博，一邊抽鴉片，一邊玩女人，他可以安排一條龍服務。㉓

對比兩篇譯文，可見斯余省略了地名「南灣」以及「看到紅色的中國旗幟沿路飄揚」。省略前者可見其對澳門不熟悉；省略後者可見其意識形態的取向。斯余省去澳門的紅色中國意象及其殖民地風光，把澳門簡化為只有黃賭毒的「資本主義社會」，以批判其「繁華現象背後的黑暗和罪惡」，㉔譯文走的仍然是批判寫實的路子。

梅臣在描寫澳門時，免不了寫到黃賭毒等敗壞社會風氣之事，但他並不至於此。梅臣在寫旅程的開始時，有一句很有象徵意味：「隨着香港漸漸退出視線，她才高興起來，享受當下，提起興趣旅行。」香港可謂蘇絲黃受盡苦難之地，只有香港淡出視線，她才有可能享受真正的快樂。蘇絲黃在英國領事館和羅麥斯結婚時，她需要在文件上簽字。蘇絲黃把自己英文名中的字母「Z」反過來寫，羅麥斯見狀便對英國駐澳門外交官說：「如果她簽名時把『Z』寫得和一般人無異，我就和她離婚。」㉕英文是港英殖民地政府的官方語言，香港是蘇絲黃受盡苦難的地方，蘇絲黃在此時此地把字母「Z」反過來寫，不僅象徵了她揮別自己在殖民地香港受過的苦難，而且也寓意她視澳門為一個改變命運的地方。在蘇絲黃的生命裏，香港和澳門的重要性可說此消彼長，因此澳門在小說裏有相當重要的位置，而梅臣比很多落筆不過黃賭毒的域外作家實在高明不少。

五、小結

劉以鬯在小說《吧女》中借女主角玉蘭評昆恩的電影改編，批評它所呈現的香港對香港人來說相當於霧裏看花，毫無真實感，而男主角史密斯卻大感詫異，覺得電影裏所呈現的就是他眼中的香港。㉖兩個角色對電影的評價道出這本小說的原著、改編和兩個譯本最大的不同——它們各自呈現的香港，並非以現實為依歸，而是服務各自的意識形態，改編者和翻譯者隨之作業。昆恩的電影改編和張績良的「縮譯」，雖然進路不同，但它們均走向大美國主義。斯余的譯本則走向幾乎完全相反的意識形態，以批判寫實的筆調，站在社會主義的立場，批判資本主義社會。

梅臣在小說中賦予澳門象徵性的意義。對於女主角蘇絲黃，澳門是命運的轉捩點，也是整個故事中不可或缺的「在場」。昆恩和張績良在改編時帶有各自意識形態的考量，改變了故事結構，於是澳門從這兩個版本的故事中「缺席」。雖然澳門在斯余的譯本中是「在場」的，但譯者把澳門簡化為批判對象，從而省略了許多必要的細節。從上個世紀中至今，梅臣的小說《蘇絲黃的世界》經歷了數度改編和翻譯，從背景和語言，到角色和意識形態，小說的方方面面都發生了變化，澳門亦隨之流轉再生。

《蘇茜黃的世界》插圖

註釋

① 見 Richard Mason, *The World of Suzie Wong*. Cleveland: World Publishing Company, 1957。本文主要引用的版本為 Richard Mason, *The World of Suzie Wong*. London: Penguin Books, 2011。筆者對照過新舊兩個版本，並無發現刪改。

② 見 Elaine Yee Lin Ho, "Connecting Cultures: Hong Kong Literature in English, the 1950s," *New Zealand Journal of Asian Studies* 5.2 (2003): 18。

③ Wessie Ling, "Chinese Dress in *The World of Suzie Wong*. How the Cheongsam Became Sexy, Exotic, Servile," *Journal for the Study of British Cultures* 14.2 (2007): 139-150.

④ 周采芹著，何毅華譯：《上海的女兒》（南寧：廣西人民出版社，二〇〇二年），頁一五二—一六五。周采芹是著名京劇大師周信芳的女兒，一九五一年曾短暫停留香港，後定居英國。

⑤ 同前註，頁一五六—一五七。值得一提的是，周采芹的丈夫在劇中飾演男主角。

⑥ 根據當年影評人的描述，電影《蘇絲黃的世界》在香港非常受歡迎，見阿離：〈「蘇絲黃的世界」、「六壯士」、「戰雲鴛夢」〉，《中國學生週報》第四七五期（一九六一年八月二十五日），頁一三。

⑦ 李歐梵：〈二流小說拍出神采：重訪《蘇絲黃的世界》〉，《文學改編電影》（香港：三聯書店（香港）有限公司，二〇一〇年），頁二一〇—二一六。

⑧ 由於當時「三毫子小說」非常暢銷，出版商能夠向作者支付較高的稿費，吸引了名家撰稿，如劉以鬯、馬博良、西西、蔡炎培、亦舒等都寫過三毫子小說。

⑨ 張續良譯：《蘇茜黃的世界》（香港：環球圖書出版社，一九六〇年），頁一。

⑩ 斯余譯：《酒吧女》（西安：華嶽文藝出版社，一九八八年）。

⑪ 也斯：〈《吧女》的脈絡〉，收於劉以鬯：《吧女》（香港：獲益出版事業有限公司，二〇一一年），頁八。

⑫ 斯余譯：《酒吧女》，封底。

⑬ 香港文化界並沒有遺忘《蘇絲黃的世界》，對小說作出數次改編，其中包括香港電台的劇集《再會蘇絲黃》（一九八〇）、伍宇烈的編舞「蘇絲黃的美麗新世界」（二〇〇一）、焦媛工作室的音樂劇《印象・蘇絲黃》（二〇〇五）等。由於這三個版本與原著的故事內容相差太遠，故此本文將不對這些版本進行討論。

⑭ 為方便討論，除書名外，下文一律採用「蘇絲黃」。

⑮ 斯余譯：《酒吧女》。

⑯ 李歐梵：〈二流小説拍出神采：重訪《蘇絲黃的世界》〉，頁二一二。

⑰ 斯余譯：《酒吧女》，頁二。

⑱ 羅卡：〈蘇絲黃和她的世界〉，香港市政局：《香港電影與社會變遷》（香港：香港市政局，一九九八年），頁六〇。在一九五〇和一九六〇年代冷戰背景下的香港，美援是一個文化政治現象，資助出版機構、報紙和雜誌散播美國文化霸權，宣傳反共思想。由於印製美元紙幣的油墨為深綠色，故美援文化也叫做「綠背文化」。

⑲ 張續良：《蘇茜黃的世界》，頁一。

⑳ 李歐梵：〈二流小説拍出神采：重訪《蘇絲黃的世界》〉，頁二一四。

㉑ Mason, p.292.

㉒ 斯余譯：《酒吧女》，頁一七三。

㉓ 下劃線為筆者所加，原文見 Mason, *The World of Suzie Wong*, pp.295-296。

㉔ 斯余譯：《酒吧女》，封底。

㉕ Mason, *The World of Suzie Wong*, p.299.

㉖ 劉以鬯：《吧女》，頁一七三。

冬天，三個人的相遇：依達與楚原的《冬戀》

鄭政恆
嶺南大學環球中國文化高等研究院研究主任

依達（原名葉敏爾）曾經是紅極一時的流行小說作家，如今已少有人提起他的名字。依達在一九六一年開始出版「三／四毫子小說」，一九六三年出版小說《斷絃曲》，為當年度最暢銷的文藝小說。一九六四年出版成名作《蒙妮坦日記》（全三集），以及本文要討論的四毫子小說《冬戀》。

一、解剖蒙妮坦的夢

早在一九六七年，已有頗為仔細的依達評論，而評價是負面的。當年，戴天以筆名「宋船歸」在《盤古》第四期發表長文〈解剖依達〉。戴天指出，他看了《斷絃曲》、《夏綠蒂的憂鬱》、《七顆寒星》、《酒與悲歌》、《夏日初戀》、《愛神的背面》等作品，認為依達缺乏文字、思想和經驗的磨煉，讀者愛看只是為了滿足虛榮心、崇洋，也為了性的發洩、懶惰。戴天在文末總結出依達小說的公式：「性愛＋不中不西＋淺薄＋自我抄襲＋零＝瘋魔東南亞青年男女的流行小說！」①

戴天的〈解剖依達〉引起讀者的回應，女學生冼蘭亭在〈關於依達〉一文中為依達辯護，她說「大家不要苛求依達變成大仲馬，他只是個說故事的人，告訴大家一些可以消遣多餘時間的故事的講者。」②及至一九七〇年，崇基學生會學術部主辦文藝創作座談會，講者略為涉及到依達的作品，依達彷彿是六十年代流行小說的代表之一。③

依達真正成為獨特的言情小說作家，是多

得鄧小宇的文章〈蒙妮坦的夢——一次依達回顧〉，他說「依達，一個人，在十多年前，已經開始替這群當時仍在青春期的土生土長戰後新一代寫下他們獨特的興趣、嗜好、品味、習慣及世界觀，表達出他們因為所受的特殊教育及所處的特殊環境而出現的獨特的生活方式及需求。」[4]在鄧小宇眼中，依達小說的特點是青春、現在式、西化（戴天的批評，在此成為優點了）。鄧小宇又認為依達小說的主角可以歸納為四類：

(1) 蒙妮坦型（美麗、青春、洋化，對性的態度卻相當保守）；

(2) Femme fatale 型（謎一般的女人、自卑、悲慘遭遇、悲劇收場，如《冬戀》的咪咪）；

(3) 作家型（愛情專一的男子）；

(4) Macho 型（敢作敢為、敢愛敢恨、原始的、直接的、無可抗拒的男子）。

鄧小宇認為 Macho 型男子「加速了呂奇那種靚仔小生的衰落，也擴展了少女性幻想的領域，在 Macho 橫行的今日，我們實在有重估依達的必要。」

《冬戀》沒有 Macho 型的男子，卻有 Femme fatale 型和作家型的主角。以下就談談《冬戀》的小說與電影。

《環球文庫》依達《冬戀》

二、楚原與文學改編

《冬戀》的小說發表於一九六四年，粵語片《冬戀》面世於一九六八年，由楚原導演、譚嫜編劇、謝賢和蕭芳芳主演。一九七四年有謝賢自編自導的國語版，鄧光榮和甄珍主演。如今看來，粵語片《冬戀》是相當重要的流行小說改編電影。

導演楚原為粵語片演員張活游之子，一九三四年出生，早年擔任編劇和副導演，楚原為吳回擔任編劇，改編過傑克（黃天石）小說《一片飛花》為同名電影（一九五六年上映），隨後的《勾魂使者》（一九五六），改編自小平女飛賊黃鶯故事。

楚原改編過李我天空小說（珠璣電影《妒海花》，一九五七）、史得（高雄）同名小說（王鏗電影《奸情》，一九五八）、鄭慧名作（秦劍電影《紫薇園的秋天》，一九五八），以及將綠薇的「三毫子小說」《私生子》改編為電影《湖畔草》（一九五九），這是楚原首次親自導演的電影作品。

踏入六十年代，楚原推出取自奧．亨利（O. Henry）短篇小說《最後一塊葉》（*The Last Leaf*）的《秋風殘葉》（一九六〇）和名作《可憐天下父母心》（一九六〇）。其後，楚原改編了多個天空小說，拍成《孽海遺恨》（一九六二）、《清明時節》（一九六二）、《情之所鍾》（一九六三）、《大丈夫日記》（一九六四）、《罪人》（一九六五）。在一九六五年到一九六七年間，楚原轉拍偵探片、懸疑片，也執導三部黑玫瑰電影。

到了一九六七年，楚原轉為改編依達小說，三年間推出了《嬌妻》（一九六七）、《冬戀》（一九六八）、《浪子》（一九六九）三部電影。一九六八年和一九六九年是楚原的電影高峰時期，《冬戀》、《紫色風雨夜》（一九六八）、《玉女添丁》（一九六八）、《冷暖青春》（一九六九）和《浪子》都是充滿現代感性的佳作，跟同時期龍剛的作品互相輝映。

踏入七十年代，楚原轉拍國語片，在國泰公司拍了個人第一部武俠片《龍沐香》（一九七〇），再轉入邵氏公司，拍攝邱剛健編劇的艷情片《愛奴》（一九七二），一九七三年，楚原更

憑電影《七十二家房客》令粵語電影起死回生。在七十年代，楚原改編依達小說，拍了《舞衣》（一九七四），又將依達小說《雨夜的幽怨》改編為《小樓殘夢》（一九七九），又執導了張恨水小說改編的《新啼笑姻緣》（一九七五）。但更重要的是一九七六年到一九八二年間，他改編了多部古龍小說，其中《流星．蝴蝶．劍》（一九七六）、《天涯．明月．刀》（一九七六）和《白玉老虎》（一九七七）比較出色。[5]

三、電影與小說

據楚原所說，《冬戀》約拍了十六、七天，也是他自己最偏愛、印象最深刻的電影。[6]這部電影一如《浪子》和《冷暖青春》，有西方電影影響的痕跡，正如香港影評人舒琪說：「在《冬戀》裏，不難看到的，是諸如《美男子沙治》（*Le Beau Serge*，查布洛，一九五八）、《去年在馬倫巴》（*Last Year at Marienbad*，阿倫．雷奈，一九六一）、《迷情》（*L'Avventura*，一九六〇）、《夜》（*La Notte*，一九六一）（二者導演均為安東尼奧尼）、《白夜》（*White Nights*，維斯康提，一九五七）和《羅拉》（*Lola*，積葵·丹美，一九六一）等電影的影響。」⑦

小說《冬戀》在一開始有印度詩人泰戈爾（Rabindranath Tagore）詩作為題辭，取自冰心的譯筆：

> 早冬在中夜星辰上。
> 展蓋着她的輕紗。
> 召喚從深處傳來。
> 「人呵，拿出你的燈來吧。」⑧

電影《冬戀》沒有這首抒情的詩作，而是先突顯出聖誕節的氣氛，再反襯出一個孤獨的人，電影所展示的西化、商品化、現代化世界，比小說更具有現代感，然而電影保留了小說今非昔比之嘆，也是充滿抒情的調子。

電影開始於一九六七年的聖誕節，再回溯到四年前的聖誕夜，主角是一位小說作家（詹其）和謎一樣的女子（咪咪），詹其和咪咪都是城市中孤立的人，沒有幾個朋友，即使咪咪有一個同樣是謎一樣的妹妹安莉（都是西化的名字）。而整個小說和電影的對白，都充滿謊話，人與人之間並不理解，這麼近，又那麼遠。電影更帶出了自我消失的恐懼，咪咪說會從鏡中尋找自己，其實是對人格面具之下，社交面具對真正自我的侵蝕，這些正是城市現代人的典型寫照。廣而推之，過去在新界田園牧歌式的生活，屬於真正自我；而城市的消費生活，屬於社交面具，小說和電影，都帶出了這一重香港在六十年代的社會歷史轉折。

小說《冬戀》來到第四節，才以一個在半山舉行的通宵舞會，帶出聖誕節來了，而聖誕節在電影卻十分重要，是敘事的結構骨架，也一再反襯出人間無情，沒有好消息和希望。電影對舞會派對的刻劃，比小說仔細得多，舞會中有華人也有西人，跳着狂野的舞步，房間內放映小電影（小說是卡通片），整個舞會派對有荒唐而活力的一面，也一而再展現出比小說更強的現代感。在這個場合，詹其知道咪咪是一個舞女，而小說中詹其戴上小丑面具，嘗試透過面具揭開咪咪的真面目，後來二人分道揚鑣，詹其再到舞廳找咪咪，結果是咪咪的妹妹安莉告訴他，咪咪做舞女的事實真相。小說的安排似乎比電影更有反諷意味。

在面具的運用上，電影中的安排比小說更好，一方面，面具／眼罩是鮮明的意象，甚至在小說所無的音樂襯托下，產生懸疑作用，電影中不斷透過戴眼罩的女子找詹其，時而是臉上有瘀傷的咪咪，時而是報信的安莉，給予劇情新的動力和方向。詹其了解到咪咪出身於書香世代，可是家道中落，需要從新界的家出來，賣身養家，然而二人未能打破階級的分隔，在訂婚之夜，咪咪拒絕了詹其。在一九六五年的聖誕節，一個戴着眼罩的女子找詹其，原來是帶傷的咪咪。在此，電影透過懸疑效果，帶來許多疑問——這個謎一樣的女子是誰？她有怎樣的身世詹其還未知道？為甚麼她拒絕了詹其的求婚？

詹其後來才知道，咪咪已嫁給他少年時最好的朋友、恩人雄傑（楚原找來同樣是粵語片導演龍剛飾演，二人都是晚期粵語片的現代革新者）。雄傑長大後成為花天酒地的有錢仔，卻沾染上賭癮和毒癮。電影和小說一樣，詹其和雄傑在球場重遇，然而電影的光影運用效果，是小說所難以展現的（小說的強項是對話內容），電影中光與影的對照，呈現出詹其在明，雄傑在暗的對比，甚至電影運用了球場的龍門網，將雄傑定義為塵網中人，加深了人的墮落和變質的悲劇色彩，而本來生活在幻想世界中的詹其，也因殘酷的真相光明大白，而更了解世界。

當然，《冬戀》不過是一部描寫三角戀的言情小說，帶出情與義、愛與恨的衝突，童年世界的天真和成人世界的冷酷，互為對照，人似受命運所制約，情感也不敵現實，然而，依達小說《冬戀》留下了喜劇的尾巴——咪咪回到新界鄉村，安莉找到未婚夫，詹其是很會保護自己的人，他得到了一個故事：「冬天，三個人的相遇，三個人的愛，沒有一個好的結果，一篇小說的題材。」⑨

楚原電影《冬戀》中，卻留下了悲劇的下場——咪咪患了重病，安莉也成為病女，雄傑自殺，詹其也失業了，連喝咖啡的錢也沒有。在電影最後，這個城市的聖誕節成為了反諷，似是人對佳音的渴望，又似是人進一步沉溺於失落的情緒。

《冬戀》（一九六八）劇照

四、其後

《冬戀》是六十年代中比較出色的「四毫子小說」，但年輕一代作家，借用了「四毫子流行小說」的形式，作為小說創作的實驗場。到了一九六六年，蔡炎培以筆名「杜紅」，撰寫了《日落的玫瑰》與《風孃》兩部文學藝術價值相當高的「四毫子小說」，而同年西西第一本小說《東城故事》結集，也是「四毫子小說」。《日落的玫瑰》是沒有故事的實驗小說，而《東城故事》就是運用電影技巧的「存在主義時期」作品。西西和蔡炎培的實驗，比依達走得更遠，甚至是跟通俗小說作對，完全突破了「四毫子小說」的故事性，以及讀者的一般消費模式。⑩

《女歌手私記》插圖

註釋

① 宋船歸（戴天）：〈解剖依達〉，《盤古》第四期（一九六七年六月二十七日），頁三二。

② 冼蘭亭：〈關於依達〉，《盤古》第六期（一九六七年八月三十一日），頁四四。

③ 潘星華記錄：〈崇基學生會學術部主辦文藝創作座談會（談話紀錄節要）〉，《中國學生周報》第九六二期（一九七〇年十二月二十五日），頁四；潘星華記錄：〈從依達的作品有價值嗎談到偉大文學作品的評價問題〉，《中國學生周報》第九六三期（一九七一年一月一日），頁四。

④ 鄧小宇：〈蒙妮坦的夢——一次依達回顧〉，原刊《號外》，一九七九年五月，又見「鄧小宇的站借問」，http://www.dengxiaoyu.net/newsinfo.asp?ID=286，檢索日期：二〇二一年八月四日。

⑤ 楚原生平及相關資料，詳參藍天雲、郭靜寧編：《香港影人口述歷史叢書之三：楚原》（香港：香港電影資料館，二〇〇六年），頁一一四—一一五。

⑥ 藍天雲、郭靜寧編：《香港影人口述歷史叢書之三：楚原》，頁二三—二四。

⑦ 舒琪：〈不是神話的年代（之一）〉，《明報》第 C07 版，二〇〇八年九月十四日。

⑧ 依達：《冬戀》（香港：環球圖書雜誌出版社），一九六四年三月二十日，頁一。

⑨ 依達：《冬戀》（香港：環球圖書雜誌出版社），一九六四年三月二十日，頁五〇。

⑩ 董啟章：〈日落星提，殘紅孕綠——一代青年藝術家自畫像〉，見蔡炎培：《日落的玫瑰》（香港：唯美生活出版，二〇一〇年），頁五；鄭政恆：〈存在主義時期：六十年代的西西〉，《百家》第三十五期（二〇一四年十二月），頁六九—七〇。

「商品」還是「作品」？——以潘壘的「三毫子小說」作為思考案例

黃冠翔
香港教育大學文學及文化學系、中國文學文化研究中心博士後研究員

所謂「三毫子小說」，指的是流行於一九五〇至一九六〇年代香港，每冊售價僅港幣三毫（三角）的通俗小說。這類小說通常薄薄一冊，內容僅是一篇數萬字的中篇小說，內頁依故事情節配有插圖，封面則請名家繪製色彩鮮艷、通常表現愛戀中時尚男女情態的圖畫，煽情醒目，擺放在街頭報攤特別吸引目光，不僅在香港暢銷，在台灣、東南亞甚至北美華人圈亦都有不少讀者。

三毫子小說的售價低廉，內容多是言情、懸疑之類的通俗題材，往往被讀者「看過即棄」，不利流傳及收藏，至今仍有許多作品僅聞其名、未能見其本尊。也因為相關資料蒐集研究不易，只能從已「出土」的材料一步步挖掘其歷史，過去曾認為三毫子小說是一九五〇年代末由「環球出版社」老闆羅斌所開創，①等到虹霓出版社的《小說報》第一期被發現後，才將三毫子小說的起點往前推進。一九五五年二月初《小說報》首期刊登小說家俊人的作品〈金碧露〉，據推斷是香港「三毫子小說」之始。②

香港文學長期依賴報紙為主要載體的特殊生態，導致文學的雅、俗之爭波濤洶湧，一方面是文人理想與現實生計之間的拉扯，另一方面是更實際的發表版面之爭奪。報館發行人為了報紙銷量，逐漸棄雅從俗，提高迎合大眾口味的通俗作品比例，嚴肅文學的生存空間便逐步萎縮，以致許多作家如黃天石、張吻冰、葉靈鳳、劉以鬯、崑南等都曾暫時放棄嚴肅文學的理想而投身通俗、流行文學的寫作，為了在高度商業化的環境裏繼續從事文學創作，這或許是必須的妥協。

然而，一個延伸問題值得玩味，究竟這些曾投入寫三毫子小說的作家在當時或者若干時間之後，如何看待自己的這些作品？我們事後從涉及作品的改寫、出版等文學文化視角進一步探問，或可得到有趣的發現。本文將以《小說報》為研究範疇並以台灣作家潘壘及其作品為討論中心，兼及與作家劉以鬯、彭歌的比較，初步思索作家們在面對其三毫子作品時的不同態度，並指出以潘壘為例如何提供三毫子小說突破「一體化指稱」及「雅俗二元化」評論限制的可能性，予相關研究不同的思考進路。

一

容世誠教授在評介三毫子小說時曾提到他的觀察，他說很多作家從來不提自己寫過這樣的作品，認為這不是嚴肅的文學，是垃圾，是「娛人文學」（娛樂別人的文學），快速生產，寫完就摒棄在自己的書架之外，讀者讀完就扔掉，像是一個用完即棄的商品或工業產品（production）一樣。[3]

香港作家劉以鬯（一九一八—二〇一八）以《酒徒》、《對倒》等嚴肅作品聞名，其中《酒徒》又被譽為中國第一部意識流小說而受到學界重視，相關研究與評論成果豐碩，相較之下，劉以鬯的三毫子小說所受到的關注就少許多。一九五六年至一九五九年間劉以鬯分別在《小說報》出版過四部三毫子小說，分別是《星嘉坡故事》（第三十六期）、《椰樹下之慾》（第六十期）、《藍色星期六》（第六十八期）和《蟲姬》（第八十七期），[4]但作家本人對於三毫子小說甚或曾寫過三毫子小說的經歷都頗有微詞。劉以鬯在回憶一九六〇年代初寫下《酒徒》的原因時提到兩個動機：想通過一個文人的觀點來反映香港「文學因商品化與庸俗化的傾向而喪失其特質」及「在忘掉自己的時候尋回自己」。[5]《酒徒》內容書寫知識分子賣文以維生的自嘲與懊悔，可視為作者自況之作。作家雖然不避談曾寫過一些「娛樂別人」的小說，但事實上在劉以鬯專書的個人簡介、回憶文章、研究資料或附錄的「作品年表」裏，卻不容易找到上述四本三毫子小說的蹤影，作家對三毫子小說一類通俗（或劉以鬯所言的「庸俗」）文學的輕視，令人推想他是否欲與這些作品「割蓆」，或至少想從人生清單中隱藏起來。[6]二〇一九年香港獲益出版事業有限公司亦是在作家辭世後、經由劉以鬯夫人羅佩雲的協助，[7]才得以集結劉以鬯《星加坡故事》（前稱《星嘉坡故事》）、《蕉風椰雨》（前稱《椰樹下之慾》）和《藍色星期六》等三部三毫子作品，以《藍色星期六》之名重新出版。[8]

另一個例子是台灣作家彭歌（一九二六—）。彭歌原名姚尚友，後易名姚朋，出生於天津，一九四九年輾轉到台灣，曾任《台灣新生報》副社長兼總編輯、《中央日報》社長、《香港時報》董事長等職，是知名的作家及媒體人。一九五九年彭歌任《台灣新生報》副總編輯時，在《小說報》出版過兩部三毫子小說《兒女情長》（第九十五期）和《情俠》（第一〇五期），這兩部作品之名後來幾乎未曾在任何關於彭歌的著作和研究資料中出現，[9]而另一部一九五九年香港亞洲出版社出版、亦是以情愛為主題的中篇小說《歸人記》卻得以收在其作品目錄內，此現象頗值得玩味。同樣透過美援背景機構出版、具有濃厚反共色彩和言情元素，三毫子小說與其他作品受到差別待遇，其中的癥結是否在於三毫子小說的廉價，[10]已被貼上即閱即棄的「商品」或是「垃圾」標籤？[11]隱匿相關作品又是否源於作家亟欲擺脫或不願被貼上這個標籤所致？如此看來，作家承認或不承認、隱藏或不隱藏其作品，大抵與其內容和主題無關，而視乎其發行管道而定。像《兒女情長》和《情俠》一類三毫子作品的「銷聲匿跡」而又「重新出土」，對作家作品的評論或總體評價產生如何的影響，是後續值得觀察的議題。

二

另一個截然不同的案例是台灣作家潘壘（一九二六—二〇一七）。潘壘原名潘承德，後易名潘磊，出生於越南海防，曾居昆明，一九四九年移居台灣後從事寫作，一九六〇年代跨足電影界編導，一九七五年後定居香港延續其電影事業，是知名作家與導演。潘壘一九六〇年在《小說報》推出兩部三毫子小說《鴛夢留痕》

《小說報》第一〇五期
彭歌《情俠》

《小說報》第八十七期
劉以鬯《蠱姬》

潘壘

「乾脆把它砍掉，」羅約希提議。沒有人表示意見。不過，都回過頭來望着父親。

「這就是我們羅家的傳統，」他向自己說。於是，自嘲地笑起來。他這陣搀有點兒傲岸意味的笑意，既使人喜愛，又使人痛恨。他並沒有後悔自己剛才的提議，只是聳聳肩膀，迅轉身，使性地用那雙從來沒有擦過一次鞋油的高統牛皮鞋去踢那些爬在地面上的大樹根。

「好好的一個園子，長這麼一棵鬼樹！」他繼續批評道。

「別胡說：」父親溫和地斥責。

「它多難看，那兒像一棵樹！」

「那麼你認為它像什麼呢？」

他不說話：。下意識地將目光從這棵醜陋的老樹移到父親的臉上。頓了頓，他故意把右手舉起來。

「好！」他爽快地說：「我退出！」

說着，他摇了摇那件始終搭在肩上的夾克，跑到太陽下面去。他穿着一件鵝黃色的粗毛線質假運動衣，窄窄的卡嘰褲，…一月的陽光呵暖地灑在他的身上，有一種說不出的，舒適的感覺。在距離大樹一二十步遠的地方，他停下腳步，緩緩地回轉身，微蹙着眉頭，用一種帶矜持的神情望着樹蔭下面的人。

他們仍然很認真地打量着這棵老樹。

羅約希第一次發覺父親已經很老了。但是他想不出是不是爲了那場病？或者是穿得太多和手上拿着一根手杖的緣故。他奇怪自己爲什麼會突然聯想到這棵老樹，使他有點悲感。

現在父親向他瞟了一眼——留了這廣大的庭園，然後緩緩的踱到樹的那邊去。大哥和二哥跟在父親的後面，大哥比二哥足足高出一個頭。在任何一方面說，大哥總是比二哥——或者是其他的人高出一個頭的；三姐站着不動，有幾塊細碎的陽光照在她那顯得有點蒼白之臉上。

羅約希忽然有一個奇怪的想法：他覺得自己和他們是分爲兩邊的，老四假如不是在鳳山受預備軍官訓練，他現在也會和他們站在一邊。站在濃濃的樹蔭下面。至於六妹，他更清楚，因爲女孩子總不大喜歡曬太陽。

潘壘曾在香港發表不少作品，圖為一九六三年四月六日開始在《新生晚報．新趣》上發表的小說《魔鬼樹》。

（第一二一期）和《第二者》（第一二六期），前者在一九六二年易名《夢的隕落》，由台北東方出版社發行單行本，而兩者皆在一九七九年由台北聯經出版社納入「潘壘作品集系列」再版，二〇一五年由新鋭文創（台北秀威資訊旗下品牌）以《潘壘全集》之名再次出版。相較於其他涉足三毫子領域的嚴肅作家希望將自己這些「賣文維生」的黑歷史抹去，甚至輕視這些自己曾經為之的「流行商品」，潘壘作為一個對照的案例，讓我們得以從不同的視角觀察這些小說。

《鴛夢留痕》的主角「潘」出生越南海防，後投入軍旅，在一九四三年曾參與中國遠征軍投入緬甸抗日戰役，在緬甸駐紮的歲月裏認識了當地少女瑪愛耶，兩人迅速墜入愛河，無奈離別之日很快來到。後來「潘」經歷國共內戰、被共軍俘虜，過了十多年囚禁和奴役的痛苦生活，而後他趁機逃亡香港，一九五八年決定離開香港再次前往緬甸找尋昔日戀人。歷經千辛萬苦抵達當時瑪愛耶所在的小村落，才發現整個村落早已毀於戰火、無人倖免於難，徒留「潘」的無限遺恨與控訴。另一部小說《第二者》的主要場景就在越南海防市，主角羅亞德在越北是呼風喚雨的企業家，擁有令人稱羨的成功和金錢卻不知「快樂」為何物，在被醫生宣告身患絕症後，他決定暫時放下一切去尋找快樂。在此過程中，羅亞德不小心受越共分子控制和利用，原因在於共產黨人希望利用他的影響力，令南北越分裂後，一些大型企業和企業家們能繼續留在由越共掌管的北越範圍內，不致讓北越成為經濟虛空的空殼。小說主軸便在於羅亞德如何機智地與越共分子周旋，是帶有懸疑和愛情元素的故事。小說旨在控訴共產黨的介入導致越南的分裂，並揭露越共分子陰險可怕的一面：

> 在垂死之前，他的遺言是希望大家能夠從他這件事情認清共產黨的真面目，盡速撤離越北；同時，他的遺體要安葬在自由的地區，做一個自由的鬼。⑫

在歷經劫難後，羅亞德終於重新認識生命、榮譽和愛情——那些他之前沒有，之後也不會再有的東西，並深深體會快樂來自於「自由」。

潘壘一生可謂漂泊顛沛，出生越南海防市，十四歲時因二戰戰火加劇，逃難至昆明，後輟學參與中國駐印軍，戰後因傷退伍回到越南，又逢法越戰爭，再次踏上流亡路途，後曾駐足上海、台北、香港，最後回到台北。綜觀他早期的小說創作，如《紅河三部曲》（一九五二）、《歸魂》（一九五五）、《狹谷》（一九五五）、《上等兵》（一九六〇）與發表在《小說報》的《鴛夢留痕》和《第二者》等，就作品內容而言，皆很大程度融入作家前半生流離的經歷，軍旅、反共、情愛等思想主題及創作手法等也無明顯差異。換言之，若不提後兩者是刊登在《小說報》的作品，這些文本應該受到同等的看待。事實上，從潘壘對待這些作品的方式也能觀察到這一點。《鴛夢留痕》和《第二者》都未經改寫就多次再版發行，[13]可說明兩點：其一，作家在寫作之初，面對三毫子作品的態度跟其他作品是沒有差別的，唯一的不同之處僅是發表管道之異；其二，作家本人對於這兩部作品是相當滿意的，無論就政治、言情的內容或寫作的筆法等面向，其後也未曾隱藏或抹煞作品的存在。據秀威資訊老闆宋政坤所言，二〇一五年之所以會出版《潘壘全集》，除了自己對潘壘作品的喜愛之外，更因為二〇〇四年時作家本人的請託，[14]由此可知潘壘對他所有作品的重視程度，這裏面當然包括他曾寫的兩本「三毫子小說」《鴛夢留痕》和《第二者》。

三

一般認為三毫子小說作為香港一九五〇至一九六〇年代通俗文化的代表，具廉價、通俗（或庸俗）、快速生產、商品化等特色，除專門寫作通俗小說的作者外，作家們通常想與它劃清界線。但是，作家們的態度是否更強化了雅和俗之間的界線與評價差異？潘壘的案例給予我們一些重新看待三毫子小說的省思空間。首先，作家本人如何看待自己的三毫子作品是一個關鍵，若作家本身在寫作之初便持另筆經營、賣文餬口心態而為之的話，自然羞於再度提起往事；若只是將這些小說視為透過不同管道發表的作品，創作初心並無不同的話，自然毋須區別三毫子或者其他。潘壘的《鴛夢留痕》和《第二者》未經改寫而直接多次出版，顯示作家對作品的信心，也可以推斷，當初作家在面對作品時，並不僅僅把它當作出售賺錢的商品，而是認真經營的「作品」，即使三毫子小說出版的形式多半被人閱後丟棄，但對作家而言，它們的價值與其他作品並無二致。

再者，從研究者角度思考，我們可以如何重新看待三毫子小說並給予適切的評價？如前述，帶有貶意的「三毫子小說」之名，約出現於

《小說報》第一二七期
潘壘《第二者》

《環球》第一二五期
潘壘《鴛夢留痕》

一九五八年、一九五九年間，也就是在其他出版社爭相大量出版類似小說、整體品質大幅滑落之後，[15]作為三毫子小說的先驅，《小說報》擁有許多名家的加持，小說品質不俗。不被雅俗界線束縛，亦不因為作品發表的管道而有先入為主的觀念，應視個別作品的藝術表現和主題思想而給予適當評價，是三毫子小說去除「一體化指稱」一偏見、去污名化的第一步。

三毫子小說的影響力不只停留在紙面，其中許多膾炙人口的作品曾改編為天空小說（廣播劇）、電視戲劇或電影，跨媒介且深入地進入香港市民的日常生活，影響大眾文化發展甚鉅。本文限於篇幅，諸多面向無法深入展開討論，目前三毫子小說研究仍在開拓階段，只能從有限的側面切入提供個人初步的觀察，拋磚引玉期待後續更廣闊的討論空間。

主要參考資料

王梅香：〈美援文藝體制下的台、港、馬華文學場域——以譯書計劃《小說報》為例〉，《台灣社會研究季刊》第一〇二期，二〇一六年三月，頁一—四〇。

宋政坤：〈無擾為靜，單純最美〉，收入潘壘：《夢的隕落》（台北：新銳文創，二〇一五年）。

容世誠：〈文化冷戰與廉紙小說工業〉，《百家文學雜誌》第三十三期，二〇一四年八月，頁一一二—一一八。

黃涓：〈劉以鬯三毫子小說重新出版〉，《聯合早報》，二〇二〇年一月十三日，https://www.zaobao.com/news/fukan/books/story20200113-1020664，檢索日期：二〇二一年十月十五日。

彭歌：《自強之歌》（台北：三民書局，二〇一五年）。

鄭明仁：〈劉以鬯與「三毫子小說」〉，《香港文學》第四〇四期，二〇一八年八月，頁四六—四七。

劉以鬯：《暢談香港文學》（香港：獲益出版事業有限公司，二〇〇二年）。

潘惠蓮：〈香港的「三毫子小說」何時誕生？〉，《微批》，二〇二〇年十月十八日，https://paratext.hk/?p=2940，檢索日期：二〇二一年十月八日。

潘壘口述，左桂芳編著：《不枉此生：潘壘回憶錄》（台北：國家電影資料館，二〇一四年）。

蕭永龍：〈劉以鬯的三毫子小說與再創作〉，《星洲網．讀家副刊》，二〇二〇年九月十五日，https://www.sinchew.com.my/20200915/ 萧永龙／刘以鬯的三毫子小说与再创作／，檢索日期：二〇二一年十月二十日。

《第二者》插圖

註釋

①如鄭明仁：〈劉以鬯與「三毫子小說」〉，《香港文學》第四〇四期（二〇一八年八月），頁四六—四七。

②潘惠蓮：〈香港的「三毫子小說」何時誕生？〉，《微批》，二〇二〇年十月十八日，https://paratext.hk/?p=2940，檢索日期：二〇二一年十月八日。

③容世誠：〈文化冷戰與廉紙小說工業〉，《百家文學雜誌》第三十三期（二〇一四年八月），頁一八。

④需特別說明的是，這些作品通常沒有標明確切的出版日期，封面上所載之期數也未必符合實際出版情況，例如本文提及潘壘的《第二者》封面所載為第一二七期，而另一部漢生的作品《洪水緣》封面亦標示為第一二七期。推測因當時此類小說出版快速，從收稿、校稿、排版到出版間作業時間短而緊湊，加上排定的出版日期和順序受到實際稿件處理情況而常常需要調整，以致發行的期數偶有重複或紊亂的情形。

⑤劉以鬯：〈我為甚麼寫《酒徒》〉，《暢談香港文學》（香港：獲益出版事業有限公司，二〇〇二年），頁一一八—一二一。

⑥其中《星嘉坡故事》和《椰樹下之慾》曾經過微幅改寫，分別在一九五七年和一九六一年由鼎足出版社發行單行本（後者易名《蕉風椰雨》）。作家如何刪改過於庸俗的字句，進而使作品「棄俗從雅」，可參考蕭永龍的評論。蕭永龍：〈劉以鬯的「三毫子小說」與再創作〉，《星洲網・讀家副刊》，二〇二〇年九月十五日，https://www.sinchew.com.my/20200915/萧永龙/刘以鬯的三毫子小说与再创作/，檢索日期：二〇二一年十月二十日。此外，關於作家如何挑選改寫、再版的作品，改寫與未改寫作品間又有何差異性，以及如何改寫「三毫子」作品使其能登上作家心中的「大雅之堂」，是有趣且值得進一步探究的問題。

⑦黃涓：〈劉以鬯「三毫子小說」重新出版〉，《聯合早報》，二〇二〇年一月十三日，https://www.zaobao.com/news/fukan/books/story20200113-1020664，檢索日期：二〇二一年十月十五日。

⑧由此可深究的是，為甚麼《蠱姬》這一篇作品未一起被收錄在這本專書裏？是材料取捨的問題，抑或是涉及作品保存的問題？未被收錄的《蠱姬》一作會不會因未能再次出版而終將被文學史「遺忘」？從而突顯三毫子小說從史料蒐集到研究考證工作的重要性。

⑨ 除了彭歌的回憶錄《自強之歌》（台北：三民書局，二〇一五年）中憶述自己寫作生平時未提及相關經歷之外，此書附錄的「生平事略」和「作品目錄」亦不見《兒女情長》和《情俠》之條目。作家本人刻意隱去有關經歷，加上香港三毫子小説不易見到，使得在其他關於彭歌的研究資料中，例如在台灣文學館所策劃編輯的《台灣現當代作家研究資料彙編．彭歌》與《台灣作家作品目錄資料庫》這兩部作品也「缺席」。只有王梅香看過美國國家檔案局的資料後，在研究論文中提到《小説報》的作家名單中，有彭歌及其他當時台灣的作家如張漱菡、公孫嬿和潔子（吳文）之名。王梅香：〈美援文藝體制下的台、港、馬華文學場域——以譯書計劃《小説報》為例〉，《台灣社會研究季刊》第一〇二期（二〇一六年三月），頁一九。

⑩ 根據潘惠蓮的研究，以一九五五年的物價為例，出紙四大張的《華僑日報》每份零售價為港幣兩毫。一冊長篇小説，依字數多寡和作者名氣，售價由一元至四元不等；而一些通俗小説或武俠小説單行本，售價大約介於五毫至九毫之間。因此，花費三毫子看一中篇小説，算是廉價消費。《小説報》各期封面印有「一本名作家的小説，一份報紙的價錢」字句，便是以低廉價格及出自名家手筆的故事作為吸引讀者的廣告宣傳。參潘惠蓮：〈香港的「三毫子小説」何時誕生？〉。

⑪ 許定銘曾表示，一九五〇年代中期《小説報》開始暢銷以後，雖售價低廉，但因皆由名家執筆，廣受讀者歡迎，罕有人以「三毫子小説」稱呼，而是以其內容類型如言情小説、文藝小説或奇情小説等稱之。後來眾多出版社湧入市場，「三毫子小説」大量推出，致品質良莠不齊，引來讀者輕蔑。略帶貶意的「三毫子小説」一詞開始出現。一九六二年三月一日，筆名「司明」、「胥黎」的作家馮鳳三在《新生晚報》的文章聲稱他多年前的專欄是第一個提出「三毫子小説」名稱的。雖暫時難以考證，但綜合各項現有資料，潘惠蓮推測「三毫子小説」一詞最早出現於一九五八年至一九五九年間的機會很大。參潘惠蓮：〈香港的「三毫子小説」何時誕生？〉。

⑫ 潘壘：〈第二者〉，《小説報》第一二六期（一九六〇年），頁一二。

⑬ 如前文所述，《鴛夢留痕》僅更名《夢的隕落》，並因再次編輯而修正少部份詞彙用字和標點符號而已，《第二者》則是連小説名稱都原封不動保留。可惜潘壘本人並未在回憶錄或他處説明過這兩部三毫子小説從寫作、發表到再版的心路歷程，筆者只能據有限的資料推敲。有關潘壘的生平回憶可參潘壘口述，左桂芳編著：《不枉此生：潘壘回憶錄》（台北：國家電影資料館，二〇一四年）。

⑭ 宋政坤：〈無擾為靜，單純最美〉，收入潘壘：《夢的隕落》（台北：新鋭文創，二〇一五年），頁三—八。

⑮ 據目前可見的資料統計，一九五〇年代中期起至一九六〇年代間出版「三毫子小說」的管道除了《小說報》之外，尚有《環球小說叢》、《環球文庫》、《好小說》、《ABC小說叢》、《海濱小說叢》、《時代小說叢》、《奇情小說叢》、《金牌文庫》、《星期小說文庫》、《家庭生活文庫》、《文風小說叢》、《春風小說叢》、《新小說叢》、《鴛鴦小說叢》和《金像獎小說叢》等十多種，可謂競爭激烈，大量生產自然品質參差。參潘惠蓮：〈香港的「三毫子小說」何時誕生？〉。

憶舊與訪問

丙

記憶的拼湊

我的父親方龍驤——專訪方家煌

整理：鄺保威、張雨奇、鍾鍵暉、黃冠翔

訪問日期：二〇二一年八月二十八日及九月十九日

方家煌是「三毫子小說」作家方龍驤的長子。以下是他的自述：

一、我父我母

就切身的經驗來說，我自己感受不到爸爸寫作的成績，從他的朋友圈子才能略知一二。從小到大都不覺得他是厲害的作家，他大部份時間都躲在房間裏——那不是書房，家裏雖有一間書房，但書房用來放書，他大部份時間在書房裏看書，睡房則變成他寫東西的地方。我想他大半生的時間都是如此，下床就寫作，寫完東西就睡覺，這是我的觀察。

待我長大些，認識中文多一點時，才知道他的朋友原來都在報社工作，或者在文化界相當有名。爸爸是一個好客之人，很多時候會邀請朋友來家裏吃飯。媽媽便常常忙着宴客、做菜，當時那些朋友大多是上海人，所以耳濡目染之下我也會說會聽上海話。

以前沒有電腦打字，爸爸寫作時最初每個字都很工整端正，到後期可能要趕稿或是寫得多，字跡變得愈來愈潦草，潦草到看不清他寫甚麼，媽媽是唯一可以閱讀爸爸潦草字體的人，他寫劇本，甚至寫小說，有時在時間緊迫的情況下，媽媽就必須幫他整理文稿。

媽媽是一個順從的人，爸爸經常說：「我完成了，你快點幫我謄出來。」媽媽的字體如印刷般漂亮，她寫字很用力，每一個字可以印穿五、六張原稿紙，即使未領薪酬，仍可以看出媽媽很用心幫爸爸謄稿。

那時候的文化界圈子其實很「圍爐式」，或

方龍驤（方家煌提供）

者說「圍內式」。大家都有一些串聯，我們叫「上海式的文化界交流串聯」，例如說：「啊，你幫我多寫兩份報紙吧！有多兩個『地盤』。」那時候找「地盤」很容易，爸爸也經常推託：「不要吧，我已經很多工作，不可以啦。」有時甚至可以一稿兩投，錢挺好賺，「密食當三番」。但他對賺錢又不是很熱衷，例如買房子，我們從小到大住的那間房子都是租的，在北角堡壘街，算得上是中高尚的地方，從英皇道上去後不會那麼嘈吵。

媽媽經常說：「你爸爸不買房子，買房子就不用這麼頭痛了。」那時候一間房子只要八萬元，我們後來才知道原來爸爸那一代人對置業是沒有概念的，他們「千金散盡還復來」，吃吃喝喝比較好。當然，他當年因為沒有安全感才從上海到香港，對固定的地方也沒有安全感，所以沒有想到置業。

五十年代初，爸爸的兄弟姐妹眾多，生活困難，加上內戰爆發，他便獨自離開上海，南下香港謀生，那時他還沒有中學畢業。與爺爺、嫲嫲分別後，雖然一直保持書信往來，但沒有機會再

《環球小說叢》第五期龍驤《慾海驚魂》

《環球小說叢》第十六期龍驤《春潮》

見，這是爸爸一生中最大的遺憾。

爸爸到香港後，很快便投身報界及靠寫作維持生計。聽聞他曾買了份報紙，看了一下便想：「別人寫的故事我都可以寫，不是很困難。」他和倪匡投身報業和寫作的經過很相似，都是從別人的作品發現自己對寫作更有把握和信心。

二、「三毫子小說」

爸爸的寫作生涯由投稿開始，因為沒有人脈關係，便嘗試寫一些故事投稿報刊。最早是寫一些關於生活現象的散文，不久（編者按：約一九五一年）以筆名「盧森堡」創作了「貓頭鷹鄧雷」這個偵探小說人物，風流倜儻，行俠仗義，十分受歡迎。到了用筆名「龍驤」寫三毫子小說，他的文字工作已穩定下來，為多家報刊供稿和出版小說。我少年時只知他寫了一系列薄裝書，後來才知道那些薄裝書叫三毫子小說。就如我小時候看黃玉郎的漫畫，看《龍虎門》，這些叫橫度，那些叫直度，其實只是個名稱。

後期他還用過「丁辛」這筆名，寫些風花雪

《小說報》第六十三期
龍驤《人約黃昏》

《小說報》第五十五期
盧森堡《叛舟喋血》

月，或古董收藏、旅遊見聞、紫微斗數等。

爸爸交遊廣闊，喜歡探索、涉獵不同事物。他經常和朋友去聚會、舞會和夜總會。他愛跟別人聊天，聽別人講故事。有一段時間，他愛上攝影，他的相機我現在還保留着。在他的舊物中，我找到很多人物相片，包括一些穿着一件頭泳衣的女人——爸爸可能給人留下很風流的印象。其實他不過喜歡為她們拍照，和她們聊天，那些人似乎很信任他，跟他講自己的經歷，所以爸爸知道很多故事，加上他的興趣廣泛，積累起來便成為他創作小說和電影的資源。直到了八十年代，他厭倦了文字工作，不再寫了。可能早期為了生活，不得不寫，逐漸愈寫愈起勁，再後來便厭倦起來，或想涉獵多一些文字工作以外的事物。

爸爸是一個挺外向的人，年輕時喜歡遊山玩水，但害怕駕車，他認為駕車很危險。他十分嚮往外國生活，最想去歐洲旅遊，但終其一生，都未能如願踏足歐洲，最遠只去過日本。他早年以「盧森堡」作筆名，可能因他嚮往這地方，是他的情意結。

三、倪匡與龍驤

我是先認識衛斯理——就是倪匡的科幻小說，後來才看爸爸的小說《貓頭鷹鄧雷》。從研究角度來說，我認為他們的作品內容有點相似，不過整個佈局鋪排及幻想程度，倪匡寫得比爸爸好。他們還有另一相似處，就是看很多電影，受電影的影響很深，尤其西方電影。爸爸最喜歡《鐵金剛》電影，包括當年辛·康納利（Sean Connery）和後期的羅渣·摩亞（Roger Moore），看過後常和媽媽討論劇情。《鐵金剛》電影有特務、武器、奇情香艷、正邪對立等元素。這些設定都呈現在爸爸的作品裏。

六十年代後期無線電視興起，他主要還是看電視播放的西片和偵探科幻類的配音劇集，例如《哥倫布探長》、《無敵鐵探長》，《無敵金剛》（*Six Million Dollar Man*）等。他稱讚這些配音劇集有線索，又合邏輯推理。當他知道我喜歡電影和舞台創作後，曾和我研究劇本寫作，經常提到：最重要的是你寫的故事，一定要情理之內，意料之外。

他認為好些日本電視劇集很不濟，例如七十年代初播放的《綠水英雌》，是描述女泳手的勵志故事，女主角游得很棒，但游泳中竟然加插「武功」，會有一招「飛魚轉身」，練成便可整個人在池端轉身時，彈到十幾米高，再跳回水裏，超前對手。他說這樣很不科學、不合理。

爸爸也寫過有關男女情慾的作品，但我看來算不上黃色小說。他不會用一些「依達式」的字眼去寫言情小說。他形容一些男女關係，或描述男女間的肉體互動，點到即止。他看不起那些寫黃色小說的人，甚至鄙視、抗拒這種寫作。看得出他描述情慾的文字，都經過深思熟慮，寫得很有技巧。

四、嚴肅文學

爸爸的小說作品稱不上嚴肅文學，因為沒有進一步昇華到更高的思考層次。反而他在報章發表的散文和評論，態度很嚴謹，表達對時局的看法、對社會和人際關係的觀察。他關心社會的貧富懸殊及各階層的事物。他明白在香港要謀生的話，需要風格多元化、作品大眾化。爸爸是聰明人，他知道甚麼內容多人看，就會往那個方向走，我和他的看法一致，我也做不到許鞍華那種文學思維的作品。

盧森堡的《貓頭鷹鄧雷奇案》是在五十年代風行的偵探小說系列

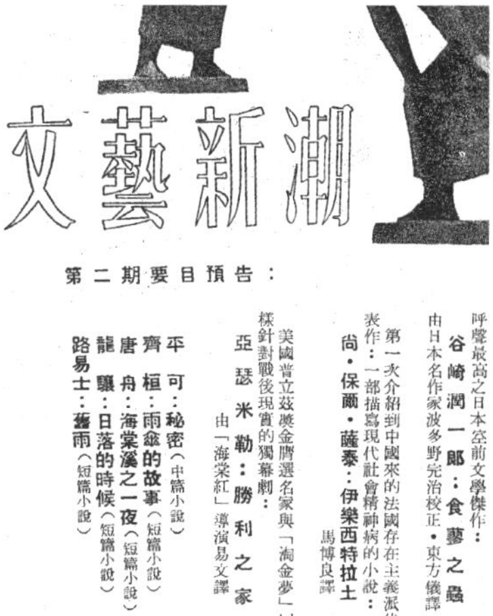
文藝新潮

第二期要目預告：

呼聲最高之日本空前文學傑作：
谷崎潤一郎：食蓼之蟲
由日本名作家波多野完治校正・東方儀譯

第一次介紹到中國來的法國存在主義派代表作：一部描寫現代社會精神病的小說：
尚・保爾・薩泰：伊樂西特拉士
馬博良譯

美國曾立茲獎金牌選名家與「淘金夢」同樣針對戰後現實的獨幕劇：
亞瑟米勒：勝利之家
由「海棠紅」導演易文譯

平　可：秘密（中篇小說）
齊　桓：雨傘的故事（短篇小說）
唐　舟：海棠溪之一夜（短篇小說）
龍　驤：日落的時候（短篇小說）
路易士：舊雨（短篇小說）

莘　火：二十世紀的英國劇作家（文藝評介）
萬　方：香港的知識份子和韓素英的「生死戀」（文
徐　訏：歲月的哀愁・故居・雨・中年之心境（詩）
貝娜苔：水邊・靜室（詩）

在一些文學作家稱許的發表園地，例如《文藝新潮》，亦能見到龍驤的小說和翻譯作品（《文藝新潮》創刊號為中國文學文化研究中心收藏）。

五、電影

爸爸認識很多電影人，較友好的是羅維，李小龍的成名作《唐山大兄》便由羅維導演。爸爸和姓羅的人，似有點緣份，他另一位好朋友，是環球出版社和仙鶴港聯影業公司的老闆羅斌。他經常來我家吃飯、聊天，和爸爸無所不談。

爸爸和電影公司的關係也很好，他好些小說被改編成電影，他也為電影編劇，但有些電影公司找其他人改編他的作品，竟隱去爸爸的名字。他最風光的時候，既寫小說，又寫電影劇本。久而久之，他便想自己攝製電影。他辦過一家金剛電影公司（King Kong Motion Picture Company Limited），自己寫劇本，拍了兩部電影。

不知他為何選用「金剛」此名字，公司的商標是一隻武士手臂拿着斧頭，構圖像一個K字。我估計，因為King是媽媽的英文名，King Kong第一個字King可能是為了紀念我媽媽。我記得有次他說：「你看看那個商標，我自己設計的。」媽媽就問：「商標為甚麼是一隻手臂拿着斧頭？」亦有可能因為爸爸那時很喜歡喝酒，他喝的一種貴價洋酒，其商標就像一隻手臂拿着斧

謝賢、嘉玲主演《大廈情殺案》，改編自《海濱小說叢》第六十五期盧森堡《大廈情殺案》。

頭，不知是否由此得到靈感？

他導演的第一部電影是《石破天驚》（編者註：首映日為一九七三年五月二十三日），薛家燕、于洋、歐陽珮珊主演，票房只屬一般。我兩年前整理他的遺物，發現他保留了很多構思圖和原稿，其中一張寫了一些故事人物，這個殺那個，那個出賣那個。還有一些星系圖，好像在寫故事的一些點子，但看得不太明白。他寫故事的形式有些和我一樣。兩代人都做相同的事情，挺有趣！但這樣的原稿實在太多，所以其後都扔掉了。

六、風流韻事

爸爸是否有很多風流韻事？我不敢說，媽媽可以忍受常人所不能，她不會選擇用激進的方法解決家庭問題。媽媽始終守着一條底線，就是要下一代有個完整的家，這是媽媽最偉大的地方。媽媽沒有意願離婚，而是默默忍受着，所以我很尊敬孝順她，她用盡一生的心機去養大我們三兄弟，我很感激她。爸爸是不羈的，但身為一個作家，擁有這種性格與經歷並不奇怪。我早年可能對此感到不屑，但是隨着年紀增長，明白這種事很自然會發生，我不可以說這樣是對還是錯，我不敢去批評他。總之我們的家庭有個完美的結局，就是我們的父母沒有離婚。

方家煌

唯獨舞台聯合藝術總監。畢業於香港演藝學院戲劇學院導演系，其後在香港浸會大學電影學院取得電影電視與數碼媒體藝術碩士，主修電影編劇。曾任職於多間傳媒機構，並活躍於劇場，除專注導演工作，亦長於編劇、作曲及填詞。近年為電影編寫劇本，並執導多齣微電影。二〇〇五年憑《喜尾注》獲第十四屆香港舞台劇「最佳導演獎」。

龍面點睛
——訪問插畫家董培新

訪問：潘惠蓮
日期：二〇二一年八月二十二日

問　你最初如何參與繪畫「三毫子小說」的封面和插圖？

答　我最先是於一九五八年在上環鴨巴甸街的祥記書局任職插畫員。祥記書局是那時出版粵派技擊小說的重要機構，出版及發行很多描述洪熙官、方世玉等廣東武術名家的小說，其中一九五二年出版的《武術小說王》很受歡迎。五十年代中又出版《武術雜誌》，內容有武打小說及介紹中國武術的文章，主編是陳光。

到了一九五九年四月，羅斌經營的環球出版社創辦《武俠世界》，同年十月還創刊《新報》，需要人手，陳光便與我跳槽到環球出版社工作。我到任時，《新報》已出版。羅斌旗下有多種不同類型的書籍雜誌，基本上它們要畫甚麼，我便按它們需要而畫，跟以往在祥記書局只畫武俠人物不同。一般被稱為三毫子小說的《環球小說叢》便是當時羅斌旗下的主要出版物。

問　那時丁岡（即區晴）已為環球繪畫插畫，你和他如何配合？

答　基本上是各有各畫，沒有從屬關係，相處的機會也不多。通常是由羅斌或編輯指示我工作。後來有一個時期，丁岡出任《新報》代社長，我們才因公事而有較多接觸。那時整體工作都非常忙碌緊迫，感覺不到有人理會

董培新在二〇一九年參加展覽《俠客雄心》時留影（引用自董培新臉書）

董培新曾參與《武俠世界》等環球圖書出版物的美術工作（圖為李偉雄先生藏本）

我畫得好不好，也沒有退回稿再畫的情況。

丁岡是個很傳奇的人，多才多藝，能畫能寫。有次他拿了一份「三毫子小說」的稿件回家繪畫封面，怎料遺失了，他就自己寫了一篇小說稿取代，還不收稿費，以彌補過失。所以他也可說是「三毫子小說」作家！

問　那時出版界的插畫師除了丁岡，你記得還有哪幾位？

答　那時有好幾位，丁岡和綠雲（原名張艾）較有名氣，女的有高寶。綠雲主要為《成報》工作，據說他的畫費很高，畫一張有二十多元，而我是新丁，畫一張只有一元五角！

問　為三毫子小說繪畫的流程是怎樣？

答　一般是編輯告知故事大綱，便讓我自由發揮，但封面圖畫的西洋風格已定調，不會改成中國畫。也試過時間十分緊迫，只知小說的名字，不知內容便靠想像創作。若作者早交稿，便有機會先看畢整篇作品才創作。我喜歡這種模式，因為對該小說有較深入的了

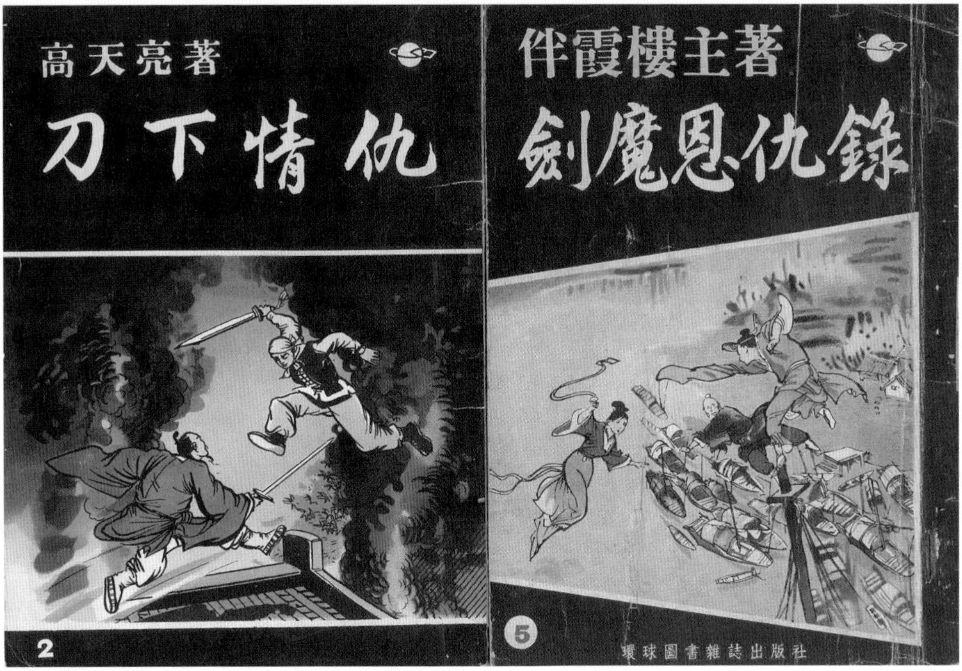

解，才能畫出較好的作品。因大家都很忙，不可能事先接觸作者、了解他們的寫作內容。畫好了便交編輯，若趕時間，會直接交去版房製版。

問　是否記得第一本畫的三毫子小說是哪一本？哪本的封面你較滿意？

答　記不起了。遇到一些我喜歡的作家，如亦舒、依達、嚴沁等，我會畫得比較用心在意，希望能令他們的故事表達得更好，吸引更多讀者。

問　封面和插圖的設計如何影響三毫子小說的銷路？

答　很難評估對銷路起多大作用。那時老闆、甚至不少人都認為三毫子小說主要還是靠作者的名氣和小說內容吸引讀者。總的感覺，那時插畫師的工作不受尊重，畫作只是出版物的點綴品，刊物上有畫比沒有好一點而已。但欣賞自己畫作的「知畫人」仍是有的，曾收過一些讀者來信讚好，感到很高興。幾年前還知道馬來西亞有讀者收藏了大批我六、七十年代在報刊發表的畫作，十分感動。我相信自己的努力，總會有人看到。

問　你較喜歡畫哪類型刊物？為三毫子小說繪畫有沒有特別技巧？

答　畫甚麼刊物都沒有大分別，最重要還是認認真真去完成任務，透過圖畫發揮故事的特點。如之前所說，若遇到一些自己喜歡的作家，便會畫得特別起勁。畫了數十年，儘管工作上有很多無奈，但也得到很多磨煉的機會。

問　你對三毫子小說有何評價和印象？

答　在電視未普及的年代，三毫子小說這類廉價刊物，為普羅大眾提供了消閒娛樂，也推動了出版業和流行文化的發展。那時三毫子小說的出版量龐大，自然良莠不齊，不能一概而論。任何類型的小說，包括被很多人輕視的廉價小說，亦能產生感人的優秀作品。

已故小說家劉以鬯生前經常慨嘆，為了生活，作家不得不寫一些媚俗的流行小說。對此我在專欄文章中曾提出一些看法，認為廉價賣出作品是無可奈何，但不必以貨就價是態度；不出劣貨，堅持質量是自己的自由。

作家和畫家一樣，對自己的作品應保持創作的熱誠，不斷探索追求，才會有所昇華。若只顧自怨自艾，屈服於眼前困境，便會窒礙自己的創作力。

董培新

一九四二年出生於中國梧州，在廣州長大。一九五七年十五歲移居香港，同年隨嶺南派高奇峰弟子蔡大可當學徒。一九五八年開始以繪畫插圖為職業。一九五九年入職環球圖書雜誌出版社。一九五八年至一九九九年間作畫估計超過三十萬張，作品發表於香港的報刊及出版物。一九八九年定居加拿大溫哥華，一九九一年拜嶺南派楊善深為師，研習中國畫。二〇〇二年至二〇一九年間，先後在溫哥華、香港、廣州、澳門、台北、上海等地舉辦畫展。

環球文庫（流行小說） 292

愛情的報復 •每冊四角•

著作者： 蕭 金
編輯者： 環球文庫編輯委員會
繪圖者： 董培新
出版者： 環球圖書雜誌出版社
香港上環新街7至9號
電話：438073 438173 437131
信箱：1586 電報掛號：4013
印刷者： 環球印刷所

完

1965年8月15日出版 每五日發行一冊
本書逢5，10，15，20，25，30日出版
Printed in Hong Kong

《環球文庫》第二九二期蕭金《愛情的報復》由董培新繪圖

緬懷「三毫子小說」①

沈西城

一、環球出版社②

「環球出版社」成立於上世紀五十年代初，初時是一家小型出版社，以出版《藍皮書》為主。

《藍皮書》是一本偵探小說雜誌，裏面刊登的小說大多譯自西洋，那是因為那年代能寫偵探小說的中國作家並不多，算來算去也只有上海的程小青最有名氣，也最具水準。

其實，《藍皮書》始創並非在香港，而在上海，創辦者是上海人馮葆善，合夥人是「小廣東」羅斌。

一九四九年，羅斌南下香港，找不到工作，髀肉復生，就想到再刊《藍皮書》。他把從上海帶來的一大疊舊稿，經自己修改後，配上插圖，出版了第一期，想不到反應熱烈，《藍皮書》一出版就打下了基礎。

有了《藍皮書》這個根基，羅斌就有充份信心拓展「環球」，十年努力下來，「環球」已成為一家相當具規模的香港出版社了。旗下雜誌眾多，包括《黑白》、《迷你》、《文藝新潮》、《環球文庫》（即三毫子小說）、《西點》、《武俠世界》等等。

這些雜誌，大多有一定的銷路，尤其是《迷你》，有一個時期成為了香港銷量第一的「奇情香艷」雜誌，內容軟硬兼施，詭奇香艷，特別是那些若隱若現的女人性感照片，成為了暢銷的原動力。

我在一九六八年得陳錫餘教授介紹進入「環球」當初級校對，負責校稿，頂頭上司姓馮，他是一個聽覺有殘疾的長者，做事認真，常常站在我背後看我校稿，一遇到有錯漏，他就緊張地搶過我手上的毛筆，順手勾出錯處，然後「MM啊啊」地說一通，我知道他是在怪責我不用心思校對，要我多注意。初時有點怕他，也有點恨他，

到後來，反而要多謝他了。他教了我不少，讓我知道入出版社做事，最好先從校對做起。由於可以看到各方大家的文章，從中偷師，過了一段時期，耳濡目染，不會寫也會偷了。我就是這樣「偷偷下」，變成了一個作者。

「環球」捧出了不少紅作家，倪匡、古龍、依達、岑凱倫、鄭慧、嚴沁，無一不是香港文壇的健將。「環球」於本世紀初光榮結業，而它的開創者羅斌社長，也於今年（編按：二〇一二年）五月二十一日晚上十點鐘在加國溫哥華逝世了。謹寫此文以為悼念！

二、羅斌與《新報》③

羅斌社長去世三年，我常在夢裏見到他，今夜，老人如入夢，我會告訴他「你平生心血《新報》停刊了！」《新報》始創於一九五九年，初時只是一張小報，社長「小廣東」羅斌，長袖善舞，智賽隋何，看重港聞，力拓副刊，一時間，名家如林，楊天成、倪匡、龍驤、依達、臥龍生、諸葛青雲、古龍、岑凱倫、何行，粒粒皆星，顆顆明珠，其他報章副刊，莫能與之爭。

一九六七年，暴動起，我得《時報》經理陳錫餘教授之介，進上環新街《新報》當小校對，下午兩點上班，一直工作至晚上八點，第一份校稿就是紅透半邊天魏力（倪匡）的《女黑俠木蘭花》，校對長馮姓，聾啞人士，工作頂真，寫字條給我「倪先生的稿要特別用心校。」哪敢怠慢，可校得真苦，原來倪匡的字小而潦草，蛇行難辨，一番心血付出，仍給馮聾子挑出五個錯處來，他作勢欲打我，跟住一笑罷手，隔壁同事輕聲對我說「阿馮誇你！」原來能在馮聾子眼皮底下僅出現五個錯處，已屬水準之作，從此倪匡校稿全歸我。

《藍皮書》第四二九期

「環球」及「新系」
創辦人羅斌

那時的《新報》，銷路已有好幾萬，老總羅輯是老闆羅斌胞弟，做事勤，副老總黃朗秋是名作家，「三毫子小説」他寫了不少，我也看了不少，少不更事，斗膽向他倆毛遂自薦寫小説，結果何如？可想而知，還是當我的小校對吧！

七十年代到八十年代是《新報》的全盛期，老友馬龍應龍景昌之邀入《新報》，編彩色副刊，銷路急升至十五萬，是香港銷路前列報紙。我那時偶也有為《新報》寫稿，只打游擊不紮營。九十年代初，我寫了幾個長篇「推理」小説發表在副刊，羅斌以「環球」出版社名義結集，銷路不俗。九六年，我到「環球」做事，《新報》已轉讓給郭應泉，後又易主「英皇」老闆楊受成，我感納悶，有一個下午，我跟羅斌獨對於辦公室，忍不住問他原委？羅斌回答清脆利落——「九七後，報紙沒得做了，不如趁早賣掉！」為甚麼如斯悲觀？羅斌説：「我年紀老了，準備移民，下一代又不願意接手經營，倒不如轉手給楊受成，省力！」

其時我對羅斌已有一點認識，在政治上，他並不起勁，只是一個徹頭徹尾的生意人，一切賺錢為上，港英時代，他靠攏台灣，當上「自由總會」主席，每年率團回台灣慶祝「雙十」，蔣介石華誕，他必親往恭賀，因而「新系」旗下的刊物不少可以進口台灣，像《武俠世界》經「雨辰」出版社就可全台通行，「新系」刊物多，一大堆湧去台灣，賺的是花綠綠的鈔票！到經國先生年代，報禁廢，出版更自由，黃、黑事物都可報導，「新系」賺大錢；可日後內地經濟情況如何不能確定，與其看着自己的心血有可能賠本，倒不如忍痛割愛。說真的，當時我聽到這些話，十分心痛，勸他辦下去，羅斌眼睛瞇一線、沉痛地道：「沈先生！報紙沒得做了，我賣了它，是對的！」不僅《新報》賣，甚麼都賣，「峨嵋」藥廠最早脫手，「環球」經我手轉讓「文傳」，最後連百德新街祖屋也處理掉了，帶着一家大小移民楓葉國，於香港再無留戀。

老人在世時，常要我過加拿大見面，怕坐飛機，每趟都推。二〇一一年羅斌回港邀我喝茶，席間說：「沈先生！我身體不好，能見一次就一次吧！」我忽然想起李昌祺的詩：「故舊憑君休更說，老懷容易便沾襟。」人老了，一分一秒都彌足珍貴。今夜，若真能夢中相會，我一定會對老人說：「社長！我很榮幸，也很驕傲，因為我保存了你唯一血脈——《武俠世界》，我不會讓它湮滅！」柳宗元詩云「去國魂已遠，懷人淚空垂。」永別多苦痛！

三、搗蛋作家杜寧④

八十年代某個夏日下午，艷陽炙照，我孵在倪匡寶馬山家裏，邊喝酒，邊聊天。那時倪匡發明了一種「伏特加」酒的新喝法，原瓶伏特加酒放進冰櫃裏急凍數小時取出，倒入大酒杯，瓊漿玉液，清香撲鼻，勝過天下佳釀無數。舉杯呷，酒進喉嚨，味道之醇之妙，天下無雙，兩人對飲，不知夕至。

電話忽響，倪匡拿起聽，講了幾句，最後回以「我現在沒空」，掛上電話，看他眉頭緊結，臉皮繃緊，問何事？嘆口氣：「那個丹佬小吳纏夾不清！」丹佬小吳者便是作家杜寧（吳仰宇），文化圈人提起此君名頭，莫不皺眉。杜寧，上海人，擅寫文藝愛情小說，「環球」出版社刊印了他不少三毫子小說，文壇上有微名，卻是私行不佳，人人聞風色變。這麼讓人怕，莫非頭上長角？當然不是，杜寧賣相不壞，待人也和氣，可不時阮囊羞澀，一逢此景，立即想到「朋友幫幫忙」，於是告貸遍全圈，連咱們的「鐵算盤」倪匡大哥也成了他的「捕獵」對象。

倪匡早聞此君惡名，敬而遠之，可某次仍然着了道兒，杜寧不作事先知會，逕自摸上來。門開見杜寧，倪匡知不妙，無法拒千里，只好勉強迎入，書房中一坐，倪匡未回神，杜寧先開腔：「倪匡（連名帶姓叫）！格趟尋儂，是有啲小事體請你幫幫忙！」倪匡智者也，當明來意，假意道：「阿是想多寫稿子，我得你向羅斌講！」杜寧搖頭：「弗是！羅斌那邊我稿子已爆棚了（事實上是預支爆棚），再寫也嘸沒用，我想問你調啲鈔票！」（沒料錯，中！）倪匡不動聲色問：「你要調多少？」杜寧道：「以兄弟今日嘅名氣，一千隻洋（大抵如此，年代遠記不清），不算多！」一千元，那年代還不多？人家開口了，你好意思回拒？好個倪匡腦筋一轉，答道：「杜寧！儂屋裏相阿有值銅鈿嘅物事——」杜寧料不到倪匡這樣問，一時啞住，倪匡往下說：「有個閒話就簡單，拿一樣到朝奉店一放，不就行了，我嘸沒鈔票格辰光，就去拜會娘舅！」一記回頭槍，朝杜寧胸膛刺去。杜寧借錢本事雖大，遇到咱們大作家，只好認栽。好傢伙，心不死，臨走說：「倪匡兄！我有空嚟看你！」倪匡嘴裏「好好好！」心裏嘀咕「你不要再嚟，求求儂！」

杜寧借錢，無所不用其極，最方便的財神，乃是羅斌。他為「環球」寫了不少小說，許多是精品，其中一部《女兒心》，為「電懋」相中，拍成電影（易名《玉女私情》，張揚、尤敏主演），掛上原著銜頭，杜寧拿了幾千塊，本不俗，可他老大哥，錢到手，舞廳泡，左擁右抱，大唱：「妹妹我愛你，我愛你呀我愛你！我愛你的眼睛，真迷人呀真迷人……」（小姐心裏在唱——「哥哥我愛你，我愛你呀我愛你！我愛你的鈔票，真誘人呀真誘人……」）邊唱邊跳，鈔票哪好花！杜寧常向羅斌借錢，羅斌避而不見，他就磨蹭在出版社不走，一坐十個小時，羅斌只好投降。

花錢多，杜寧每日窮思瞎想的，就是如何向朋友告貸。下面故事乃秋子兄所述：一回杜寧在報社遇到梁毅（著名馬經編輯），一摸腰袋，觸依啦！空空如也，正好身邊有一隻用過不多時的「新秀麗」行李篋，腦筋快，有計較，向梁毅兜售。梁毅也是風流胚，入息厚，女友多，不時出門旅行，看到這隻行李篋倒也鍾意，便議價，杜寧說：「新買要一千多，我用過，打個折，一千

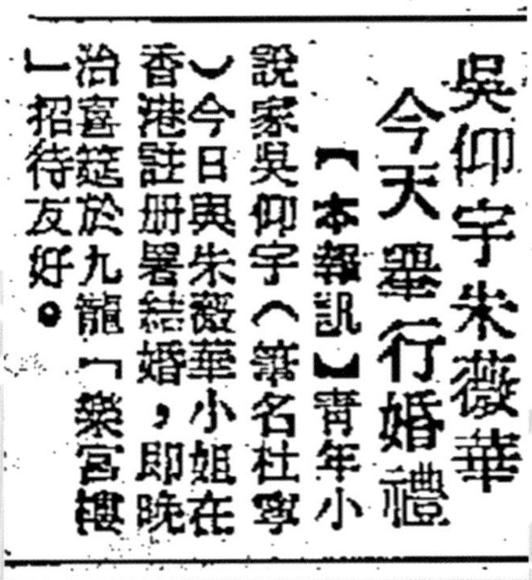
吳仰宇朱薇華
今天舉行婚禮
【本報訊】青年小說家吳仰宇（筆名杜寧）今日與朱薇華小姐在香港註冊署結婚，即晚治宴筵於九龍「樂宮樓」招待友好。

一九五七年十一月四日刊出杜寧結婚消息，其時他剛為《環球小說叢》執筆不久，被稱為「青年小說家」。

給你。」梁毅知道時價，不貴，也就答應了，拿過一瞧，發現篋上提柄上刻有「杜寧」名字，心中疙瘩！於是說：「這是你的東西，我不要了！」天呀！到口的肥肉飛了，咋辦？好個丹佬小吳，馬上道：「不要緊，我加一個字，你找人刻上去！」提筆在前面添上英文字「From」，拿錢的東西，變成禮物，甚麼都賺夠了，梁毅只好乖乖付款取篋。後來方知道，那旅行篋也是朋友送杜寧的，借花獻佛，賺了一千。

杜寧搗蛋、丹佬（擺噱頭），可他機智、聰明，乃是奇人！天佑西城！窮光蛋一名，從沒得過他的「青睞」！阿門！

四、緬懷「三毫子小說」⑤

一九五八年開始看小說，鍾情通俗，多選《環球小說叢》，十六開本，二十頁，雙色插圖，內容不外奇情、愛情。年幼，不懂戀愛，只尚奇情，短短四萬字，曲折離奇，看得過癮，隔十天買一冊，三毛錢，一月不到一塊，划算。「環球」作家陣容鼎盛，依達、上官寶倫、史得、龍驤、司空明、易文、杜寧、鄭慧、羅蘭……一大堆，盡是名家，我最喜依達、史得和龍驤。

依達也是少年人，寫青春愛情小說，迷瘋了萬千書院女生，戮力追求小說裏的白馬王子。史得作偵探，不遜滬上程小青，節骨眼上似更勝。至於龍驤，獨撰奇情，情節怪誕不經，路轉峰迴，是香港科幻小說的開山祖師。那時我僅以讀者身份親炙他們的作品，二十過後，有幸跟三位作家相識，依達同姓同鄉，我入行學寫文章時，就有不少人以為我是依達的弟弟，「環球」老闆娘何麗荔女士也說我跟依達長得像。（哪是，依達兄比我俊俏多了！）依達住在太古城「春櫻閣」時，我常去串門子（註：只在門外，取稿也），隔門聊幾句，爾雅溫文，語調柔和，總說「寫得急不大好，沈西城你看看能用嗎？」真的客氣。嗣後，輒在宴會上碰到，一回跟簡老八一塊兒來，老小活寶，秤不離砣，有影皆雙，那夜依達還叫人替我們三人合照，可惜照片我從未看到過。史得便是三蘇，襟懷恬遠，學識甚富，七十年代末來電邀我喝茶，還介紹我去《東方》寫小說，他跟宋玉（王季友）是好朋友，卻常常相互作不傷和氣攻訐，我夾在中間，啼笑皆非。至於龍驤，寧波人，年長我十多歲，老大哥，彊如牛，不退讓，九十年代中期，過從甚密，他有一位叫小周的朋友，是殷商周文軒胞弟，英俊瀟灑，艷史不勝枚舉，他總想記錄下來，卻不願動筆，央諸我，那時小說不賣了，沒報紙願刊，不幾年，小周病逝，龍驤流淚道：「我太對不起小周，完成不了他的宏願！」如今，史得、龍驤都已謝世，依達聽說在內地經營傢俬生意，優渥時尚，久沒見面，老人戀舊事，朋友也是舊的好。

《環球小說叢》大賣，引起行家垂涎，各類同型刊物紛至沓來，粗略一算，便有《小說報》〔本書編按：後來研究發現，《小說報》第一期於一九五五年二月出版，比一九五六年九月出版的《環球小說叢》為早。〕、《好小說》、《ABC小說叢》、《海濱小說叢》、《星期小說文庫》等等，我都買來看過，只有《海濱小說叢》勉強能跟《環球》匹敵，那是因為它擁有俊人和最具名氣的女作家孟君，當年「孟君信箱」是萬千少女的愛情明燈，我二姊也成了信徒。孟君重倫理觀念，循循善誘，對社會起了正能量的影響。我跟二姊不同，不迷愛情，因而少看孟君，六十年代末，偶然加入「香港青年筆會」，才跟身兼筆會會長的孟君相熟，她帶領我們到「無綫」參觀朱維德的《歡樂家庭》，還組織座談會跟我們談寫作，親切和藹、優雅韶秀。「三毫子小說」的作家，其實有不少是文學家，易文、王植波（王樹）、黃思騁、張君默、李維陵、路易士、司空明、林以亮都是文壇重鎮，因之當年三毫子小說，非如一般人所想像的低級幼稚，相反還存有不少精品！就以司空明（周鼎）的《曲江霧》來說，描述戰亂時曲江社會實態，襯以愛情，真實浪漫，有悖通俗。

三毫子小說流行了三、四年，到一九六一

年一月開始，加價一毛，成了四毫子小說。許定銘兄在〈三毫到四毫〉一文裏這樣說——「我手邊有本呂嘉謨《環球小說叢》的三毫子小說《不了緣》，出版於一九六〇年十二月十九日，書內有一廣告頁，說由一九六一年起，每十日會推出一種三十二開本的《環球文庫》流行小說，每冊四角。這意味着三毫子小說的年代結束，代替它的，是後來的四毫子小說。《不了緣》是《環球小說叢》的第一七九號，最後的一冊是二十九日出版，羅蘭的《兄妹奇緣》。至此，出版歷時三年多的『環球』三毫子小說劃上句號。」看到呂嘉謨的名字，我全身哆嗦，何至如此？賣個關子，下週與你說端詳！〔本書編按：根據截稿時的資料整理以及《環球小說叢》的廣告所示，該刊最後一冊為第一八一期杜寧《一束金髮》。〕

五、從三毫到四毫⑥

呂嘉謨是上海人，酷愛文藝，常投稿「環球」，多獲刊出，儼然成為作家，我看過他幾本小說，最有印象的是《不了緣》，文筆流暢，結構嚴謹，有別其他作家，可這並不讓我留下深刻的印象。昔日銅鑼灣有家「勝斯酒店」（即如今「樂聲」大廈），那是一幢五六層高的酒店，地下有個咖啡室，我常去喝咖啡，六十年代某日，酒店發生了一起謀殺案，一個中年男人倒斃房間，經警方查找後，得悉死者是同區啟超道一家上海菜館的賬房先生。沿此線索，順藤摸瓜，鎖定兇手是一個姓呂的男子，正是作家呂嘉謨，被捕後坦白認罪，原來兩人有斷袖癖，因死者再築新巢傍向人，呂遂起殺機。我哆嗦是除了震驚、難忘，還存憐憫，呂嘉謨是一個好作家！〔本書編按：呂嘉謨其實未有被補，警方最後在醉酒灣發現其屍體。《不了緣》在作者身亡後的一九六〇年十二月十九日出版。〕

三毫子小說時代，「環球」獨領風騷，一九六一年一月加價成為《環球文庫》四毫子小說後，競爭對手蠭起，來勢最兇猛的是「世界出版社」出版的《海濱小說叢》，模式相仿，作家陣容也是盛極一時，隨手數來便有俊人、孟君、梁荔玲和雨萍。俊人原名陳子俊（雋），當年是香港首屈一指的作家，在《星晚》的連載，吸引了萬千讀者，他為《海濱》所寫的《斷腸草》是經典式的愛情小說，震撼人心。孟君不消說，名頭更高，「孟君信箱」為數以萬計的女性指點愛情迷津，是眾人的大姊，《海濱》請她寫《愛人》，正是她的拿手絕活。除了孟君，還有去世不久的梁荔玲，擅長描述青少年生活，堪與依達匹敵。梁荔玲跟我有一段來往，多年前曾為我道了一個不可思議的故事，內容牽涉到某左派著名文人，梁荔玲性本率直，不會打誑，毋妨錄出。荔玲姊某次參加了一個左翼團體晚宴，席散，著名文人自動請纓送她回去，既然是朋友就不以為

《環球小說叢》第一七九期
呂嘉謨《不了緣》

工商日報
警方追尋之呂嘉謨
昨浮屍醉酒灣
理想家庭展覽
後天閉幕
冷流今夜到
出外要加

一九六〇年十一月二十五日《工商日報》，報道在湖中發現屍體，為警方所尋找的呂嘉謨，估計是潛逃後自殺。

忤。到了家門，文人央荔玲姊請他喝一杯咖啡，不便拒絕，豈料入門後，借意不辭，直到荔玲姊鳳眼圓睜，大發脾氣，這才抱頭竄去。文人無行，在所多有，只是想不到著名文人也會如此！雨萍是老師，《鳥伴》是優秀的短篇。

《海濱》以外，還有曇花一現、由「明明」出版社主編的《星期小說文庫》（這屬「同人誌」，熱心文藝的青年各自掏腰包合資出版），當年蔡浩泉、蔡炎培、桑白、周石、沙里都是貧無立錐而對文學充滿熱誠的青年，志同道合，遂合租北角錦屏街一房子作為居停兼「出版社」，蔡炎培（杜紅）是主力，一共寫了七本小說，其中《日落的玫瑰》最為時重。蔡炎培跟我是老朋友了，即便今天，也偶會通電話，他是典型詩人，不論寫甚麼類型作品，都帶詩意，《日落的玫瑰》當不例外，許定銘批曰「《日落的玫瑰》是本故事性很弱的小說，以詩意及心象抒情式鋪陳許星堤及江二瘋的愛情故事。」「詩意」、「心象抒情」，多好聽的名詞！說真了，就是讓人不易捉摸的心語。蔡浩泉（雨季）是亦舒前夫，他的《天邊一朵雲》是《星期小說文庫》的重頭之作。桑白便是報界聞人馮兆榮，曾用過「馬二」筆名寫雜文。至於周石，後來成為《東方日報》老總，貌似曹操，卻有雄才，當年《東方》副刊，名家林立，三蘇「怪論」、倪匡「科幻」，都是精品。「四毫子小說」的潮流綿延至六十年代中期開始式微，代之而起的是三十二開的《文藝叢書》，領軍的仍然是「環球」，楊天成的《二世祖手記》、依達的《蒙妮妲日記》和何行的《花花世界》，更成為六、七十年代大眾的精神食糧。九十年代中期，報刊廢小說，三毫子、四毫子一類的小說已淪為歷史陳跡，許定銘兄喟然道：「有緣的愛書人，或許還可以在舊書店（如今亦賣少見少矣）中偶然碰到四毫子小說，十六開本的三毫子小說，恐怕要到拍賣場去叫到臉紅耳赤了！」塵封舊物，成搶手貨，在一個最荒謬的時代不足為怪。

環球小說叢 告別讀者啟事

親愛的讀者：

「環球小說叢」出版至今，剛好滿一百八十一種，本期爲停刊號，「環球小說叢」的出版已告結束。本社決定由一九六一年元月十九日起作一新的開始，緊接「小說叢」後而出版「環球文庫」，照常每十日發行「流行小說」一種。該書具備下列各項特點：

一 除照常出版「流行小說」外，並擬擴大範圍，出版其他類型各種叢書，兒童讀物，古典文學，西洋文學等類。

一 每十日發行一次之「流行小說」，故事依舊保持「環球小說叢」式之活潑輕鬆風格，趣味濃厚，並且加强嚴正主題，樹立健康內容。

一 更改開本形式，加厚篇幅，三十二開，全書五十二頁，彩色封面封底，便於携帶，便於收藏。酌情調整售價，每册售港幣四角。

「環球文庫」當在「環球小說叢」停刊後繼續出版，流行小說第一種爲楊天成著「妙想天開」，敬希愛護「小說叢」讀者請認明「環球文庫」，繼續購閱是幸。

環球圖書雜誌出版社 啓

刊於《環球小說叢》第一八一期杜寧《一束金髮》內的改版廣告

註釋

① 題目為編者所訂。這幾篇文章原刊於港澳報章，得蒙沈西城先生授權轉載，謹此致謝。

② 原刊《市民日報》副刊「港澳漫步」，二〇一二年六月五日。

③ 原刊《蘋果日報》「名采論壇．蘋果花開」，二〇一五年七月十九日。

④ 原刊《蘋果日報》「名采論壇．蘋果花開」，二〇一五年十月十八日。

⑤ 原刊《蘋果日報》「名采論壇．蘋果花開」，二〇一五年十一月一日。

⑥ 原刊《蘋果日報》「名采論壇．蘋果花開」，二〇一五年十一月八日。

「三毫子小說」的零片俯拾[1]

許定銘

一、「三毫子小說」[2]

「三毫子小說」指的是香港一九五〇年代，售價僅「三角」的流行小說，這種小書是十六開本，連封面及封底僅二十頁，內文可刊四萬字的中篇，還有若干幅插圖，甚至以雙色印刷吸引讀者。封底一般作廣告頁，封面則請名家繪畫構圖細緻、色彩鮮艷，與內容相關的插畫，擺放在報攤紅黑報頭的日報叢中相當醒目，內容多為奇情及驚險小說，讀者人數甚多，據說每種書的銷量以萬計算，此所以出版社能付每書二至三百元稿費，在政府當初級文員亦僅月薪二百七十元的一九五〇年代，算是相當可觀的報酬。

三毫子小說的叢書不少：《小說報》、《好小說》、《ABC小說叢》、《海濱小說叢》……而以流行小說出版業龍頭大哥「環球出版社」的《環球小說叢》獨領風騷，我有一份此出版社三毫子小說的書目，臚列書名百多種，流行小說名家：楊天成、鄭慧、龍驤、杜寧、上官寶倫、史得（三蘇）、羅蘭、依達……等均在此寫過不少。而令我略感詫異的，是我一向認為是嚴肅文學作家的上官牧、司空明、黃思騁、路易士、王樹（書法家王植波）等，都是《環球小說叢》的作家。

此外，我還在此書目及其他出版社的三毫子小說上，發現了一些大家熟悉、或者可以聯想的作家名字：南宮秋、貝娜婷、張續良、俊人、夏易、歐陽天、李維陵、易文、喬又陵……

二、司空明和《曲江霧》[3]

原名周鼎的司空明，是香港一九五〇年代著名的流行小說作家。他抗戰勝利後，從曲江回到香港，入《星島日報》工作，從港聞版編

《環球小說叢》封面的標價

輯做到總編輯，多年來默默編報以外，業餘則埋首創作，在《星島日報》及《明燈》等報刊寫連載小說。劉以鬯的《香港文學作家傳略》寫到司空明時，臚列了他的主要作品，從《喜上眉梢》到《梅香劫》共二十六種（頁二三七）。這些作品不知是否只在報刊上連載，還是都出版過單行本？司空明的單行本甚罕見，我至今連一種都未見過！

司空明也寫過三毫子小說，共計：《烏衣劫》、《脂粉叢中》、《情魔》、《後母心》、《金蛇》、《無依的海鷗》、《曲江霧》和《命案中人》等八種。《曲江霧》出版於一九五八年十月，是叢書的第九十六種，由漫畫家丁岡（即區晴）雙色插圖，故事寫他抗戰期間在曲江某實業公司工作時，與老闆情婦的一段情緣。除了愛情故事，還有戰時曲江的民生，被轟炸的景象，江上的旅館式小艇……是極具文學特色的流行小說。

有人談司空明時，說他戰時曾改名周為，滿腔熱血的年輕人，在內地遍踏各地演出話劇……據我所知，另一報界前輩，《大公報》的

《海濱小說叢》封底臚列了《新藝小說叢》司空明小說多種

陳凡，戰時也叫周為，在桂林編過詩刊《詩》，出過散文集《海沙》（桂林今日文藝社，一九四二），切勿混淆！

三、杜寧和花燭夜④

羅斌在他的回憶錄《一筆橫跨五十年》（溫哥華 Enterprise Inc.，二〇〇六）中，想起一九五〇年代替他寫書「打天下」的作家時，提到了魏力、楊天成、龍驤、馮嘉、依達……，還特別提到如今已被人遺忘了的杜寧。他說，名作家杜寧的小說《玉女私情》，後來更被「邵氏電影公司」買了版權，由尤敏擔任女主角（頁二二）。這與事實略有出入，實情是，杜寧在三毫子小說《環球小說叢》中有一本《女兒心》，為製片家宋淇（林以亮）看中，為「電懋影業公司」買得版權，改編為《玉女私情》，於一九五九年拍成電影，由尤敏和張揚主演。此片為尤敏從邵氏轉到電懋的第一部作品，還以此奪得第六屆亞洲影展「最佳女主角」。

杜寧的「三毫子小說」還有《灰寡婦》、《情

《環球小說叢》
第一二五期杜寧
《洞房花燭夜》

賊》、《生離死別》、《蓬門怨》、《玉女痴情》和如今大家見到的《洞房花燭夜》，此書也是丁岡插圖，出版於一九五九年。故事說林中侃和李婉芬一對璧人前往澳門度假遇劫，中侃為保愛人貞操受槍傷而失去性能力。但他故意隱瞞，終於在「洞房花燭夜」被揭發……最終是中侃忍痛把愛人讓給情敵。小說寫林中侃以私心強佔李婉芬到讓愛隱退，過程中心理轉變的苦痛描寫深刻，杜寧之成名是有理的。

四、從三毫到四毫⑤

我手邊有本呂嘉謨《環球小說叢》的「三毫子小說」《不了緣》，出版於一九六〇年十二月十九日，書內有一廣告頁，說由一九六一年起，每十日會推出一種三十二開本的《環球文庫》流行小說，每冊四角。這意味着三毫子小說的年代結束，代替它的，是後來的四毫子小說。《不了緣》是《環球小說叢》的第一七九號，最後的一冊是二十九日出版，羅蘭的《兄妹奇緣》。至此，出版歷時三年多的「環球」三毫子小說劃上

句號。〔本書編按：根據截稿時的資料整理以及《環球小說叢》的廣告所示，該刊最後一冊為第一八一期杜寧《一束金髮》。〕

「環球」是流行小說的龍頭大哥，它轉變方向，其他的出版社立即跟風，我特別留意到的，是一九六〇年代中期崛起的「明明出版社」。他們所出的《星期小說文庫》，作者陣容鼎盛，執筆的多是當時的年輕作家：西西、亦舒、梓人、馬婁（盧因）、杜紅（蔡炎培）、雨季（蔡浩泉）等，均有不少作品在此，難得的是這套《文庫》無論封面及內文插圖，均由畫家蔡浩泉執筆，因為他正是這套叢書的編者。這種三十二開本，五十頁的四毫子小說，像三毫子小說一樣，也能刊四萬字，稿酬則漲至三、四百元一本，是「窮作家」主要的生計來源。事隔半世紀，有緣的愛書人，或許還可以在舊書店中偶然碰到四毫子小說，十六開本的三毫子小說，恐怕要到拍賣場去叫到臉紅耳赤了！

刊於《環球小說叢》第一七九期
呂嘉謨《不了緣》內的改版廣告

五、夏易的流行小說⑥

香港土生土長的女作家夏易（一九二二—一九九九），是一九五四年開始創作的，以長篇小說《香港小姐日記》（香港學生書店，一九五五）躍登文壇，成為本港重要的作家之一。在劉以鬯的《香港文學作家傳略》裏，有夏易的一篇自傳，把她的寫作生涯分為三個時期，一開始即說：（一）五十年代：這六年間（按：即一九五四至一九五九年），已出版的小說約十本（全部是愛情故事），加上其他雜書約十餘本。⑦

她沒有寫出這十本愛情故事的書名，五十多年前的書本應很難見，可幸卻讓我找到了這本《小曼的悲劇》。這本三毫子小說是香港海濱圖書公司出版的《海濱小說叢》之六十八號，由章逸皴插圖，沒有出版日期，只能估計是一九五〇年代末期的出版物。一九五八年，夏易是「海濱」雜誌《家》的編輯，是《海濱小說叢》的自己人，其他九種愛情故事，看來也包括在叢書內。

《小曼的悲劇》寫小曼受愛情騙子英天鳴騙色後，最終患精神病，要在瘋人院裏度過餘生的悲劇。雖然略覺稚嫩，但如果你要求不高，還是可以一讀的。很多作家在成名後常會隱瞞甚至不承認少作，我覺得這是不必的，沒有當年的磨煉，怎會有日後的成功？

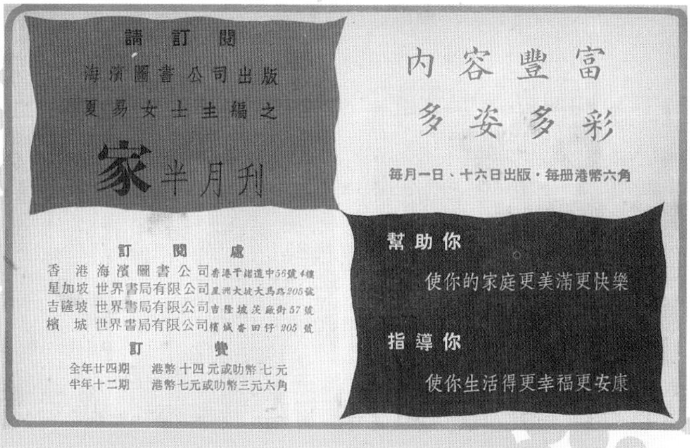
請訂閱
海濱圖書公司出版
夏易女士主編之
家半月刊
內容豐富
多姿多彩
每月一日、十六日出版・每冊港幣六角
訂閱處
香港 海濱圖書公司 香港干諾道中56號4樓
星加坡 世界書局有限公司 星洲大坡大馬路205號
吉隆坡 世界書局有限公司 吉隆坡茨廠街57號
檳城 世界書局有限公司 檳城香田仔205號
訂費
全年廿四期 港幣十四元或叻幣七元
半年十二期 港幣七元或叻幣三元六角
幫助你
使你的家庭更美滿更快樂
指導你
使你生活得更幸福更安康

刊於《海濱小說叢》的封底，推廣由夏易主編的《家》半月刊。

《海濱小說叢》第六十八期夏易《小曼的悲劇》
（引用自網站「許定銘文集」）

六、楊天成的小說[8]

楊天成是香港流行小說的多產作家，據我手邊的一份書目，單是一九五〇年代的「三毫子小說」，即有《生死戀》、《鄰家女》、《紫丁香》、《淚灑情天》、《歡喜冤家》、《自作多情》……等近二十種。後來我在《日落正黃昏》後的廣告頁中，[9]又見三十餘種。至於沒收進這兩份資料中的，我也見過不少。楊天成從一九四九年抵港，到一九六九年去世的二十年間，究竟出過多少種書，實在難以計算。

楊天成的小說因比較通俗，內容貼近普羅大眾的生活環境，且帶「鹹味」而極受小市民歡迎，除了銷量大，還受影業公司青睞，拍過電影的即有《難兄難弟》、《歡喜冤家》、《一后三王》……等多種，有時還親自登台客串。不過，即使他受歡迎，書多，印量大，但近年坊間楊天成的舊書卻少之又少，成了拍賣市場上的天之驕子，代表作全套三十冊的《二世祖手記》，拍出價為六千元，即是平均二百元一本。單本的小說更厲害，多為三百元左右，每次出現均見升值。流行書何以會少見？百思不得其解。後來有楊天成的資深讀者告訴我，正因為他書中的「鹹味」，讀者們多不想別人知道他讀這類書，讀完即棄，全到堆填區去了。雖然楊天成水平不高，但他擁有大量讀者，在研究通俗流行小說時，絕對不能遺漏他。

圖為《難兄難弟》電影標示作品原著為楊天成

七、「羅亭」是誰[10]

《羅亭》是俄國著名作家屠格涅夫（一八一八—一八八三）舉世知名的長篇小說，趙景深和陸蠡都曾譯過；但，你可知道香港的流行小說作家「羅亭」是誰嗎？

初見這本似「磚頭」般厚，四百多頁，三十多萬字羅亭的《碧玉千金》，[11]完全沒有購買的意思，翻開自序看看，據說曾在《明報》連載，發表期間且有一百八十七封讀者來信，要求作者出單行本。雖然不知道作者是誰，受自序內容吸引，便買回來看看。

《碧玉千金》是本愛情小說，說的是在出入口貿易公司任營業主任的田誠，和小家碧玉阿華、豪門千金安妮的三角戀愛。田誠兩個都愛，無法取捨：兩個女的先是爭風吃醋，其後安妮讓愛遠走他方，阿華卻病重……小說結構普通，敘述還算有條理，視為流行小說勉強合格，和文學作品比，是差了一大截。

翻了一些工具書，才知道這位我完全不知道的「羅亭」，竟然是大名鼎鼎的楊天成！

江蘇人楊天成（一九一九—一九六九）原名楊世英，是本港一九五〇及一九六〇年代著名的流行小說作家，是環球出版社最重要的「生產者」，由三毫子小說到四毫子小說到單行本流行小說，創作近百種，有不少還被拍成電影。署名「羅亭」的較少。

八、沙煲兄弟們的書[12]

因蔡邊村（蔡浩泉與亦舒的兒子）的紀錄片《尋母記》在德國奪獎，詩人蔡炎培近日發表文章，憶及一九六〇年代後期，他與一眾沙煲兄弟同住北角錦屏街的舊事。

大約一九六六年至一九六七年間，蔡浩泉、蔡炎培、周石、桑白（馮兆榮）和沙里，五個文藝青年每月各科六十元，合租北角一單位共住。其時蔡浩泉任「明明出版社」編輯，主要編每星期出版的四毫子小說《星期小說文庫》。這種小書為三十二開本，連封面底裏約五十二頁，載一篇約四萬字的小說。字數少、價錢便宜，讀完隨手丟掉，亦不覺可惜，深受年輕人歡迎。

當年文藝青年大多生活艱苦，五位沙煲兄弟在主職以外，經常為《星期小說文庫》撰稿，賺每本二百元稿費，使生活過得好些。在當年的《星期小說文庫》中，詩人蔡炎培寫了《斑妞》、《鵑血》、《迴夢曲》、《萊茵夜喚》……等七本；

西西《東城故事》亦為《星期小說文庫》四毫子小說之一（引用自香港教育大學「我城我書」計劃網站）

桑白寫了《日落時分》、《二分一的愛情》和《拜拜 LOVE》；周石有《情囚》，沙里有《科西嘉之手》。連主編雨季（蔡浩泉）也有《啡或茶》、《天邊一朵雲》、《丁香結》和《成年人的神話》。除了他們，《星期小說文庫》的作者還有西西、亦舒、張柳涯（張君默）、梓人、馬婁（盧因）、張續良……如果有人要研究本港一九六〇年代的文藝，不能漏了《星期小說文庫》。

註釋

① 文題為編者所訂。本篇文章原刊於《大公報》，得蒙許定銘先生授權轉載，謹此致謝。
② 原刊《大公報》二〇一一年四月九日
③ 原刊《大公報》二〇一一年四月十一日。
④ 原刊《大公報》二〇一一年四月二十二日。
⑤ 原刊《大公報》二〇一一年四月二十三日。
⑥ 原刊《大公報》二〇一一年五月八日。
⑦ 劉以鬯：《香港文學作家傳略》（香港：市政局公共圖書館，一九九六年），頁四八七。
⑧ 原刊《大公報》二〇一一年七月六日。
⑨ 楊天成：《日落正黃昏》（香港：金剛出版社，一九六六年）。
⑩ 原刊《大公報》二〇一一年七月三十日。
⑪ 羅亭：《碧玉千金》（香港：志誠出版社，一九六六年）。
⑫ 原刊《大公報》二〇一三年六月四日。

依達——重新記起的名字[1]

鄧小宇

他不很高，也不很矮。他的眼睛是圓的，他的雙眉有一點傾斜，他笑起來的時候有一個酒窩，他有一股傻氣，不是頂聰明的臉孔，但是他的一切配合着，看來柔和而且可愛——他的名字叫范尼。

那是流行小說作家依達在上世紀六十年代最膾炙人口的小說《蒙妮坦日記》的開端，不知現今有沒有人仍記得曾經有過這樣一部小說，有過這樣一個作家？流行小說的命運很多時候比正統文學更為坎坷，後者即使讀者不多，但總會得到學術界、學院派人士守護，給大學圖書館以至一般公共圖書館收藏的機會遠比流行小說高，而流行小說在暢銷期過後就幾乎再無人問津，大部份亦因此失傳了。

在香港，當電視仍未普及化之前（更不用說互聯網了），除了電台，小說是大眾日常的主要精神食糧，上世紀五、六十年代，報章副刊內「專欄」佔的篇幅不算多，反以連載各種不同類型的小說為主。我記得唸小學三年級的時候，開始一知半解的約略看懂副刊的小說，當時的欣喜有如瞎子開眼第一次見到周遭的影像，我的「精神生活」從此變得多姿多采，可惜這些小說的作者，記憶中好像有怡紅生、小生姓高、楊天成等等，如今可能只有小撮人仍隱約記得他們的名字，至於他們寫過的小說，即使有一小部份曾經出過單行本，都早已在市面上消失得無影無蹤了。

其實以前不少報章社論、副刊小說、雜文都不乏精彩、值得後人參閱的作品，很有保留價值，但正如英文用「Yesterday's papers」去形容失效、無用之事物，以前的報章僅有一天的壽命，到第二日已被當成廢紙，頂多在街市用來包瓜菜，想找回昔日舊報紙文章重讀幾乎是不可能的事，這是在互聯網紀元難以想像的，現時絕大部份報章都有電子版，可以隨時按日期、主題、名稱各種索引去搜閱想看的舊文。除了打破「一日壽命」的宿命，任何文章更有機會接觸到遠比報章發行數量為多的讀者。雖然互聯網也非永恆，誰能預料哪一天，無論天然或人為，一切都可能在一瞬間化為烏有，但至少到目前為止仍是天堂，就讓我們好好享受科技帶來的方便吧。

很難得仍有不少愛惜本地文化的熱心人士一直默默為過去的通俗文學做保育工作，我特別欣賞盧瑋鑾（小思）主編的《舊夢須記》系列，難以想像她的團隊要反轉多個檔案室去搜集昔日報章副刊具代表性的作品，已輯錄成書的當中有反映都市光怪陸離的《經紀拉》系列，《新生晚報》兩位很重要的專欄作者司明和十三妹的文選，還有連載小說／故事選等等，這些都是十分珍貴的「出土文物」，總算多少填補了本地通俗文學史的空白。

我不清楚依達曾否在報章連載小說，我認識這個名字時他已是聲名大噪的偶像級愛情小說作家了，大約唸中一時，一個比我大幾年的女性好友極力推薦我看《蒙妮坦日記》，果然一看之後就有好幾年迷上他的小說，我想其中一個主要原因是在依達之前，寫這類所謂「三毫子小說」（當時這些暢銷小說都是賣三毫一本）的作者如鄭慧、杜寧等全屬上一輩，看他們的作品不免有代溝，而且故事的時空皆十分抽象，像為了迎合海外（東南亞）市場而刻意「去香港化」。到依達出場卻一反以往常規，他筆下的人物不再活在甚麼「A埠」，而是很清晰生活在當下的香港，除了即時產生共鳴，小說中描述他們的生活方式也

依達《蒙妮坦日記》合訂本（香港中文大學圖書館特藏提供）

《環球小說叢》第一二六期依達《小情人》，據悉是作者的處女作。

比現實中的我們（讀者）還要洋化，更有Class，令我們十分嚮往他塑造的那個世界，角色出入的場所，像半島酒店、碧瑤夜總會、連卡佛、山頂餐廳……即使未去過，統統都是我們知道、聽聞過的地標，讀起來那份親切感、真實感絕對是無可比擬的。

所以依達在一九六〇年代推出一連串長中短篇小說，皆風靡了當時年輕一代讀者，聲勢一時無兩，不過這股熱潮很快就褪色，到了上世紀七十年代中期我們辦《號外》雜誌時，依達已轉型寫旅遊專欄，我曾在《號外》發表過一篇懷念依達和他作品的文章，在當時算是懷舊了，如今又再過了幾十年，相信已更少人認識或再記得依達，想看他的小說也根本沒法找到。在網絡搜索器查「依達」這個名字，彈出來只得寥寥數則資料不詳的帖子，已說明一切。

他的作品即使文學性不高，仍絕對有其歷史意義及一定的趣味性，它們不但記錄了一整代香港年輕人的心態、行為、生活方式，更凝住香港一段早已不復返的時空，或許在二十一世紀重讀依達，又有另一番得着也說不定。

多年前我在舊書攤搜羅了一堆他黃金時期的小說，一直擺放在書架某角落，後來想到與其任由它們發霉，怎不嘗試逐一放上網，讓有心人有渠道再閱讀到，於是幾年前我幾經艱辛聯絡上當時在內地投資傢具生產的依達，難得他答應我把他最負盛名的《蒙妮坦日記》以小說名稱作博客名在網上連載，更又獲得董培新先生允許配上當年他為《蒙妮坦日記》繪畫的精美插圖，後來更再接再厲上傳了他的中篇小說集《別哭，湯美》。

兩本小說復活後，曾收到一位讀者的留言，寫着：「年輕時不懂珍惜，身邊寶藏一一消失……當年看不入眼的小說，如今一隻字一隻字的看，萬分回憶上心頭……」讀了這段文字，我就知道我的心血的確沒有白費，是應該流傳下去的。

羅斌與依達（右）

註釋

① 原刊於《星島日報》，二〇一五年十一月二日，得蒙鄧小宇先生授權轉載，謹此致謝。

丁 附錄

附錄一：「三毫子小說」經眼錄

一、《小說報》（虹霓出版社）一—一三九期總目①

期號	書名	作者	出版日期	備註
一	金碧露	俊人	1955.2.1	日期據一九五五年二月三日《工商日報》廣告
二	水東流	南宮搏		
三	彩筆奇緣	歐陽天		
四	戀之火	易文		
五	雪梅風柳	俊人		
六	碧蘿情歌	龍驤		
七	海峽諜影	萬方		
八	慾海情魔	俊人		
九	烽火漁舟	萬方		
十	玫瑰第七號	梁泰炎		
十一	霧緣	鄭慧		
十二	死亡谷	盧森堡		

期號	書名	作者	出版日期	備註
十三	叛徒	萬方		
十四	龍鳳配	俊人		
十五	碧海青天未了緣	龍驤	1956.1.25	#
十六	疾風	李維陵		
十七	銀色之戀	上官寶倫		
十八	私朵紅粉	費明	1956.3.31	日期參考香港文學資料庫
十九	生死邊緣	萬方	1956.4.15	日期參考香港文學資料庫
二十	金冠記	易君左		#
二十一	空中小姐	俊人	1956.5.25	日期參考香港文學資料庫
二十二	蜜月劫	喬又陵	1956.6.15	日期參考香港文學資料庫
二十三	白衣姑娘	鄭慧	1956.7.5	日期參考香港文學資料庫
二十四	疑團	言再啟	1956.7.20	#
二十五	陷阱	上官寶倫	1956.8.15	#
二十六	藍衣人	董千里		

期號	書名	作者	出版日期	備註
二十七	東京間諜網	俊人		
二十八	禁臠	齊桓	1956.10.15	日期參考香港文學資料庫
二十九	神秘之火	路明		#
三十	第三夢	上官寶倫	1956.11.25	#
三十一	私戀	李維陵	1956.12.10	#
三十二	危城記	萬方		
三十三	密碼追踪	盧森堡	1957.1.10	日期參考香港文學資料庫
三十四	雲孃	董千里	1957.1.24	日期參考香港文學資料庫
三十五	紅樓怨	言再啟	1957.2.8	日期參考香港文學資料庫
三十六	星嘉坡故事	劉以鬯	(1957.2)	
三十七	綁架	俊人	1957.3.5	日期參考香港文學資料庫
三十八	虎穴	齊桓	1957.3.21	日期參考香港文學資料庫
三十九	萍水緣	南宮搏	1957.4.5	日期參考香港文學資料庫
四十	屍之迷	龍驤	1957.4.18	日期參考香港文學資料庫

期號	書名	作者	出版日期	備註
四十一	魔吻	歐陽天		
四十二	假鳳凰	齊桓		
四十三	夜深沉	董千里		藏書家蕭永龍先生提供電子資料
四十四	婆羅洲之鯊	孟白蘭		
四十五	紅燈	李維陵		
四十六	飛渡關山	夏侯無忌		
四十七	眞假千金	喬又陵		
四十八	神秘病人	齊桓		
四十九	遊泊擒兇	費明	1957.8.22	日期參考香港文學資料庫
五十	碧血情仇	董千里	1957.9.1	日期參考香港文學資料庫
五十一	山盟	言再啟	1957.9.19	日期參考香港文學資料庫
五十二	逃婚記	吳成文	1957.10.3	日期參考香港文學資料庫
五十三	多瑙河戀曲	萬方	(1957.10)	
五十四	密件	歐陽天	1957.10.31	#

期號	書名	作者	出版日期	備註
五十五	叛舟喋血	盧森堡	1957.11.14	#
五十六	百花殘	喬又陵	1957.11.28	日期參考香港文學資料庫
五十七	塞上風雲	丁虹		
五十八	重逢有日	俊人	1957.12	日期參考香港文學資料庫
五十九	私奔	金喬	1957.12.27	日期據同日《工商晚報》廣告
六十	椰樹下之慾	劉以鬯	1958.1.20	#
六十一	雪山情	董千里		#
六十二	合家歡	言再啟		#
六十三	人約黃昏	龍驤		#
六十四	青春季	南宮搏		#
六十五	黑痣的女人	俊人		
六十六	海龍王	戴偉		#
六十七	熱帶風暴	齊桓		
六十八	藍色星期六	劉以鬯		#

期號	書名	作者	出版日期	備註
六十九	陰影	俊人		
七十	虎林尤物	孟白蘭		
七十一	綉幕怨	董千里		
七十二	星海浮沉	齊桓		
七十三	愛情圈外	丁虹		#
七十四	十三號車間	孫怡		#
七十五	幽會	李維陵		
七十六	婚姻大事	俊人		
七十七	天涯歌女	丁虹		
七十八	漩渦	齊桓		
七十九	大好年華	黃思騁		
八十	奪愛	上官寶倫		
八十一	學府情潮	董千里		#
八十二	佳期	李維陵		#

期號	書名	作者	出版日期	備註
八十三	出奔的丈夫	戴偉		
八十四	幽蘭與茉莉	張漱菡		#
八十五	愛神的爆炸	盧森堡		#
八十六	黃沙粉紅	漢生		# 封面標示「紅粉」
八十七	蠱姬	劉以鬯		#
八十八	從心所欲	言再啟		#
八十九	江山美人	戴偉		
九十	哈爾濱玫瑰	董千里		
九十一	畸人艷婦	俊人		#
九十二	迷途燕	漢生		#
九十三	紳士與流氓	林婷		#
九十四	高原兒女	戴偉		
九十五	兒女情長	彭歌		#
九十六	偷龍轉鳳	俊人		#

期號	書名	作者	出版日期	備註
九十七	碧海歌	南宮搏		#
九十八	情之所鍾	龍驤		
九十九	宜家宜室	俊人	1959.7.12	日期據一九五九年七月十三日《工商日報》廣告
一〇〇	花衣人	南宮搏		
一〇一	流水無情	漢生		
一〇二	骷髏船	孟白蘭		#
一〇三	翡翠別針	林婷		
一〇四	野山茶	羅繆		
一〇五	情俠	彭歌		#
一〇六	亞熱帶寒流	吳成文		
一〇七	逝者如斯	俊人		
一〇八	蠻荒天使	漢生		
一〇九	十九歲	喬又陵		
一一〇	帝苑春深	齊桓		

期號	書名	作者	出版日期	備註
一一一	東方小姐	戴偉		
一一二	雪裏紅	丁虹		
一一三	小兒女	南宮搏		
一一四	祝福	王敬義		#
一一五	香江花月夜	孟白蘭		
一一六	沉思中的罪人	羅繆		#
一一七	晶湖春夢	艾敏		
一一八	紅與綠	童真		
一一九	親情	公孫嬿		#
一二〇	人之初	喬又陵		
一二一	鴛夢留痕	潘壘		#
一二二	稻草耳環	萬方		
一二三	舐犢情深	林適存		
一二四	一段情	丁虹		

期號	書名	作者	出版日期	備註
一二五	奇特的遺書	林婷		
一二六	第二者	潘壘		#
一二七	洪水緣	漢生		#
一二八	尋夢記	萬方		
一二九	陌生的新娘	潘柳黛	1960.10.12	#
一三〇	十七重天	喬又陵		
一三一	荳蔻年華	南宮搏		
一三二	橫巷	孫怡		
一三三	亂世夫妻	龍驤		
一三四	白雲深處	戴偉		
一三五	桃色列車	林婷		
一三六	寒流春暖	漢生		
一三七	將錯就錯	孫怡		
一三八	兒女情	潘柳黛	1961.7.1	#
一三九	何處不相逢	漢生		

二、《環球小說叢》全一八一期總目

期號	書名	作者	出版日期	備註
一	歷劫奇花	鄭慧	1956.9	#
二	偷情	史得		#
三	失婚記	上官牧		#
四	發財行徑	岑樓		#
五	慾海驚魂	龍驤		#
六	恨海難填	素薇		#
七	死吻	喬又陵		#
八	烏衣劫	司空明		#
九	香魂斷	洪源		#
十	秘密	上官牧		#
十一	奪魂索	盧森葆		#
十二	藍骷髏	喬又陵		#
十三	苦戀十三年	素薇		

期號	書名	作者	出版日期	備註
十四	胭脂阱	許立青		
十五	破書的秘密	高良		@
十六	春潮	龍驤		#
十七	母女情	史得		
十八	眉媚	洪源		#
十九	一夜之間	杜寧		#
二十	艷夢	喬又陵		#
二十一	壞男人	路易士		
二十二	追踪	杜寧		#
二十三	幽女恨	綠薇		#
二十四	英雄淚	司空明		#
二十五	春不老	司徒明		#
二十六	倩女懷春	上官牧		
二十七	紅樓殘夢	鄭慧	1957.6	#

期號	書名	作者	出版日期	備註
二十八	明日之歌	龍驤	1957.6	#
二十九	毋忘我	上官寶倫	1957.6	#
三十	復仇記	路易士	1957.7	#
三十一	喜相逢	史得	1957.7	#
三十二	灰寡婦	杜寧	1957.7	#
三十三	賣夫記	梁楓	1957.8	#
三十四	春情烈火	洪源		
三十五	出生入死	高良	1957.8	# 實物顯示為三十四期
三十六	脂粉叢中	司空明	1957.9	#
三十七	女兒心	杜寧	1957.9	#
三十八	陌上花開	韋莊	1957.9	#
三十九	奇女子	上官寶倫	1957.9	#
四十	生死戀	楊天成	1957.9	#
四十一	恨海情天	戴偉	1957.10	#

期號	書名	作者	出版日期	備註
四十二	相思債	路易士	1957.10	#
四十三	蘭閨怨	龍驤	1957.10	#
四十四	兒女恩仇	喬又陵	1957.10	#
四十五	情魔	司空明	1957.11	#
四十六	二度蜜月	上官牧	1957.11	#
四十七	虎穴嬌花	洪源	1957.11	#
四十八	翡翠湖	喬又陵	1957.11	#
四十九	後母心	司空明	1957.11	#
五十	路柳牆花	潘柳黛	1957.12	#
五十一	又一春	孫怡	1957.12	#
五十二	聖誕夜	龍驤	1957.12	#
五十三	福星高照	上官寶倫	1957.12	#
五十四	情賊	杜寧	1958.1	#
五十五	春光無限好	上官牧	1958.1	#

期號	書名	作者	出版日期	備註
五十六	愛情煉獄	洪源	1958.1	#
五十七	金蛇	司空明	1958.1	#
五十八	賊美人	許德	1958.2	#
五十九	情書	鄭慧	1958.2	#
六十	桃李爭春	韋莊	1958.2	#
六十一	花子嬌	喬陵	1958.2	#
六十二	鄰家女	路易士	1958.3	#
六十三	玉樓春	楊天成	1958.3	#
六十四	笑聲淚痕	史得	1958.3	#
六十五	無依的海鷗	司空明	1958.3	#
六十六	兩地相思	路易士	1958.3	#
六十七	燕歸來	上官寶倫	1958.4	#
六十八	花開蝶滿枝	紫琴	1958.4	#
六十九	紫丁香	楊天成	1958.4	#

期號	書名	作者	出版日期	備註
七十	這不是愛情	孫怡	1958.4	#
七十一	海角芳魂	戴偉	1958.5	#
七十二	桃花恨	萬方	1958.5	#
七十三	人海飄零	梁楓	1958.5	#
七十四	烽火姻緣	漢生	1958.5	#
七十五	客串丈夫	薛歌	1958.6	#
七十六	私生子	綠薇	1958.6	#
七十七	淚灑情天	楊天成	1958.6	#
七十八	青春不再來	紫琴	1958.6	#
七十九	放蕩十年	黃思騁	1958.6	#
八十	塞外兒女	路易士	1957.7	#
八十一	莫愁湖畔	鄭慧	1958.7	#
八十二	南島情仇	戴偉	1958.7	#
八十三	歡喜冤家	楊天成	1958.7	#

期號	書名	作者	出版日期	備註
八十四	復活的愛	曹敏	1958.8	#
八十五	蘭閨風雲	鄭慧	1958.8	#
八十六	自作多情	楊天成	1958.8	#
八十七	金鳳凰	龍驤	1958.8	#
八十八	佛塔寶藏	漢生	1958.8	#
八十九	死亡之花	戴偉	1958.9	#
九十	芙蓉戀	紫琴	1958.9	#
九十一	麗日春暖	楊天成	1958.9	#
九十二	魔女	喬陵	1958.9	#
九十三	長夜難眠	上官寶倫	1958.10	#
九十四	櫻花夢	上官牧	1958.10	#
九十五	魔鬼的交易	黃思騁	1958.10	#
九十六	曲江霧	司空明	1958.10	#
九十七	漠野恩仇	楊天成	(1958.11)	#

期號	書名	作者	出版日期	備註
九十八	飛屍記	龍驤	1958.11	#
九十九	吉隆坡之戀	紫琴	1958.11	#
一〇〇	皆大歡喜	楊天成	1958.11	#
一〇一	生離死別	杜寧	1958.12	#
一〇二	喋血洗馬場	上官牧	1958.12	#
一〇三	海外情濤	陳克寧	1958.12	#
一〇四	四季愛情	羅蘭	1958.12	#
一〇五	竊心記	戴偉	1958.12	#
一〇六	蓬門怨	杜寧	1959.1	#
一〇七	海上艷夢	萬方	1959.1	#
一〇八	玉女擒盜記	楊天成	1959.1	#
一〇九	何處不相逢	紫琴	1959.1	#
一一〇	湖上春色／心	漢生		
一一一	情天劫	黃思聘		

期號	書名	作者	出版日期	備註
一一二	體面人家	凌志雲		
一一三	情淚心聲	羅秋蘋	1959.2	#
一一四	租妻記	楊天成		
一一五	痴情人	王小洛		
一一六	黑森林	黃思騁	1959.3.19	#
一一七	情枷	杜芝蘭	1959.3.29	#
一一八	再婚的父親	綠薇	1959.4.9	#
一一九	假意真情	楊天成		
一二〇	慈母心	羅蘭	1959.4.29	#
一二一	骨肉情仇	呂嘉謨		
一二二	相思年年	林風	1959.5.19	#
一二三	難兄難弟	楊天成	1959.5.29	#
一二四	風塵尤物	潘柳黛	1959.6.9	#
一二五	洞房花燭夜	杜寧	1959.6.19	#

期號	書名	作者	出版日期	備註
一二六	小情人	依達	1959.6.29	#
一二七	風流竊賊	金谷		
一二八	長相思	上官寶倫	1959.7.19	#
一二九	相見歡	楊天成	1959.7.29	#
一三〇	命案中人	司空明	1959.8.9	#
一三一	小姨與我	薛歌	1959.8.19	#
一三二	琴瑟哀歌	羅蘭	1959.8.29	#
一三三	少年心	王樹	1959.9.9	#
一三四	雪地情仇	依達	1959.9.19	#
一三五	無事忙	楊天成		
一三六	紅顏薄命	黃思騁		
一三七	同花順	岑樓	1959.10.19	#
一三八	偵探小姐	龍驤	1959.10.29	#
一三九	小夫妻	楊天成	1959.11.9	#

期號	書名	作者	出版日期	備註
一四〇	情緣若夢	戴偉	1959.11.19	#
一四一	媽媽的秘密	孟君	1959.11.29	#
一四二	蓓蓮姊姊	依達	1959.12.9	#
一四三	飛來橫財	上官寶倫	1959.12.19	#
一四四	汽車謀殺案	張續良	1959.12.29	#
一四五	窈窕淑女	羅蘭	1960.1.9	#
一四六	棄婦	南宮秋	1960.1.19	#
一四七	日落近黃昏	羅婷	1960.1.29	#
一四八	殘春	易揚	1960.2.9	#
一四九	花花世界	楊天成	1960.2.19	#
一五〇	熱女郎	龍驤	1960.2.29	#
一五一	再生緣	王俊	1960.3.9	#
一五二	桃李劫	依達	1960.3.19	#
一五三	暴風雨之夜	貝娜婷	1960.3.29	#

期號	書名	作者	出版日期	備註
一五四	生死鴛鴦	羅蘭	1960.4.9	#
一五五	風雨姊妹花	偉林	1960.4.19	#
一五六	不了情	萬方	1960.4.29	@
一五七	女歌手私記	依達	1960.5.9	#
一五八	千日紅	歐陽文亮	1960.5.19	#
一五九	銀色陷阱	司徒明	1960.5.29	#
一六〇	心願	南宮秋	1960.6.9	#
一六一	天作之合	楊天成	1960.6.19	#
一六二	情深恨更深	龍驤	1960.6.29	#
一六三	玉女痴情	杜寧	1960.7.9	#
一六四	西廂情斷	鄭慧	1960.7.19	#
一六五	藝海情魔	羅蘭	1960.7.29	#
一六六	蘇茜黃的世界	張續良	1960.8.9	#
一六七	紅杏春夢	許立青	1960.8.19	#

期號	書名	作者	出版日期	備註
一六八	夏日初戀	依達	1960.8.29	#
一六九	勾心鬥角	金戈	1960.9.9	#
一七〇	破碎慈母心	羅馬	1960.9.19	#
一七一	第二戀	鄭慧		
一七二	金屋淚	司徒明	1960.10.9	#
一七三	彈性女兒	楊天成		
一七四	何必相逢	桑尼亞	1960.10.29	#
一七五	患難夫妻	俊人	1960.11.9	#
一七六	裙下君子	杜寧	1960.11.19	#
一七七	織女痴情	鄭慧	1960.11.29	#
一七八	紅繡鞋	秦嶺雲	1960.12.9	#
一七九	不了緣	呂嘉謨	1960.12.19	#
一八〇	兄妹奇緣	羅蘭	1960.12.29	#
一八一	一束金髮	杜寧	1961.1.9	#

三、其他三毫子小說

《海濱小說叢》[2]

期號	書名	作者	出版日期	備註
一	夕陽芳草	碧侶		
二	殘秋之戀	半月		
三	貞操以外的愛情	楊柳風		
四	含冤記	杜陵		
五	妒雨疑雲	柳彥		
六	奇異的愛情	明慧女士		#
七	假愛真情	舒文朗		
八	冷月驚魂	西門穆		
九	相思鳥	杜寧		
十	夢裏嬌娃	林碧		
十一	失踪的丈夫	孟君		
十二	神女淚	琳子		

期號	書名	作者	出版日期	備註
十三	千萬留春住	望雲		@
十四	溫柔陷阱	柳彥		
十五	吻酬	黃良夢		#
十六	白衣淚	司空明		
十七	鳳還巢	露茜		#
十八	此恨綿綿	杜寧		@
十九	誤入歧途	西門穆		@
二十	小寡婦	戈風		
二十一	歸來	甘豐穗		
二十二	餘生	司空明		
二十三	浮生夢	呂得		#
二十四	歷劫姊妹花	苗萍		
二十五	死前一吻	柳黛		

期號	書名	作者	出版日期	備註
二十六	再戀	夏易		
二十七	十年苦戀	杜寧		
二十八	江湖客	司空明		
二十九	失落的愛	許辛		
三十	亂世妖姬	荊鴻		#
三十一	女人	明慧女士		
三十二	回春曲	司徒明		#
三十三	火山盟	司空明		
三十四	昇旗山之戀	沈海		#
三十五	接財神	馬放		#
三十六	學府情潮	夏易		
三十七	終成眷屬	林喬		
三十八	神山戀	譚新風		

期號	書名	作者	出版日期	備註
三十九	再春花	司空明		#
四十	海誓	碧侶		
四十一	千古恨	凌思		
四十二	秋月緣	甘豐穗		
四十三	冷暖人間	夏易		
四十四	賣歌女	紫琴		#
四十五	蘭台夢	馬放		
四十六	水中蓮	喬又陵		
四十七	誰家少女淚	夏易		
四十八	閃電手	碧侶		
四十九	人生如夢	路易士		
五十	失踪	楊柳風		
五十一	香溪奇緣	夏商周		@

期號	書名	作者	出版日期	備註
五十二	人逢喜事	夏易		
五十三	落花時節	甘豐穗		
五十四	小說家的艷遇	俊人		
五十五	銀河曲	靳羿		
五十六	有女懷春	夏商周		
五十七	春夢	曹敏		
五十八	二度夢	苗萍		
五十九	一夜	夏易		
六十	斷魂崖	白丁		
六十一	過年關	甘豐穗		
六十二	求職信的風波	羅秋蘋		
六十三	木美人	碧侶		
六十四	七重天上	司空明		#

期號	書名	作者	出版日期	備註
六十五	大廈情殺案	盧森葆		
六十六	孽債	戈風		
六十七	綠娘子	喬又陵		
六十八	小曼的悲劇	夏易		
六十九	徵婚記	俊人		
七十	芳鄰	夏商周		
七十一	火葬	馬放		@
七十二	絕嶺情仇	萬方		
七十三	最後的賭本	柳上行		@
七十四	婚變	碧侶		#
(七十五)	徵求筆友	紫琴		根據第七十四期預告

《ABC 小說叢》③

期號	書名	作者	出版日期	備註
一	賭窟之花	陸琴		
二	看不見的美麗	駱沙甸		#
三	肉彈情仇	區羅巴		#
四	玩蛇的女人	徐寧		#
五	慾海追踪	上官雲		#
六	夜半嬌娃	金狐		#
七	處女島	許辛		#
八	女人禁地	丁斯穆		#
九	粉紅色的陷阱	陸琴		
十	花蛱蝶	世輝		#
十一	媚眼兒	徐寧		
十二	脂粉奴隸	區羅巴		
十三	換愛	上官雲		

期號	書名	作者	出版日期	備註
十四	驚魂記	丁斯穆		
十五	不要親近他	金狐		
十六	飛來艷	陸琴		#
十七	匙孔的秘密	徐寧		#
十八	女玩家	區羅巴		#
十九	狼心狗肺	駱沙甸		#
二十	多餘的愛情	丁斯穆		#
二十一	可怕的女人	金狐		#
二十二	錯在她	徐寧		#
二十三	啼笑皆非	陸琴		#
二十四	體香狂	上官雲		#
二十五	挑戰	駱沙甸		#
二十六	桃花運	金狐		

期號	書名	作者	出版日期	備註
二十七	夏娃的煩惱	徐寧		#
二十八	難忘的奇遇	陸琴		#
二十九	神秘的圈套	駱沙甸		#
三十	死亡邊緣的享受	陸琴		
三十一	誘惑	徐寧		
三十二	特種名女人	區羅巴		
三十三	失風記	紅葉		#
三十四	盤中肉	金狐		
三十五	不解緣	區羅巴		
三十六	奇異的行徑	徐寧		#
三十七	蛇蠍婦人	駱沙甸		#
三十八	心頭恨	馬之奇		#
三十九	賊丈夫	上官雲		

期號	書名	作者	出版日期	備註
四十	逃命記	徐寧		#
四十一	有勇有謀	馬之奇		
四十二	妒妬的妻子	徐寧		#
（四十三）	擒兇記	紅葉		根據第四十二期預告
四十六	愛情的影子	夏秋冬		#
—	浩劫餘生	宋小玉		#
—	擒兇記	紅葉		#

宇宙出版社／宇宙美術出版社／好小說圖書雜誌④

期號	書名	作者	出版日期	備註
一	情書劫	歐陽天		
二	紅裙恨	易文		

期號	書名	作者	出版日期	備註
三	苦鳳雙雛	上官寶倫		
四	花落鳥啼	西門穆		
五	香港假期	許辛		
六	太太的秘密	俊人		#
七	小樓琴斷	喬又陵		#
八	最後的玫瑰	西門穆		#
九	象牙塔裏的愛情	盧森堡		#
十	櫻花刧	俊人		
十一	小愛人	俊人		#
十二	離魂記	上官寶倫		#
十三	白璧無瑕	俊人		@
十四	玉樓春劫	綠薇		# 啟事稱「本期起，改名為好小說圖書雜誌公司」
（十五）	恩愛夫妻	俊人		根據第十四期預告

鑽石小說叢出版社

期號	書名	作者	出版日期	備註
一	父子爭床記	蘇鳳		#
(二)	浩劫餘生	宋小玉		根據第一期預告

奇情小說叢出版社⑤

期號	書名	作者	出版日期	備註
一	惡向胆邊生	陸琴		#
二	欠他一條命	區羅巴		
三	奇妙的夢境	金狐		#
四	中計	上官雲		
五	慾海亡魂	上官魂		
六	不要離開我	陸琴		#
七	賊公計	金狐		#
八	心魔	紅葉		
九	救救我	陸琴		

十	艷女奇男	紅葉		
十一	神秘死亡	馬之奇		#
十二	私家偵探的艷遇	駱沙甸		#

一角小說叢出版社

期號	書名	作者	出版日期	備註
一	奇女子	陸琴		#

文風印刷出版公司[6]

期號	書名	作者	出版日期	備註
—	尋你到天涯	白雲悠		
—	名流太太	邵冠華		
—	春到人間	熊牧野		
—	北雁南飛	林白		
503-42	青春偶像	齊桓		#

期號	書名	作者	出版日期	備註
—	往事重重	七心上士		
—	魔鬼的情書	谷子		
—	春殘夢斷	白雲悠		
—	綠蒂	俊人		
503-810	輕別離	司空明		#
503-811	海上風波	易金		#
503-812	青帙飛來	柯連達		#
503-1213	卿本佳人	齊桓		#
—	那個不多情	俊人		根據 503-812 及 503-1213 期預告

《時代小說叢》

期號	書名	作者	出版日期	備註
(一)	情俘	葛雯蘭		# 期號根據各期預告及第四期期數
(二)	恐怖咖啡園	丁平		# 期號根據各期預告及第四期期數
(三)	名女人之戀	羅拉		# 期號根據各期預告及第四期期數

四	一面之緣	孟丁英		#期號根據各期預告及第四期期數
（五）	霧香港			根據第四期預告

《鴛鴦小說叢》

期號	書名	作者	出版日期	備註
三	白髮奇緣／女丈夫	胡維華／章祿		#
（四）	浴室奇屍／飛去了的愛	池向前／白壁		根據第三期預告及編者的話
七	我的奇遇／色狼下阱記	尚而立／唐昂		#
（八）	艷影驚魂／模特兒之戀	齊東野／尚而立		根據第三期預告

標示說明：

（）為預告所提示、或透過前後刊所估算的期數或日期。

#為中國文學文化研究中心藏書。

@為李卓賢先生藏書。

註釋

① 本目錄據《香港出版人發行人協會會員——聯合圖書目錄》（香港：香港出版人發行人協會會員，一九六一年）所整理。

② 本目錄據《海濱小說叢》第五十一期夏商周《香溪奇緣》以及第七十四期碧侶《婚變》內刊補購書目整理。

③ 本目錄據《ABC 小說叢》第四十二期徐寧《妒妬的妻子》內刊補購書目整理。

④ 本目錄據《好小說》第十二期俊人《白璧無瑕》內刊補購書目整理。

⑤ 本目錄據《奇情小說叢》第十二期駱沙甸《私家偵探的艷遇》內刊補購書目整理。

⑥ 本目錄據《文風小說叢》第 503-42 期齊桓《青春偶像》以及第 503-810 期司空明《輕別離》內刊補購書目整理。

有味小說！
芬芳撲鼻的奇書
緊扣心弦的情節
能夠使你陶醉而忘我
高天亮著
廣東梟雄傳
1
高天亮先生，夙以撰著武俠小說，馳譽香港報壇，
用筆傳神，作風豪邁。本篇更是別創風格的巨構。
業已出版·各地均售·每册港幣八角
環球圖書雜誌出版社出版

附錄二：楊天成《難兄難弟》影印本

難兄
難弟
楊天成
每冊三角
環球
小說叢

貧賤見眞情，患難顯人性。他們是一對被漩渦時代所沉淪的小人物，眼見瀕於絕境，而能歷經憂患，堅貞不移，惟靠那兄弟般友情與信心，安然踏上人生幸福之途。

1

朱啓來到香港以後，和那些有錢的外省人一樣——當然是指那些有錢而不善生產的人——把帶來的錢，統統花光！由豪華的公寓，漸漸住到每月租金五十元的一間小石屋，而且欠了六個月房租不能付。幸而屋主是他的好友丘信，丘太太又是一個賢良的主婦，不但不嫌棄他，反而對他同情，所以才能住下去。否則的話，連他自己也不敢往下想！

他自己也知道這樣下去不是辦法，但是又有什麼辦法呢！吃盡當光，所有的朋友都借到不好意思再借。想找事做又找不到，他似乎已走向絕路，香港雖大，已無他容身之地了！

這天，下了一天大雨，他沒有傘，不能出門。老實說，根本他也無處可去！身上只剩五毫，石屋在筲箕灣的半山坳，想買塊麵包都沒有。只好困處在屋中聽那瀑布似的雨聲，整整餓了一天。次日，雨仍然沒有止，他唯一的辦法就是睡。睡得太多，又加上餓過了火，只覺得頭暈眼花，昏昏沉沉地躺在那破舊的帆布床上。腦子像一張白紙，就那麼瞪大着眼看房頂。不知經過多久，忽然聽到有人敲門。

「誰呀？」他有力無氣地問。

「是我！」

他一聽，是丘太太的聲音，欠了人家六個月房租，怎敢怠慢？連忙爬起身，覺得一陣暈眩，定一定神，才去把門打開。他怕她是催房錢，簡直沒有勇氣開口問她有什麼事。

「朱先生，」她溫和地說：「今天我燒了老丘的飯，他卻沒有回來吃。天氣熱，不吃掉會壞的，恰巧你沒有出去，就在家裡吃飯吧！」

他聽了不由臉上一陣發熱！他知道丘信一向不回家吃午飯，這明明是丘太太看見他昨天一天沒有吃飯，今天特意燒給他吃的。他心中有一種說不出的滋味，又感激，又慚愧，實在不好意思去吃。

「丘太太，謝謝妳，」他苦笑着推辭：「我有些不大舒服，不想吃飯！」實際上他是餓得要死。

「來吧，別客氣了！」她當先走去：「身體不舒服，更要吃點東西才能增加抵抗力，你和老丘如同弟兄一樣，何必客氣呢！」

一則盛情難卻，再則也實在是飢餓難當，他只好跟過去。和丘太太相對吃飯，一吃吃了三碗，雖然未飽，但是自己說過不舒服吃不下東西的，怎好意思再添？她雖一再讓他添飯，他只好咬緊牙齒說：「飽了」。謝過丘太太，回進屋裡。吃了些東西，精神好了不少，靠在床上，這時候有力氣想了！可是不想還好，越想越灰心，越想越沒有前途，越沒有希望。

「這種日子過下去還有什麼意思！」他自言自語：「不如死了算了！」

一有死的念頭之後，便覺得求生存實在掙扎得太疲倦了，只有死才是最簡單最了結的總休息，於是把心一橫。

「決心自殺！」他喃喃地說：「不過得要個全屍！最好是吃安眠藥！」

他想起賀健，這是他唯一又有錢又够交情的好友，他去借錢，從未遭過拒絕，直到借得他自己不好意思再去借，才不再去。現在決心自殺，說不得只好再去借最後的一次做自殺的本錢了！

「找老賀借十塊錢，再找仁愛藥房小張買十塊錢安眠藥，安安靜靜一吃，完事大吉！多麼乾淨，省得活在世上受罪！」主意旣定，抬頭一看，雨也止了。好像老天爺也在教唆自殺，他跳起身。

「這時候正好趕上老賀在寫字間。」脫下那套破睡衣，換上唯一的「單吊西」，搭上電車便趕去中環，在寫字樓裡找到老賀。

「好久不見了，好嗎？」賀健對他依然很好。

「好什麼？什麼都不好！」他無精打采向椅上一坐：「我也不多說廢話了，再借十塊錢給我，借了這次，永不再借。」

「哦！好，好！」賀健永不打他的回票：「是不是送譚楓的禮？」說着拿出十元給他。

「送禮？」他接了鈔票。

「譚楓今天結婚，你不知道？哦！」賀健拍拍前額：「我忘了給你，老譚給你的喜柬在我這裡呢！」他在抽屜裡找出一封喜柬給他。

他接過來一看，果然是譚楓給他的，當天的婚期。

「我馬上就要死了，還送個鬼！」他想。嘴裡卻說：「嗯！就算送禮吧！我不就擱你了，再會！」

「好，等一下在老譚那裡見！」賀健向他擺擺手。

他一腦子愁雲慘霧，出門便向仁愛藥房跑。走進店舖，卻不見小張，有一個店員走上來招呼他。

「小張呢？」他問。

「他今天請假，有什麼事嗎？」店員禮貌地問。

「我想買點東西。」

「想買什麼，他不在也沒有關係。」

「買安眠藥！」

「安眠藥？」店員對他打量一下，看他那死氣沉沉的樣子有些不放心：「買多少？」

「買十塊錢的。」他將錢掏出來。

「一兩片可以，多了可不能賣！」店員對他看着，顯然有點不放心。

「為什麼？」

「怕你自殺！」店員翻着眼對他看。

「眞奇怪！」他說：「別說我不自殺，就是自殺也與你無關啊！」

「怎麼會無關？」店員瞪着眼：「我剛認識一位好小姐，正打算和她結婚，我怎能不多做點好事？好讓上帝保佑我能娶個好太太呢！」

「哈！」他叫着：「你眞自私！只顧自己討個好太太，就讓別人活着受罪！」

「哈！」店員學他的聲調：「你承認活着是受罪，豈不是想自殺！不賣，這回連一兩片也不賣了！我一看你那死氣沉沉的樣子，就知你不想活，一點也沒猜錯。千萬別尋死，努力做人去吧，阿們！」店員不住劃十字。

這一席話幾乎不用安眠藥他就死了，那是氣死的！他一言不發，扭頭就走。

「自私的東西！」他低聲罵：「將來你的那位好太太一定叫你戴綠帽子！」罵了一陣，又想：「到別家藥房去試試！」

這時正走過一家藥房。

「這回要挺起胸來，別又讓他看成死氣沉沉的！」

他裝出精神抖擻，健步如飛地衝進藥房，幾乎把人家的櫃枱撞倒！一個店員爲了保護櫃枱，急忙過來招呼他。

「老兄，」他裝出滿面笑容：「我這些天精神太過充足，夜裡總是無法入睡，想買點安眠藥行不行？」

店員對他看看，他把胸一挺，果然精神充足，又加上剛才幾乎撞倒櫃枱，不由店員不信。

「你失眠不是爲了精神充足。」店員信以爲眞，反而替他解說：「可能你是神經衰弱！」

「對，對！」他一見得到店員相信，知道大有希望，不由十分高興：「一定是神經衰弱！對，對！你比醫生都高明！」他趕緊又捧兩句！

那店員果然被他捧得很得意：「是不是？我一說就對。本來買安眠藥是要醫生証明的，現在我既証明你是神經衰弱，破例賣給你一瓶吧！」說着便進去拿藥，他不住連聲道謝。

片刻，店員拿了一瓶出來：「我們沒有散裝，只有瓶裝的，售價十一元正。」

他一聽，不由一呆，身上只有十元，可怎麼辦？

「老兄！」他央告：「打個折扣行不行？」

「不要醫生証明已是便宜了你，又要打折扣？」店員對他看看：「也罷！少算你五毫吧！十元零五毫，再一個仙也不能少了。」

他一想，原來是有五毫的，但是剛才出來，坐了兩毫電車，只剩下三毫了。他便一起拿出來。

「我只剩十元三毫了！」他把錢向櫃枱一放：「賣給我吧！」

「我們有定價！」店員拿緊那瓶藥：「已經便宜了五毫，再不能少！」

「這是我全部財產了，帮帮忙吧！」

「這是你全部財產？」店員睜大眼睛問：「只有十元三毫？」

「是的！」他將手一攤：「不信你可以搜。再有一個仙都是你的。」

「哦！」店員的眼睛睜得更大：「你全買了安眠藥？那麼你等一下回家的車錢呢？你等一下吃晚飯呢？」

「我——」他張開了口，一時竟答不上來。

「嗯！」店員點點頭，恍然若有所悟地：「你別是買來想自殺吧！」

「不，不，不是，不是！」他被他一語道破，不由急得雙手齊搖：「絕不是自殺，我這是身上的全部財產，家裡還有錢，有大把錢，我怎會捨得自殺！」

「算了！你回家拿够了錢到別家去買吧，阿彌陀佛！我差點做了一樁錯事！」店員拿着藥雙手合十，轉身進去了。氣得他拿回錢走出來。

「他媽的！」他低聲罵：「一個人倒起霉來，連自殺都不順遂！偏偏遇到一個基督徒；一個彿敎徒，這兩個迂腐的傢伙，別人自殺不知關他們什麼事？眞可氣！唉！」他嘆口氣：「活難；死亦不易！做人太沒意思了！」

一路自怨自艾，不知走了多遠，猛然聽到身旁汽車輪胎擦柏油路，吱的一响。

「撞死也好，」他頭也不抬：「省得費事買安眠藥！」

忽然肩上被人一拍，嚇他一大跳：「一定是不會『沿步路過』，警察拉去罰錢，這回要糟！」

他剛想央告，那人却開了口。

「老朱，」那人把他的手握住：「你收到我的請帖沒有？」

他一抬頭，面前站着的是喜氣洋洋的譚楓。

「丘太太，謝謝你，我有些不舒服，不想吃飯！」朱魯苦笑的推辭說。

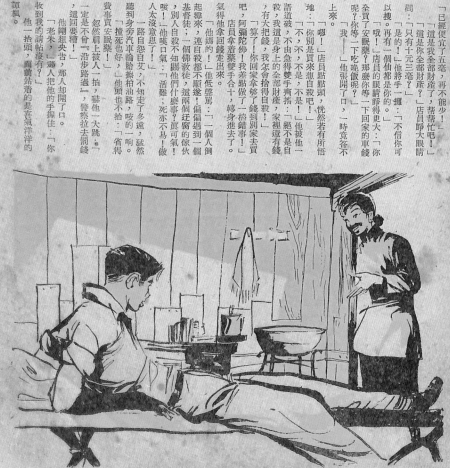

「收到了，」他只好滿面堆笑：「恭喜！恭喜！」

「你現在去哪裡？」

「隨便走走！」

「好極了！」譚楓將他一拉：「來！幫我去招呼客人。」

不由分說將他拉上汽車。

「剛才我在車上看見後影像你，」譚楓興高采烈地：「所以停車看看，果然是你，你在想什麼心思？」

「沒想什麼。」他怎能說想自殺。忽然想起送禮，便只好咬着牙將那準備買安眠藥的十塊錢掏出來：「小意思，不成敬意！」他把錢遞給譚楓。

「自己弟兄，何必客氣呢！」譚楓口中說別客氣，却一手把鈔票接過去，朝袋中一放：「那麼謝謝你了！」

「怪不得人家說人情大過債，眞是絲毫不錯，」他想：「連自殺的本錢都得拿來做人情，還有什麼可說！」他不由輕輕嘆口氣。譚楓正在得意之秋，哪裡管他有什麼心事！只顧嘮嘮叨叨誇他的未婚妻。試想一個想自殺的人，怎會能和一個馬上就結婚的人談得攏？他只好唯唯否否地應付着。

到了禮堂，譚楓給他掛上一個招待的紅條，拍拍肩膀：「幫忙幫忙，等一下多喝兩杯！」

說完一溜烟跑去準備做新郎去了！

他自殺本錢也沒有了，身上只剩三毫，還有什麼地方可去？只好耐下心去做招待，暫時再活一天，明天再籌錢自殺吧！

坐席了，他餓了一天，可找到大吃一頓的機會。顧不得再做招待，將紅條取掉，坐下去大吃起來。正在吃得酣暢之際，新郎和新娘開始向各席上敬酒，一個喜娘托了個漆盤，來賓都向裡面放利市封，這下子又使他急起來了！封利市起碼一塊錢，只剩三毫，拿什麼封？心中不由大罵譚楓：「一個人過日子不好？不知要結什麼婚，眞活見鬼！」一會兒又恨起譚楓的新太太來：「如果妳不嫁給老譚，今天我也不必送禮，現在可能我已經到極樂世界去，不必再活受罪了！都是妳這個女人，只顧自己快活，害得別人把自殺的本錢也拿來送了禮，還要封利市。」想到這裡，一賭氣；在袋中找出一帙死了當的當票，乘人不見，抽出一張塞進利市封裡面。等一下新夫婦來敬酒，他和大家一同將利市封扔在盤裡，譚楓還拍拍他，叫他多喝兩杯。老譚眞可憐！交到一個這樣的朋友！

他給了那封全世界難找第二封的利市之後，覺得出了不少氣，又心曠神怡地吃起來。

吃過飯，他怕沒有車回家，急急忙忙先走了。回到那間死氣沉沉的小石屋，酒足飯飽，向破帆布床上一躺，雖然打算想想明天去哪裡再找自殺的本錢，不料他至少有一年沒有吃得如此舒服過，一舒服就不知不覺睡着了！

次日醒來，紅日滿窗，天已大晴。走出去看看丘信客廳中的壁鐘，已是十一點多。他怕丘太太又留他吃飯，急忙梳洗了到街上去鬼混了一陣，回來對丘太太說吃過了，然後關上房門，一個人靠在床上打主意。把朋友們一個個地想。有的够交情却沒有錢，有的有錢却又不够交情，都不好意思再去開口。又在房中各處張望，看看有什麼東西可當。一眼看見桌上扔着那支手槍型的打火機，那是從前一個朋友送給他的，據說買來要一二十元，他不由生了一線希望：「這個玩意也許能當幾塊錢，先當掉它救救急。」

馬上爬起身，拿起打火機。一按槍擊，擦的一聲，一溜火星，裡面沒有汽油却還有火石，不過好久沒有用，有些生銹。

爲了想多當些錢，他將它細心擦光。去丘太太處要了汽油加好。又嫌槍擊發澀，再向丘太太要了一些衣車油塗上。樣樣弄妥，才將打火機帶在身上出門，這時已將六點了！他走出門口，丘太太叫住他。

「朱先生，到哪裡去？」

「出去走走！」他摸摸袋中打火機。

「快點回來吃飯，今天是老丘生日，自己家裡弄了幾樣小菜，你早點回，老丘就要回來了！」

「哦，哦！」他答應着走去，心裡不由一煩。老丘生日，欠了人家六七個月租，難道還不該送點禮，可是拿什麼送呢？轉而一想，當了槍馬上去找小張買安眠藥，買完一吃，去坐在山邊等死，還用送什麼禮？想至此處，心中坦然，便不再把丘信生日放在心上。

昨天剩的三毫，回來時坐三等電車，用掉一毫，小心翼翼從那兩毫之中取出一毫，緊緊握在手裡。爲了買安眠藥方便，決定到中環去當，於是上了電車。

到了中環，找到一家大押店，他把打火機送上去。

朝奉拿起來細看，剛一觸槍擊，他上油上得太滑，打火機立刻彈開來。汽油又上得太多，逢一聲，幾乎把朝奉連鼻子帶眉毛都燒着。不由大吃一驚。

「哎呀！」朝奉嚇得大叫，他想笑，急忙忍住了。

朝奉大爲生氣，將打火機一關，交回給他。

「不行！」一面撫摸幾乎被燒的眉毛，一面瞪他。

「爲什麼？」他接過來。

「那槍擊太靈。」

「靈難道不好？」他反問。

「你沒聽見我說『太』靈嗎？」朝奉又揑揑鼻子，覺得和過去並無不同，於是氣才暑消了一點：「你讀過書的人，應該知道『過猶不及』這句話，」他接着長篇大論地說：「比如吃飯，不吃要餓，吃得太多又會得胃病。你這就是吃得太多，得了胃病了。不當，不當！」

「你才得胃病呢！」氣得他大罵：「你得胃潰瘍，胃下墜，胃癌，你根本不配有胃！」

賭氣走出來，再找第二間，「這次找一個上年紀的朝奉，也許會和氣一點！」他想。

找到第二間，看見一個朝奉，有五十

朱魯把僅有的鎗型打火機也要押給押店。

多歲，戴了兩三千度的深近視眼鏡。「這個人行了！」他進去將槍一舉。那朝奉猛然看見衝進來一個人，向他一舉手槍，以爲是搶匪，大吃一驚！性命要緊，急忙雙手高舉，戰戰兢兢地說：「哎呀！我的媽！你要搶當舖？」

「你才搶當舖呢！」他舉着槍：「我當東西！」

朝奉驚魂甫定，向上推推眼鏡，立刻擺出朝奉的架子，頭一揚說：「我們不當手槍！」

「不是手槍，是打火機！」他一扳擊，擦一聲，點燃了火。

朝奉不識貨，被他說穿，不由惱羞成怒道：「也不當打火機！」

「爲什麼不當？」他關上打火機。

「不當就不當，什麼也不爲！」朝奉說完，不再理他，拿了一份報紙，擦着鼻尖看報紙去了！

他無可奈何，將槍收在袋裡，垂頭喪氣走出來，自言自語：「一個人如果倒起霉來，樣樣事都不順遂，連想自殺都這樣難，身上只剩一毫，可怎麼辦？」

這時又想起丘信的生日來，「一毫仍可以坐車趕回去吃飯，可是怎麼好意思空着雙手去吃呢？」

越想越煩，不爭氣的肚子又泛上餓來，從早晨到現在，不會吃過一點東西，怎麼會不餓？只好用力收緊褲帶，茫無目的地亂走一通，走到天星碼頭，坐在長椅上對大海發痴。

「如果不是會游泳，乾脆就跳海！」可惜他做學生時代得過長程游泳冠軍，只能坐在那裡望海興歎了！

迷迷忽忽，不知坐了多久，抬頭一看，已是萬家燈火。坐得腰有些發痠，起身慢慢走出碼頭。看看大鐘，已是十點一刻。無處可去，只有低着頭慢慢地亂走。走到大道中，陡然有人在他耳旁叫了一聲：

「喂！」

他一驚，抬頭看時，一個胖子正在笑嘻嘻地看着他。

「陳洪！」他叫：「你嚇我一跳！」

「幹嗎垂頭喪氣地？」這個胖二世祖問。

「沒有什麼，散步而已！」

「好極了！」陳洪將他一拉：「我正想去跳舞，一個人去又太乏味，走，一起去，我請你跳舞！」說着一招手，一架的士戛然而止。在他尚未表示同意與否之前，已被拉上的士，他眞想說：「不必請跳舞，請吃飯吧！」可是他到底沒有說出。

「北角！」陳洪對司機說了之後，便開始和他談哪個舞女熱情，哪個舞女漂亮，哪家舞廳生意做得不規矩，亂開鐘數，哪家夜總會的歌星唱得像警報！他聽着毫不入耳。忽然陳洪坐直了身體，緊張地大聲說：「你知道不知道？」

「知道什麼？」他一頭霧水。

「那個叫做千里馬的小歌女，現在下海做舞女了！」

「他媽的！」他心裡罵：「看你那份緊張勁兒，我以爲西柏林打起來了呢！原來一個歌女做了舞女，這有什麼值得大驚小怪，莫名其妙！」

「嗳！」他還不及開口，陳洪在大腿上一拍，接着說：「她才做了幾天舞女就和一個洋琴鬼搞在一起，那個洋琴鬼已經有個舞女在同居，這個千里馬眞不知自愛，將來有得苦呢！」又慨嘆不已地：「有得苦呢！」仍有餘音未盡之意。

他橫眼看看陳洪那副模樣，又好笑又好氣。不由心裡罵：「別人做舞女，搞洋琴鬼，與你何干？要你做出一副悲天憫人之色！眞是吃飽了沒事做！如果你像我一樣一天沒吃飯，那個舞女宰了洋琴鬼恐怕你也不管了！」

他懶得理他，只顧設法安撫餓了一天的肚子。直到的士到了北角，陳洪仍在替那舞女嘆息。

進了舞廳，叫了不少舞女，儼然豪客姿態。他餓得飢腹雷鳴，幸虧音樂很嘈，別人聽不見他肚子叫。陳洪處身衆香國中，手舞足蹈，興高采烈。飽暖才思淫慾，他餓得半死不活，哪裡還有心情去調情？只好坐着看。恰巧有一個很肉感的舞女坐在他對面，露出雪白粉嫩的大腿，他看見便想：「這如果是清燉蹄膀够多麼好！」再看看那舞女的隆胸：「這如果是兩個大饅頭又多麼好！大饅頭就着清燉蹄膀一吃，眞是又香又甜，飽吃一頓，就是自殺也做個飽死鬼了！」越想越有滋味！

他越看就越像，越像就越餓，越餓就越想，越想就越看。那個舞女被他看得不好意思起來，拉拉旗袍，遮住大腿，橫了他一眼說：「你這個人怎麼這樣鹹濕！」

天地良心，他可絕不是鹹濕，他是餓得想吃人！舞女只知道舞客都是存心玩弄她們的，怎知居然會有人想吃她？她就是做夢也想不到她這樣豐滿的肉體，這傢伙不想玩弄她，却想吃她，她知道了不喝滴露自殺才怪呢！

滿眼幌來幌去，盡是「清燉蹄膀」和「大饅頭」，他越看越餓，簡直餓軟了，陳洪却在打情罵俏玩得十分開心。

「我這裡餓得難過得要死，他那裡却玩得開心得要死，這叫什麼話？」一賭氣就想一個人先走，不陪公子逛花園了！忽然聽到陳洪在約舞女宵夜，他一想：「這還說得過去，餓着肚子陪你半天，到底還算有一頓可吃，也還值得！」

這時已近打烊，陳洪叫埋單，帶了一個舞女出街。三人一同出來，他剛想貢獻意見到哪裡去宵夜，誰知陳洪將那舞女一挽，對她說：「我們宵夜去了！明天見，拜拜！」

不等他回答，二人跳上一架的士風馳而去！這可眞眞出乎他意料之外，原來宵夜沒有他的份！使他空歡喜一場。

「他媽的！」他氣得幾乎吐血，不由對的士後影大罵：「好一個王八蛋，酒肉朋友，重色輕友！餓着肚子陪你半天，到宵夜時却祇要女人，把我甩了，該死眞該死！」伸手掏出手槍，對着的士後影一扳槍擊，擦一聲，一蓬火光，倒把他自己嚇了一跳。

「如果是眞槍我就槍斃你！」他氣哼哼地關上打火機：「可惜是假槍，只好饒你不死了！」

他儘量發揮了一陣阿Q精神之後，只好凄凄惶惶向筲箕灣走。餓得渾身發軟，四肢無力。一路慢慢走一路罵陳洪，把個陳洪罵得臭要死。陳洪請了他跳舞，反而被他罵得狗血淋頭，眞是寃大頭！

這時已是深夜，電車巴士早已收工。全部財產只剩一毫，怎能坐的士？只好咬緊牙關慢慢走去，越想越凄涼。這時如果有眞槍，他準會對着太陽穴就打。他已經一點生趣也無，簡直想不穿這樣活着是爲了什麼！如果再弄不到買安眠藥的本錢，不能再顧全屍，只好跳樓了！

一步一步向前拖，過了麗池大廈，一片荒涼，在淡淡月光下，看見前面有一個人也在慢慢走。

「這樣晚一個人在荒地走，一定不是好東西，可能是搶匪！」他不由摸摸袋中的假槍，繼而一想：「渾身上下，只剩一毫，我不搶別人，就算不錯，還怕誰搶？」忽而又一想：「我可以搶他呀！這樣的荒山野地，四無人跡，正可以用這假槍威脅他。只要搶到十一塊錢够買安眠藥就行。搶錢爲了來自殺，無論釋迦牟尼、上帝、天主、老子、默罕謨德一定都能原諒！絕不多搶，只搶十一塊！」

主意既定，把腰一挺，振作精神，拿出假槍，急步趕那個人。趕到身後，忽然又胆怯起來。跟着那人走了一大段路，竟然不敢下手。那人好像是天生挨槍的命，頭也不回，仍然慢慢地蹓！

走了一陣，他忍不住了，把心一橫：

「現在死都不怕，還怕搶人？」

立刻走近那個人後面，將假槍向那人後腰一頂，喝道：「別動，手舉起來！」

那人冷不防，吃了一驚，但立刻就鎮定下來。頭也不回，聳聳肩笑道：「居然有人搶我？眞想不到！」

「哼！爲什麼不敢搶你？你是劍俠？會口吐飛劍？少廢話，快舉手，否則我就開槍！」他說着又用槍一頂，不料却碰到槍擊，擦一聲，打着了火。這時如果有人吸烟，倒非常適合，那火極適合於點烟。如果正在搶人，那就糟了！他吃一驚，急忙把打火機按下去，但是已經來不及。那人一反手就把他握槍的手抓住。

「好小子！」那人大喝一聲：「居然敢拿假槍搶人？胆子可眞不小！我要僥了你才怪！」

那人轉過來，他看着很眼熟，還不及有第二個動作，那人却把手放了。

「老朱！你怎麼這樣開玩笑？嚇我一跳！」

這時他也看出來了，那人正是他從前的好友甄昭。搶了熟人，他正在十分難爲情之際，聽他說他是開玩笑，正好將計就計。

「你一個人半夜三更逛馬路，不嚇你嚇誰？」他又補充一句：「我看後影像你，又跟你走了半天，看清楚是你，你却死不回頭，所以只好嚇你了！」他睜着大眼撒謊。

「你難道不是半夜三更逛馬路？」甄昭說：「否則你怎麼會遇到我？」

「我回家，怎麼是逛馬路！別提那些了，我記得你去了日本以後就沒有信給我，現在怎樣？還好嗎？」

「嗳！一言難盡，」甄昭嘆口氣：「我們走着談吧！」

「怎麼一言難盡？」他和甄昭並肩走着，收好那假槍。

「我到東京是做香港那間宏大東京分公司的職員，焉知生意不好，公司關了門，便回到香港來，失業一直到現在，三年多找不到一點事做。房租四個月沒付，包租婆免費，四個月不收租金，但是限我今天一定得搬出來。今天找了一天朋友也想不到辦法，身上只剩一個斗零，只好從中環走回來，現在還不知怎麼辦才好呢！」

他一聽甄昭身上只有一個斗零，他却有一毫，財產比甄昭多一倍，不由十分高興，腰也挺直了不少。繼而一想，人如果要倒霉簡直無藥可治，不但自殺不能成功，想搶人；被搶者反而比自己更窮，眞是倒霉倒得通了天！想到此處，腰又軟下來了！

「你呢？」甄昭見他不開口，便問：「近況如何？」

「咱們是同病相憐，我比你强的是欠了六個月房租可以不受迫遷，同時我的財產比你加一倍，我有一毫！」

「有一毫就值得得意？」甄昭不服。

「我得意？我才不得意呢，我打算自殺了！可惜還沒有成功，正在進行之中！」於是他把這些天的經過說給他聽，最後他說：「有一次，我走過大道中，猛然聽得砉的一聲，原來是一個人由大中飯店跳下來了！摔得腦漿迸裂，就距我幾步之遙，鮮血幾乎濺到我身上來，這一幕深深印在我腦子裡，足有幾天吃不下飯，太慘了！因此我自殺一定要個全屍，否則我早跳樓了呢！」

「你祇要自殺就得不了全屍！」甄昭肯定地說：「死了之後，一定得解剖檢查死因。翻腸倒胃，抄得你內臟成了一鍋爛粥。而且像你這種單身漢沒有親屬的屍體，可能送去給醫科學生作解剖實驗，把你千刀萬剮，刮骨剔髓、剜眼珠、割舌頭、切耳朵、鋸鼻子、敲牙、抽筋、剝皮、劈腦子——」甄昭一面說一面做手式。

「算了，算了！」他攔住：「別說了，說得多滲人！」

「你別以爲我和你講笑，眞是這樣的！而且……」甄昭正色說：「你是個受過相當教育的人，動不動想自殺，不去想辦法克服環境，眞沒出息！一個人絕不能太早就判決自己。好像法官一樣，判決一個犯人，必定要搜集所有的証據，才能作最後的判決。你目前雖然所有的証據都不利於你，但也許會忽然發現一個强有力的反証，將那些不利的証據全部推翻，你立刻就可以成爲一個無罪的自由人了，爲什麼你不能耐心等那個有力的反証而老早就將自己判死刑呢？」我再告訴你一件事實，」甄昭接着說：「我有一個姓張的朋友，失業之後，家庭負担又重，他到處求職都無辦法，結果他自殺了。焉知自殺的第二天，一家大公司的聘書就寄到，你說他死得冤不冤？因此我們在沒有得到全部証據之前，絕對不能太早判決自己！」

「——」他聽了半晌不能出聲，默默地走，甄昭又開了口：

「現在咱們的理論已經講完，該研究現實了！目前最嚴重的問題就是住，我那裡是不能住了，你那裡情形如何？」

「老丘是我的好朋友，是個薪水階級。他將歷年的儲蓄買了那幢石屋。一共隔了四間，他們夫婦住在一間，我租一間，一間作客廳，另外還空着一間。要說起老丘夫妻來可眞不錯，」他感動地：「我欠了六個月租，從來不要。丘太太還有時發現我一天沒吃飯，不但燒飯給我，而且更怕傷了我的自尊，故意說老丘不回來吃飯，叫我幫忙吃掉，免得天熱把菜放壞，這夫婦二人眞太好了！」

「哈！」甄昭用力在他肩上一拍：「你有這樣好的兩個陪審員，這樣同情你，你却老早就把自己判了死刑，不但混蛋，而且也辜負了人家一番心哪！」

「好了！你不必說了，我雖然有錯，但我可以補救，我現在已經知道自殺是錯誤的想法，不再想自殺，可是我們怎麼活下去呢？」

「我現在在做經紀，」甄昭說：「通天經紀，除去犯法的生意之外，什麼生意都做！你不妨和我一同去試試！」

「經紀？」他撇撇嘴：「那是跑壞了一雙鞋也不一定能賺到一雙鞋錢的！」

「是『不一定』能賺到，並不是『絕對』不能賺到，那就是有希望。有希望的人生，才是眞的人生，你知道嗎？」

「對！」甄昭的話鼓起了他做人的勇氣：「我就跟你去做，咱們決定堅苦卓絕地掙扎一番！我有鎖匙，你今晚先偷偷跟我回去住一夜，明天再研究具體辦法！」

「好！」甄昭十分高興：「你眞够朋友！朱魯萬歲！」

「別嚷！半夜三更大嚷大叫，別人以爲我們是神經病呢！」他指指前面：「快到了，從那條小徑走入，轉上山坳，那條路很黑，你要小心跟着我走。」

「OK！」

這兩個窮鬼越談越高興，覺得大有前途，興奮得連肚子餓也忘了！

二人沿着黑暗的山徑走上去，快到門前時，他低聲囑咐：「小心，輕一點！」甄昭點點頭。忽然門前黑暗中有人叫：「老朱！」

把他倆嚇了一大跳，仔細看時，原來是老丘夫婦坐在門前納涼，老丘接着說：

「怎麼這樣晚才回？」

「嗳！老丘，」他慌張地：「有點事就擱了，還沒有睡嗎？」

「叫你回來吃飯你却不回，」丘太太

甄昭不由跌足嘆氣道：「眞倒霉！他媽的！」

接口：「恐怕菜擺到明天會壞，所以等你回來宵夜！」

「噯——噯！」他口吃着：「眞對不起，眞對不起！還忘了給老丘拜壽，又累你們等到這樣晚，老丘明天還得上班，眞對不起！」

「你不必那麼多對不起，明天是星期日不必上班，休息一下我們就宵夜了！」

「好，多謝，多謝。」這時他想起甄昭，只好給他們介紹。

「歡迎，歡迎！」老丘說：「來，一起宵夜！」

「不要客氣，多謝！」甄昭言不由衷地客氣：「我剛吃過東西！」

「再陪老朱吃一點吧！」丘信說着立起身：「來，我們進去宵夜，時間已經不早了！」

他們不再虛僞，一同跟進來。桌上果然用碟子蓋好不少菜餚。丘信又去拿出一瓶啤酒，到這時這兩個傢伙才得機會飽餐一頓，吃得盤盤精光，不但不會再有菜餚留下擺壞，丘太太洗碟子時也省力不少！

朱魯借着酒意將甄昭沒有地方住，想搬來和他同住的事對丘信一說。

「沒關係，」丘信大方地：「我這裡還有一間空房，甄先生如果不嫌簡陋，立刻可以搬來，大家都是窮朋友，是應當相濡以沫的！」

「謝謝丘兄，不過住一間房我可不够資格！」甄昭說：「我還是暫時和老朱同住一起再說吧，這樣我倆的負担都可以輕一點！」

丘信還待謙讓，朱魯也幫着說，丘信只好由他。再叫丘太太借一張帆布床給甄昭，好在天氣熱，不必鋪蓋也可以過夜！

次日一早，朱魯便陪甄昭去搬家，只得一隻破帆布床和幾件破舊衣袂。走在路上。甄昭說：「不論什麼事都是有其利必有其弊，有其弊也必有其利。比如說一個人窮當然不好，但是搬家却方便，搬這種家够多麼逍遙自在！」

說着將手中紮好的帆布床一舞。焉知紮床的繩索已舊，他一舞，繩子拍一聲斷了，將帆布床跌在地上。這床早已到了肺病第三期，哪裡經得起一跌。頓時將撐筍處跌斷兩三處！甄昭不由跌足嘆道：「眞倒霉！他媽的！」

「你知道有句俗話叫做得意不可忘形。」朱魯幸災樂禍：「誰叫你忘形的？搬這種衰家還自鳴得意，豈不活該！」

甄昭氣哼哼將床紮好，回到家，費了九牛二虎之力才算從新釘好。這時已近中午，二人怕丘太太又留吃飯，實在太難爲情，一同走出來。

「老甄！」朱魯說：「到哪裡去？我祇有這點財產了！」他將那一毫掏出來。

「我只剩五仙呢！」甄昭對他那一毫看看：「讓我想想還有什麼辦法！」

「什麼辦法？毫無辦法！」他聳聳肩：「平日已不易借錢，何况星期日！」

「——」甄昭想了一陣：「你說當了兩次都當不了的那支槍呢？」

「在這裡！」他掏出來，一扳槍擊，擦一聲，打着火：「你看，這樣靈，他們却不肯當，我如果是當舖老板，就把這些不識貨的朝奉，全部革職！」

「你不懂朝奉心理，」他一手將打火機拿過來：「看我去當！」

朱魯跟着他，二人走進一家大押店。

一走進門，甄昭對那朝奉罵了一句三字經，然後將槍向上一梟說：「我賭你能認識這是什麼？」

那朝奉瞪他一眼，將槍接過來。看了一下，回罵他一句三字經說：「手槍打火機也不認識？你當我是傻子嗎？」說着一按槍擊，打着火，對他一揚，然後關好！

「好！」他再來一句三字經：「算你知道是打火機，可惜你不知道價錢，你有膽敢當給我十塊錢？」

「十塊錢？你——」

「啪！」他立刻切斷朝奉的話：「我就知道你這契弟不識貨，拿來！我去找識貨的去當！」

朝奉一聽說他不識貨，他就不服貼，重重地哼了一聲，拿着槍左看右看：「最多給你五塊！」朝奉瞪着大眼。

「十塊！」他堅持：「又不識貨還在亂出價！」再加一句三字經。

「七塊！不當算了！」幾乎把朝奉氣得來個倒栽葱。

他向朱魯做個眼色：「好吧，我這位兄弟答應了，七塊就七塊吧！」

朝奉又瞪了他一眼，才叫人寫票。

甄昭拿了錢，二人出來。一走出門口，朱魯就稱讚：「好小子，你眞行！我當了半天一文不値，你一當就七塊，你眞有本事！」他不住豎大拇指：「够資格做當當專家！」

「不是吹！」甄昭胸脯一挺：「我就專有辦法治朝奉。有時我用三十塊錢買隻錶，可以當三十五六塊，一轉手就賺五六塊錢呢！」

「嘿！你眞有本事！」他仍不住口稱讚。

「算了，別捧我了，當當有本事算不得什麼英雄！現在——」甄昭將錢和當票都交給他：「你的東西當來的錢，應當由你支配。」

他只取了當票說：「你知道我來時手上有一二十萬，都被我弄光，可見我不善理財。不過我們身上一塊錢也沒有，未免太危險，不留神碰碎了人家一個鷄蛋都沒法賠，所以這七塊錢我主張我們每人帶一塊錢在身上，作爲私房錢，以備不時之需。那五塊錢你做財政會計兼出納，二人同意就可以動用，你說好不好？」

「好，」甄昭表示贊成，給他一元，自己收起一元說：「這五塊錢我主張成立一個財務委員會來管理這筆欵子，以昭公允，你看如何？」

「別發神經吧！五塊錢要成立財務委員會，如果有了十元，豈不要成立企業銀公司了？別說廢話，我想問問你，爲什麼我對朝奉客客氣氣地他却不當，你和他對罵他反而當呢？」

「我告訴你！」甄昭得意地：「香港這個地方是罵出來的交情，如果有個人見了你和你客客氣氣稱你朱先生，那就是屬於今天天氣哈哈哈，你除了和他談吹無定向風，天陰無雨之類，其他什麼也不必談。如果一見面，先和你來一句三字經，那才是自己人，什麼都好商量了！」

「哦！」朱魯作明白狀：「原來如此，下次再進當舖，先把朝奉罵個狗血淋頭再說！」

「那他不跟你打架才怪！你要懂罵的藝術，要罵得他以爲是自己人，雙方在無言中有一種默契才行呢！」

「算了！我不懂什麼罵人的藝術，希望老天爺保佑我今生今世不再進當舖！」他喘了一口氣，接着說：「老甄！咱們該研究吃飯問題了吧！」

「我們現在雖然有五塊錢，可是第二筆收入還不知何時才有，故此必須謹愼使用！」甄昭說：「我們先去茶樓坐起來，到實在餓得慌時再吃飯，上拉下扯，今天只吃一頓就可以對付過去了！」

朱魯表示同意，二人慢慢走去一間最低級的茶樓，在進門之前，甄昭向他將手一伸：「你那一毫呢？」

「做什麼？」

「加上我那斗零去買瓜子，既可消磨時間，又可以不致使胃太過空閒。」

於是他們去買了瓜子，到茶樓去開了茶，舒舒服服吃瓜子。朱魯好久沒有這樣安適過了，坐在那裡一顆一顆地嗑瓜子，有神仙不易之慨！

「老朱！」甄昭吞下一顆瓜子仁說：「我們仍然可以算是有福之人。」

「何以見得？」

「你看，我們可以坐在這裡慢慢喝茶，就是一直喝到打烊也不會有人趕我們。而且又有瓜子使胃不至太空閒，一面想想心事，談談天，不必管西柏林如何緊張，大欖涌水塘爲何剛修好就壞，多麼自在！杜爾斯，赫魯曉夫也沒我們舒服，我敢說他們這一生就不會吃過瓜子，你信不？」

「他們也沒坐過這樣的茶館！」朱魯對那汚糟的週圍看看補充一句。

兩個人都似乎很得意，可是得意並不能止餓，於是二人便下全力吃瓜子！

甄昭又吃又哼小調，樣子非常快樂。

「老甄！」朱魯說：「我很佩服你，無論口袋裡有沒有錢，你永遠是快樂的，從不發愁，到也很有本事。」

「嘿！」甄昭睜大眼睛：「人生在世上，有兩種享受，物質方面的享受就是有錢，精神方面的享受就是快樂！我們沒有錢，難道還不該快樂，讓精神方面得點享受嗎？」

「對！」朱魯大表贊成：「你的人生觀很正確！我看你無論遭逢任何挫折也不會自殺！」

「可是我抵抗不了愛情，如果在愛情方面遭受挫折，我非自殺不可！」

「你也別太早判決自己，這個女人不愛你，也許還有別的更美麗更溫柔更年青的女人愛你呢！你如老早自殺，豈不失却機會？」

「愛情與事業不同！」甄昭爲了表示鄭重，將口裡儲蓄的瓜子都吐在手上，以備說完再含回去：「事業方面，你這一行受了挫折，可以改做另一行，隨時更改，並無關係。愛情就不同了！如果眞的愛上這個人，另外的人即使有比這人有多麼具優秀的條件，也決無法移愛，所以愛情被稱爲偉大，就是這個原故！」

「哦！」朱魯一撇嘴，作不屑狀：「你到是愛情至上的情聖呢！你別窮根未盡色心又起啦！」

「豈有此理！」甄昭氣得幾乎將又含回口中的瓜子全部吞下去：「什麼叫色心？愛和色是大有分別的！」

「我不懂分別，」朱魯强辯：「我這一生從未談過戀愛，我從未愛過一個女人，我不懂什麼是愛，我一生也沒入過迷！」他一口氣說完。

「你呀！」甄昭氣吼吼地：「你簡直是個豬！」忽然似乎觸動靈機：「一點也不錯，用上海話讀你的名字不正是豬玀！哈哈！」他得意地笑：「正牌豬玀！」

朱魯大怒，伸手摸槍，一摸一個空，才想起槍已入了庫！氣得呆在那裡，苦思報復之策。甄昭笑得太高興，含在口中的瓜子有一兩顆溜進喉管，不由大聲嗆咳起來。

「活該！」朱魯大爲得意：「這就是罵我的眼前現世報！」

甄昭嗆了半天才止，喝了一口熱茶，吐口氣：「眞糟！瓜子會跑到喉管去，送給豬玀高興一塲！」

「眞糟！」朱魯也觸動靈機：「你的名字用上海話讀出來不折不扣是眞糟，所以不論做什麼弄到結果都是眞糟，一生一世難得發達！哈哈！」他學甄昭的笑聲：「眞正眞糟！」

甄昭被他氣得半晌說不出話。拚命拿瓜子出氣。

一直坐到七點多鐘，那壺茶沖得比白開水更淡，才研究吃飯。別看他倆互相對罵似乎有不共戴天之仇，可是研究吃飯時却很能和衷共濟。

二人殫精竭慮研究的結果，只有士戕飯最便宜，每盤七毫，於是二人叫了一盤

9

。滿滿一大盤，一掃而光。

「這飯我相信一定偷工減料，怎麼這樣少？」甄昭說：「派噴射機到我胃裡去搜索，我敢保廿四小時之內决搜不出這盤飯在什麼地方！」

「我的胃裡就是派太空火箭去搜兩年也搜不到那盤飯！」朱魯皺着眉：「看情形得繼續爭取營養才行！」

二人又研究半天，才决定叫一碟八毫的牛腩飯兩個人共吃，雖然貴一毫，但是牛肉的營養較好，仍然值得。那碟飯分得異常平均，五小塊牛腩，由甄昭用裁紙刀將其中一塊較大的切成兩塊，每人兩塊半。那點飯也恨不得一粒一粒數清楚。可惜不能數，因此朱魯總覺得甄昭比他多了七粒！

牛腩飯吃完，雖仍未飽，爲了撙節用費，不敢再吃。又坐了一下，才回家睡覺，準備次日一早便去做經紀。這一夜兩個人的營養很充足，故此睡得非常舒適。朱魯不住地說夢話。

2

次日，二人精神抖擻地出門，上了電車，甄昭說：「現在我要作財務報告了。兩碟土鱿飯一塊四，一碟牛腩飯八毫，兩毫茶錢，現在四毫車錢，一共兩塊八，還剩兩塊二，報告正不正確？」

「正確又有什麼用？」朱魯嘆口氣：「兩塊二只怕連今天也支持不過去了！」

「必要時可以動用私房錢！」甄昭樂觀地說。

「那也不能有多大作用啊！」

「天無絕人之路，天助自助者，到時必有辦法！」甄昭依然樂觀：「現在不能担憂那些，我們要擬定等一下的工作方針。我們不能在一起，要分頭進行。我去繼續過去的舊線。你呢；去你所有朋友的寫字樓打聽，要買什麼？要賣什麼？中午一時正，我們見面，交換買賣情報和研究下午的進行計劃。」

「在哪裡見面？」

「當然不够資格在茶樓咯！」甄昭說着想了一下：「在植物公園門口吧！」

朱魯點點頭，到了中環，二人果然分頭進行，做其經紀生涯。這個賣鉛筆，那個買鋼條。有的買房，有的賣地。又有抵押借欵，也有欠債不還。烏烟瘴氣，胡扯一輪。一筆生意，追了二十多個經紀還追不到貨主。又有的追來追去原來買主賣主都是一個人。朱魯登高爬低，左轡右轉，跑得四肢瘦軟，講到舌敝唇焦，完全沒有那回事！他抬起脚，把那雙鞋底一個大洞的鞋看了看，不由長嘆一聲！看看店舖的鐘，已是十二時三刻，只好暫時自己收工，去植物公園赴約。偏生這時他正在上環一條小街上，而這條街正有一架大水車，幾個工人，手持大水管洗其太平地。滿地是水，又無第二條路可走。他怕遲到，只好冒水而行。水都從鞋底的大洞裡灌進去，津濕冰凉，漬然有聲！有時下脚太重，由鞋帶的穿孔中噴出幾股小泉，蔚爲奇觀。一些孩子們看到活動噴泉，拍手大笑，追着他觀看，高興非凡。氣得他恨不得又掏槍，摸了一個空，這才大喝一聲，將孩子們嚇跑，然後急忙走去。

朱魯甄昭兩人坐在植物公園吃營養餐。

走了不久，看到路旁有一堆人圍着不知看什麼，他忽動好奇心，擠進去看。原來是個老婦人扶了一個孕婦，露出一部份大肚皮，倚在牆上哼哼唧唧，老婦人正在求錢。看的人雖多，却無一人施捨。他一看，覺得這個貧窮孕婦，實在可憐，一定是沒有錢進醫院，才在街上苦捱。不由同情心大起，想帮她一點錢，無奈身上祇有一元，又不能祇給幾毫叫別人找錢。看了半天，越覺得她可憐，偏偏誰也不肯施捨。他一賭氣，掏出那絕無僅有的獨一無二的一塊錢，大大方方地給了那個老婦人。旁觀的人哄起一陣笑聲，他也不理那笑聲是善意還是惡意，埋頭急走，直奔植物公園。雖然身上一文不名，但是覺得做了一樁善事，帮助了無告的人，因此心中十分安樂。

趕到公園門口，甄昭已捧了一包東西等在那裡。

「什麼東西？」他問。

「營養餐！」甄昭得意地回答。

「什麼？」他仍然沒有聽懂。

「到裡面再說。」甄昭走進去，他跟在後面。

二人找了一張長椅坐下，甄昭將紙包打開說：「四毫兩支維他奶，一元兩磅麵包，兩毫兩條香腸，一毫兩隻小蘋果，你看；」他舉起維他奶：「我們有了牛奶！又有麵包，還有肉，」他舉一樣說一樣：「又有富於鐵質的水果！難道還不够營養？只用了一元七毫，而且——」他又從袋裡掏出兩包鷓鴣菜：「如果吃得肚疼了，我們還有藥。這是朋友送的，完全免費！這還不算是營養餐嗎？」

「胡說！」朱魯瞪他一眼：「鷓鴣菜是兒科聖藥，沒聽說大人也吃的！」

「你嫌力量不够，這兩包你可以一個人吃！」

「你才是孩子呢！而且——」朱魯指着香腸：「一條香腸吃一磅麵包？」

「我也想一塊麵包吃一磅香腸呢！可惜咱們沒有那個命！」他分給朱魯一份：「將就一點吧，老兄！」

朱魯聳聳肩，只好接過來，二人吃得津津有味。甄昭喝了一口維他奶，向四圍一指說：「你看，多美的風景，我們這不是和野餐一樣嗎！」

「你倒眞會想！」

「當然，會享福的人才會想！那些不會想的人，眞正在野餐也吃不出滋味呢！」甄昭說着，一面搖頭晃腦的唸：「嗚呼！仰觀宇宙之大，俯察品類之盛，口飲維他之奶，袋藏鷓鴣之菜，信可樂也！」

朱魯又氣又笑，幾乎將一口麵包噴出來。

二人將兩磅麵包吃得精光，吃過餐後水果，這才談起生意。

「噯！」朱魯吞下一口蘋果，噗口氣：「經紀可眞不是人做的！今天跑了一早晨，又碰壁，又受氣，跑穿袜底，結果全是鏡花水月，一事無成，眞慘絕人寰！」

「怎麼會跑穿袜底呢？」甄昭十分奇怪。

「鞋底早穿了！」他把脚一伸。

「還好，袜底還沒有穿！」甄昭對他的鞋底看一看，接着說：「別灰心！做經紀的必須具百折不撓的毅力；忍辱負重的精神，然後才能成功！」

「不成功必成仁，」朱魯道：「不成仁也就都成了哲學家了，你知道做經紀多受氣呀！」

「噯呀！」甄昭叫了一聲。

「怎麼了？」

「剛才吃的東西都有汽油味！」甄昭瞪着眼。

「眞的？」朱魯殊覺詭異：「爲什麼我不覺得？你是不是想吃鷓鴣菜？」

「非也！」甄昭一搖頭：「我忽然想到吃的營養餐都是打火機換來的，不免有汽油味了！」

「混你個眼！」朱魯罵：「我沒你那麼高興，談點正事吧！」

「談正事，我有人要買地，要大幅的，準備造大厦，你有沒有？」

「買主直不直接？」朱魯只跑了一上午，已頗為在行，看來他很有經紀天才。

「當然直接！」

「好，我去問問！」

「好了！」甄昭將果皮之類包好，拿了空瓶：「我們該去活動了！我還得去送空瓶，這回失信，下回人家就不借的，等一下五點半在天星碼頭長椅上見面。」

「OK！」

二人的營養充足，熱量也够，精神抖擻地再去奔走。

力的喊道：「我來付，別客氣，我來付！」

不用說，兩個人都無結果。昭甄白跑了半天，到五點廿分，便由中環去天星碼頭。走過海皮，看見一個婦人，坐在地下，旁邊橫七竪八睡着五六個孩子，她自已手中還抱着一個幼兒，景况非常凄凉，他不由動了惻隱之心，便問：「我想給妳兩毫，妳有沒有錢找？」

那婦人尙未答話，旁邊有個人却搭了腔。

「孤寒就別做好事，」那人一撇嘴：「從來沒聽說給錢還要找的！」

「哈！」甄昭不由一肚子火：「眞會說風凉話，你爲什麼不給？」

「我要給就是一塊，你也給一塊？」那人眞摸出一塊錢給了那婦人。

「一塊就一塊！」他賭氣將那私房一元扔給婦人，本想把五毫也給了，以便壓倒那人，可是未得朱魯同意，不敢動用，只好給了一元，瞪那人一眼，扭頭就走。

剛走了兩步，便聽那給錢的男人說：「我替你騙了那個阿福頭一塊錢，我那一塊該還我吧！」

「當然，當然！」那婦人說：「謝謝你！」

他回頭一看，果然看到婦人在還錢，他知道上了當，氣得罵了一句：「他媽的！」這時才想起身上已是一毫都無，只剩下一隻五毫鎳幣！

「只有叫朱魯把他的私房錢拿出來救急了！」他想。

他趕到天星碼頭，坐了一下，才看見朱魯搖搖擺擺走來，喘吁吁坐在他身旁。

「怎麼樣？」他問。

「一事無成！」朱魯搖搖頭：「而且營養餐顯然營養不足，名不符實，我現在已經餓得很了！」

「公積金只剩五毫，要動用私房錢才行！」他還不及說出自己的錢已經給了人，朱魯便切斷他的話：「我的私房錢沒有了！」

「怎麼？」他大吃一驚。

「今天我看見一個婦人，要生產而沒有錢，在街邊求助，我要救濟她，便全給了她！」

「噯！」他在大腿上一拍：「你簡直莫名其妙，我們差不多要等別人救濟了，怎麼够資格去救濟別人！而且——」他加重語氣：「那種在街上要生產的把戲，都是騙局，你居然會上當，蠢才呀蠢才！」

朱魯一聽，想起剛才給錢時別人的笑聲，一定是笑他上當，不禁又難過又後悔，只好說：「算我做了一次蠢才，不過我是行心之所安罷了！」

「你明知公積金只剩五毫，非動用私房錢不可之時，你却傾囊去做好事？而且上當，眞乃可氣！」甄昭不依不饒：「完全是婦人之仁，怎麼能成大事？什麼叫做心之所安？你的心安了，我們兩人的胃也就都靜了！」

「現在追悔又有什麼用？」朱魯做錯了事，變成弱國無外交，只好說歎話：「以後我會小心不再上當，今天先把你的私房錢用了再說吧！」

「——」甄昭這時才記起自己的私房錢也給了人，不由一呆：「我——我的私房錢——」想起剛才不依不饒地駡朱魯，現在却輪到自己頭上。如果說出去也是救濟別人，朱魯算是得了理，這小子不加十倍駡還才怪，他口吃着答不出。

「你，你的私房錢怎麼啦？」朱魯毫不放鬆：「捨不得拿出來，是不是？」

「不——不，不是捨不得，」他急得結結巴巴：「剛——剛才來的時候，一個朋友有——有急用，我借——借給他了！」他不敢說做了善舉。

「噯！」朱魯學他在大腿上一拍：「你簡直莫名其妙，我們向別人借都借不及，怎麼够資格借錢給別人，而且——」他

11

加重語氣：「香港借錢向來是有借無還的，你居然會上當，蠢才呀蠢才！」

「咳！」甄昭嘆口氣：「試看剃頭者，人亦剃其頭，剛才我罵你太過份，現在算是遭了報應！」

「你明知公積金只剩五毫，非動用私房錢不可之時，你却傾囊去借給別人，而且無法收回，眞乃可氣！」朱魯也不依不饒：「完全是婦人之仁，怎麼能成大事！所以你——」

「算了，算了！」這次甄昭變成弱國無外交，只好攔住他：「你也罵够了，咱倆扯個平直，誰也別再罵誰，留點精神研究下一步吧！」

「羅掘俱窮！」朱魯絕望地：「還有什麼下一步！」

「坐在這裡，很難啓發靈感，我們散散步也許能想出妙計。」甄昭說着立起身來。

甄昭却用右手將譚楓的左手捉住，口中却極

「完全都是死路，哪裡還有妙計可想？」朱魯動也不動。

「死棋肚裡有仙着，你怎能確定想不出妙計？起來，」甄昭拉他：「一面散步，一面散心，一面想仙着。」

朱魯只好起身，二人無精打彩，走出碼頭。走了不遠，忽然有人喊：「老朱！老甄！」

二人抬頭一看，原來是新婚未久的譚楓，喜氣洋洋站在那裡喊。

「嗳！老譚！」甄昭笑容滿面：「結婚也不派帖子給我？」

「眞對不起，我不知你住在哪裡，所以不能派，走，一同到我家吃飯去吧！」

譚楓心情極好，可見新婚很快樂。

這兩人一聽有人請吃飯，不由心花怒放。甄昭還在客氣，朱魯怕客氣過火，動搖了譚楓的決心，急忙打岔：「老譚，新婚之樂恐怕不足爲外人道吧？」又設法遏止甄昭的假客氣：「老甄，他結婚那天眞熱鬧，可惜你沒去，嗳！場面眞大，熱鬧極了！」

甄昭未及答言，譚楓先開了口。

「唏！」他恨恨地說：「結婚那天眞可氣！」

「怎麼了？」甄昭問。

「也不知是哪個混賬東西，將一張過期的當票塞在利市封裡，當利市給我們，眞混賬極了！」

「眞有這種事？」甄昭笑起來。

「當然是眞的！」譚楓餘恨未盡：「我太太說，如果查出是誰幹的事，一定打他兩個耳光。」朱魯聽得直打冷戰。譚楓接着說：「別提那些了，去不去我家吃飯呢？」

朱魯做賊心虛，怕被查出來挨耳光，情願不吃這頓飯。急忙推辭：「不好去打攪你們新夫婦，改天再去拜望吧！」這次他却並非假客氣，的確是眞心，表情又緊張又誠懇。

甄昭眉精眼企，一看情形就猜那世界獨一無二的利市封八成是朱魯的傑作。如果朱魯被譚楓的新太太打耳光，自己也不好看。便接口：「打攪你們新夫婦不大好，如果我們要聚一聚的話，不如我請你在外面便飯吧！」

甄昭以爲譚楓一定要去陪新夫人，不會和他們在外面吃飯，故此落得口頭大方一下。不料譚楓也許好久不會在外面吃飯了，竟然很興趣地：「在外面吃也好，我們去哪裡？我先打個電話通知內人不回去吃飯！」

甄昭一聽，不由一震，這豈非作法自斃！急忙道：「你不回去恐怕嫂夫人會不高興的，我們不如——」

「不要緊！」男人最怕別人懷疑怕老婆，譚楓雖然新婚未久，却毫不例外。瞪着眼說：「我願意不回就不回，她怎敢不高興！」根據國際公法，男人可以怕愛人，就是不能怕太太。

甄昭弄巧成拙，原是想勸他的，不料却變成激將，無法再勸，祇好一同去吃飯。進了飯館，甄昭立定主意坐方桌，並且坐在譚楓的左面。

這一頓飯，朱魯吃得最舒服，首先不必冒被打耳光的危險。其次他沒說過請客，故此不必担心付賬。甄昭却不開胃，因爲說過請客的，萬一譚楓信以爲眞，那眞糟了！豈不成爲吃霸王飯？他一路吃一路想心思，看見朱魯大口大口地狼吞虎嚥，好像吃飽這一頓今生可以不必再吃飯一樣，不由大爲生氣。「完全是爲了怕你去挨耳光，所以我才說請在外面吃飯，現在弄得我騎虎難下，不但不和我有難同當替我解圍，反而吃得如此高興，眞正可氣！」他越這樣想越生氣，就越吃不舒服，簡直要得胃病。

吃完之後，譚楓到底不願在外面就擱得太久，便叫埋單。賬單送上來，一共二十多塊，譚楓和甄昭異口同聲說：「我給，我給！」二人都準備取錢。甄昭却用右手將譚楓左手捉住。左手彎過來裝做在西裝上衣左手內袋拿錢，口中極力在喊：「我來，別客氣！我來付！」左手彎過來在左方內袋拿錢，自然很費力，故此拿了半天也拿不出，何況他根本沒有錢。譚楓的右手却空着，一伸手便向上衣左方內袋取出錢來付了賬。夥計已經收了錢去找錢去了，他還在摸錢。

「別爭了，」譚楓掙脫他握住的手：「我已經付了！」

「嗳！」他這才住手，口中說：「這怎麼好意思，這怎麼好意思，那祇有多謝了，下次我請，下次我請。」

譚楓並未計較這些，收了找回的錢，付了小賬，告辭先去了。

二人酒足飯飽，精神奕奕走出來。這

頓飯顯然好過那頓營養餐，他們的胃塞得極滿，這次不必派噴射機或太空火箭到胃中去搜索，因爲胃太滿，根本飛不進去。

「咱們的運氣太好了」甄昭十分得意：「以爲今天一定要餓一夜的了，焉知竟有飛來蜢，老譚請吃飯。我們不但不必餓，而且更能享受一頓豐盛的晚餐，這眞是一飲一啄，莫非前定了。」

「嗳！」朱魯表示欽佩：「你眞行，祇剩五毫，胆敢請人吃飯？」

「我當然有辦法，」甄昭得意地說：「你看見沒有？一坐下我就坐在他左面，你知道；男人的錢，多數是放在上衣左內袋或右褲袋右手容易取到的地方的。我在他左方，到付賬時就用右手拉住他左手，我用左手取錢，就變成雖想取錢，但不方便取出。他卻空出右手，取錢十分方便，自然他先取出，難道還不付？我呢？我也在搶付賬，不過付得慢些罷了，他能說我不付賬嗎？」他一面說一面作姿勢，朱魯笑得打跌。

「好了！」他又說：「今天算是吃飽了，你可知道我冒這樣大險要他不回家吃飯是爲什麼？」

「爲了肚子餓！」朱魯瞪着眼瞎猜。

「放屁！」他大怒：「爲了肚子餓到他家中去吃不行嗎？你個死人頭，我是爲你啊！」

「爲我？」朱魯大表不服：「那才奇怪！」

「當然是爲你，有什麼奇怪，」他瞪着朱魯：「我知道利市封裡面封當票，一定是你這小子的傑作，再沒有第二個人。他太太要打耳光，如果不留神被她查出來，打了你的耳光，我不是也跟着丟臉嗎？所以我祇好冒險叫他在外面吃了。」他又盯住朱魯問：「這是不是爲了你？你敢不承認那是你幹的缺德事？」

「——」朱魯被他說穿，無法否認，祇好臉紅紅地說：「我那是迫不得已，他把我自殺的本錢都做了人情，週身上下祇剩三毫，又要來要利市，我不給當票給什麼？」

「喝！你的理由到很充足呢。」

「當然，至少是情有可原！」

「好，」他得意揚揚地：「這次我可抓住你的把柄了，祇要你和我搗蛋，我就去找譚太太，叫她來打你。」

「混你個賬，」朱魯大爲生氣：「全世界祇有你一個人知道我幹了這件事，如果譚太太知道了，那準是你去告訴的，我不和你拚命才怪，勿謂言之不預，特此警告！」

「警告我見得多了！」他撇撇嘴：「電車裡警告牌示比新生活標語還多，我才不怕呢？別說那些廢話了，現在咱們還剩五毫，最好能一文不用，就此回家，明早出來時坐三等，就還夠明晚回去車錢！」

「走回去？」朱魯皺着眉頭問。

「——」他想了一想：「不必走，我有主意，你跟我來！」

朱魯也不多問，便跟他走到電車站。一輛北角的電車來到，他一拉朱魯：「上車！」

「喂！」朱魯莫名其妙：「你又說不花錢？而且這又不是去筲箕灣的車。」

「別多話！」他橫了他一眼：「快上車。」

二人上了車，他拿出那隻鎳幣，對售票員說：「對不起，老兄，到黃坭涌道通知我們一聲！」

「黃坭涌道？」售票員看看他：「這是去北角的，不經過黃坭涌道，你上錯車了！」

「哦！」他作恍然大悟狀：「上錯車了，老朱，快下去，換車。」

他和朱魯在下一站下來。

「這是怎麼回事？」朱魯有些不懂。

「這叫明知故問之計，你看——」他得意地：「我們已經免費坐了一站了。這樣一站一站，豈非可以免費到家嗎？」

朱魯大悟，不由讚道：「好主意！你眞是世界第一流的思想家。」

這時又有車來，他們又上去。總之；去筲箕灣和北角的車就說去跑馬地。跑馬地的就說去北角。到了銅鑼灣，上北角的車就說去麗池大廈。上筲箕灣的車就睜着大眼說去西環。亂扯一輪，居然被他們混到北角。

「咱們要公平待遇，」甄昭說：「別便宜巴士公司！」

二人又上巴士，一站一站地混，到距家還有兩站之處，甄昭說：「好了，不必費事了，這兩站我們慢慢走走吧！」

「嗳！」朱魯喘呼呼地：「你的主意眞好，這樣上上下下比走還累呢！」

「哈！」他一面走，一面摸出那鎳幣：「可是免費呀！我們的五毫一個仙也沒有用便回來了，難道不妙？」說着得意地將鎳幣向空中一拋，然後準備伸手去接。他原是可以接住的，不料朱魯見他將二人的全部財產隨便一拋，不由大吃一驚，失聲叫：「嗳呀！」

這一急叫，他不知發生了什麼事，分了心，街燈又不十分明亮，一失手沒接住，那鎳幣跌在地上，的溜溜一滾，滾到路邊的鐵板縫中，跌入陰溝去了！他追也追不及。

「嘛！」他大力一蹂腳：「你看！你一叫，我一分神，錢跌到溝裡去了！」

「誰叫你得意忘形的？」朱魯極力抱怨：「上次得意忘形，摔壞了帆布床。這次又失了唯一的家當，這樣輕浮還能成什麼大事！你根本接不住，扔什麼鬼！」

「什麼接不住？」他大表不服：「我從前打籃球出席過全國運動會，難道接不住一個小小的鎳幣？都是你一叫，我才失手的，怎麼能夠怪我？」

「呸！」朱魯啐他一口：「你那是打籃球，不是打鎳幣。鎳幣祇有籃球的一千分之一，你當然接不住，不怪你怪誰？別廢話了，快找吧！」

二人俯下身去，想將鐵板拾開。爲知那鐵板似乎專爲跌鎳幣而設，上面有很多條空隙以供鎳幣跌進陰溝之用，它本身卻是砌死在水門汀上的，二人竭盡平生之力，休想揭開。那是一個很理想的撲滿，錢可以無限制地滾進去而永遠打不破。

街燈的光根本照不進去，連想見鎳幣最後一面也辦不到。兩個人弄了一頭大汗，智竭計窮，毫無辦法。最後祇好放棄，垂頭喪氣向回路走。朱魯不停地抱怨：「一個人如果天生是窮命，那就算是命裡註定。一站一站地上上下下，累得孫子似的爲了省兩毫，結果五毫一扔而光。早知如此，舒舒服服坐車回來還有三毫可剩呢！現在弄得一文不名，兩袖清風，三不照面，四大皆空！看明天怎麼辦？」

朱魯一路怨個不停，又嘮嚕，又長氣，老人院都不收了。甄昭聽得一肚皮火，無奈自己做錯了事，變成弱國無外交，祇好咬緊牙齒往下嚥，直到走上那條小徑他才開口。

「你也說累了，暫時畧爲休息，回家我給你泡壺茶，潤潤喉嚨再接着說吧！」

「你以爲我很想說嗎？」朱魯不依不饒：「我在着急明天怎樣出去呢！」

「唯一的辦法是早點起床和老丘一同出去，他一定會替我們買票！」

「——」朱魯想一想，也祇有這個辦法。有了出去的辦法，他便不再多說，老實說他也的確說累了！但仍然饒上一句：「看你這得意忘形的毛病以後改不改？」甄昭的耳朵才算得到休息。不過精神卻大受威脅，害得甄昭做了一夜噩夢。

次日，他們老早便起身，等丘信一同

出去，丘信果然替他們買了車票，到中環和丘信分手，甄昭說：「現在分頭進行，等一下中午一點仍在植物公園上次坐的長椅上見面，看看有沒有辦法弄到午餐。」

朱魯答應了，二人拚命去接洽生意。上帝對於經紀們一視同仁，並未對他倆特別優待，結果仍然是一事無成。中午一時，兩人滿頭大汗地坐在那張長椅上，又餓又累，簡直沒氣力說話，悶坐了半天。甄昭見朱魯在發呆，便問：「喂：你想什麼啦？」

「噯！」朱魯嘆口氣：「昨天我對於營養餐還表示不滿意，今天連這頓不滿意的餐亦不可得了！」他搖搖頭：「眞慘絕人寰！」

「哦！昨天我說口飲維他之奶，袋藏鷓鴣之菜，信可樂也！你還笑我，今天你該知道那是樂事了吧！眞的——」甄昭記起了，從袋中拿出兩包鷓鴣菜：「一人一包當飯吃吧！」

「胡說八道，你才拿鷓鴣菜當飯吃呢！」朱魯瞪他一眼。

「我可眞餓了！」他把鷓鴣菜袋好：「怎麼辦？」

「我也餓極了！」朱魯對他打量了一下：「窮人唯一的一條路祇有當東西！天氣漸熱，已經可以不穿上衣，我們先把上衣當了吃飯吧。沒有上衣而能活着，總比穿着上衣餓死好得多！」

「——」甄昭想一想，作了最後的決定：「好！當上衣！賺了錢再做新的。留得青山在，不怕沒柴燒。留得一條命，不怕沒上衣。就此打道前往！鏘！鏘！」甄昭永遠不發愁！

二人走出公園，快到最近的一家大押店了，兩個人都猶豫起來，當誰的呢？當然誰也不肯當自己的，到大押店附近，不由住了脚。

「當誰的呢？」甄昭問。

「你說。」朱魯盯住他。

「我覺得當你的較爲適當，」他柔聲說：「因爲一則你的西裝較新，可以多當些，多維持幾天。再則你的體格比我健康，少一件外衣毫不在乎。三則我尊重你，什麼都讓你居第一位，何況又是你的提議。四則你爲朋友更够義氣，有俠骨，有柔腸。」他聲音眞迷人，可惜迷不了朱魯。

朱魯、甄昭二人，在街頭竟演出一幕「拳王爭霸戰」。

「喝！」朱魯眉毛一揚：「一則兩則，三則四則，你連四則雜題都搬出來了？我能一直說到微積分都該當你的上衣呢！少廢話，我們得找一個公平方式來決定。祇憑話說得好聽不能作數。」

「——」甄昭一看朱魯不受擺動，想了一想：「好，咱們一拳定勝負，三拳兩勝，誰輸當誰的上衣。各重人格，不許狡賴，這該公平了吧！」

「對！」朱魯表示同意：「這倒是個辦法，來！」說着一伸拳頭：「誰也不許賴！」

「OK！」他也伸出拳頭。

於是二人站在街旁，「四季財」、「五經魁」、「兩相好」，划起拳來。

朱魯一不小心，被他贏了一個七巧，不由急得一身大汗。他一向得意必定忘形，一忘形又被朱魯贏回一個六六順，不由也是大汗一身。各一平局，最後一拳決勝負。都不敢大意，小心爭持。越急聲音越大，爭得面紅耳赤，許多人圍着觀看，認爲這是難得的「拳王爭霸戰」。何況又免費參觀，故此看得十分高興。

二人正划得緊張白熱之際，忽然聽到有人大笑：「嘿！你們兩個發神經病了，是不是？」

被這人一叫，二人才發現這些人圍觀，不由臊得週身發熱，連忙停戰。再找那叫的人，原來是專做抵押借欵的經紀史剛，因爲他是光頭，配上三光者日月星，別人就叫他四光，反而沒有人叫他史剛了！

「四光。」朱魯叫。

「你們發神經病？在這裡划拳？」四光指着他倆，笑不可仰。

「——」甄昭頗有急智：「我們剛才在茶樓喝酒，拳划得不過癮，所以在這裡再找補幾拳。」

「哦！」四光一看他倆面紅耳赤，以爲眞喝了酒，信以爲眞：「中午飲茶都喝酒，你們倆很好世界呀！」

「算不了什麼，」甄昭說：「每天中午不過幾碟鹵味，兩瓶啤酒罷了！」

「哦，哦！」四光一聽，以爲二人眞的如此得意，立刻親熱起來：「你們生意很不錯呢！」看來香港人是最現實的。

「也不過混兩餐罷了！」朱魯見甄昭吹得太過份，便謙虛兩句。焉知他這樣一謙虛，四光却更信了！便將二人一拉，那些人見好戲已完，各自散去。好似看了一場陳克夫大戰吳公儀，不分勝負而散。

四光將二人拉至僻靜之處，低聲說：「有件好事，照顧你倆，我現在做好了一樁生意，你們可以立刻分錢，但是你們以後有好生意也得記住我！」

「立刻分錢？」甄昭睜大眼。

「當然，你們去照一照面，立刻分錢！」四光說得有聲有色。

「咁大蛤蟆隨街跳，哪有如此好事？」甄昭不信：「你問問我們的猪玀也不會相信！」

「眞糟，天生就是眞糟！」朱魯說：「一定是賣白粉。」

「胡說八道，」四光氣得光頭更放亮：「你才賣白粉呢！我告訴你們，我做成了一單房屋押欵，借五萬元，有五百元回佣，我和一個姓王的兩個中間人對分。不料今天上午在律師樓簽約時，姓王的却帶來兩個人，說他那邊有三個人，五百元要照四份分。我明知他是假的，當然不幹。我就也說我這邊也是三個人，仍然是一方面分一半。他要我帶這兩個人去他才信，五百元存在律師樓，下午三點見人分錢。我正在滿街想辦法找人，剛好碰見你倆；我們一同去，你倆認做中間人，不是一去就分錢嗎？」

「——」他倆聽完，互相看了一眼，甄昭說：「聽聽倒好像眞有其事！」

朱魯尚未答言，四光已經搶着說：「當然眞有其事，我要騙你們我就永生永世不長頭髮。不過有兩個條件，你們接受，我就帶你們去分錢，否則我另找別人。」

「先把條件說來聽聽。」朱魯看看甄昭。

「第一，」四光伸出食指：「你們不能和我三一三十一分那二百五十元，你們二人分五十，我一個人分兩百——」

「不行，」甄昭抗議：「我們要以平等待我之民族共同奮鬥，這樣豈非不平等？怎能與你共同奮鬥？」

「對了！」朱魯跟着起哄：「取消不平等條約。」

「你們這兩個不知好歹東西！」四光罵：「你們知道我跑成這單生意費了多大力氣！傷了多少腦筋！受了多少鳥氣！你們祇要去一去，不勞而獲，難道我不該多分點？你們別居奇，找兩個去一去就分五十元的人，街上有的是，去不去由你！」

這兩個傢伙一想，正在窮極無聊，有五十塊錢可以維持不少天，如果不幹，豈非找死！兩個人互相看看，做個眼色，甄昭做出勉爲其難狀：「好！看你說得可憐，就是五十吧，不過你得請吃一頓飯！」

「也好，就請吃飯！」四光不爲已甚：「第二個條件是；如果你們以後也有這種可以拉中人的生意，也得拉我一次！」

「當然，」甄昭說：「以不超過五十元爲度，一定拉你一次！」

三個人的交涉，算是辦成功，四光帶他們去律師樓，果然分了二百五十元，三個人歡天喜地出來。四光分給他們五十元，甄昭收好，他倆開始忍不住餓了，朱魯說：「你該請吃飯了吧！」

「什麼？」四光睜大眼：「現在不過三點多鐘，算吃什麼飯？而且你們剛吃完還在划拳，現在又吃？」

「哈！」甄昭又用出他那個老調兒：「你的責任祇是『請』，我們兩個人是『吃』。我們願意什麼時候吃就什麼時候吃，你怎能干涉。而且——」他用誘敵之計：「我們剛吃完，現在再去吃，吃不了多少東西，也可以給你省錢哪！」

「——」四光一想，這話很對，吃不下可以省錢，便道：「好吧，現在去吃。但是不准喝酒，我祇說請吃飯，不曾說請喝酒！」

「當然，當然！」二人異口同聲說。四光以爲得計，其實他却中了計了！

進得飯館，二人吃得天昏地暗，日月無光。四光急得頭皮更亮，足可以打倒星光而與日月爭輝。眞後悔當初不如和他們三份分錢倒好。看他們吃到第五碗飯，他嘆口氣：「噯，你們兩個眞是天吃星下凡，剛吃完飯仍然可以吃這麼多，錢是我給，命可是你們自己的呀！」

二人的嘴不得閒，故此誰也不理他。直到每人吃了六碗飯，又要了一碗二人平分，這才算吃飽。四光覺得實在可怕，急忙付了賬就此逃走。

二人飽得腰都不能彎，四平八穩地在街上慢慢逛。

「眞糟！」朱魯說：「運氣來了眞是城牆也擋不住，費了多少力，白跑多少次，毫無成就，運氣一來，一點力也不必費，走到就拿錢，這才叫過癮呢！」

「說你是猪 就一點也不錯！」甄昭罵回他：「一飲一啄，莫非前定，命裡註定怎樣，便是怎樣——」

他還沒說完，朱魯就搶着說：「照你說都是命裡註定，那麼我們也不必東奔西走了，每天在街上逛逛便有人叫我們去分錢，豈不好嗎？」

「你說得不錯，如果命裡註定咱們祇要逛逛就能分錢的話，誰要不逛誰就是王八蛋。可惜咱們的命裡祇註定分這一次，所以還是得跑。現在已經四點多了，快幹正經事去吧！五點半在天星碼頭見面。」

甄昭雖然催他去找生意，他却不願去奔走受氣，以免影響了如此良好的情緒，於是決定自己放自己的假。

他一路慢慢走，一路看櫥窗。除去担心遇到甄昭之外，什麼也不操心。看了半天櫥窗，忽然感到單調，轉移目標去看女人。前些日子好像這世界上根本沒有女人這種動物存在，現在才發現不但有；而且多。又漂亮又可愛。他開始覺得需要她們，更感到人生不祇是吃飽就算了事地那麼簡單。

他一路走過去，走過一間百貨公司，被裡面賣女子化粧品的櫃枱後面的一個女售貨員吸引住了！

廿歲左右，很健康，圓圓地臉，大眼睛，面孔甜甜地，非常面熟。他站在外面，一面看；一面想。那個女售貨員也看見他了，好像對他也似曾相識，互相看了一陣，她竟然走出來。

「你可是朱先生？」她問。

「是的！」他有些受寵若驚：「小姐貴姓？我看着很面善。」

「你不認識我了嗎？我是鄧秀瑩呀！我們有五六年不見了。」她的口吻有些興奮。

「噯！對了，對了！」他記起來：「妳是秀瑩，五六年前妳還是小女孩，現在長大了，也變漂亮了！」

「哪兒的話，」她天眞地扭動身體：「你現在在哪兒工作？」

「我——我祇在一個朋友寫字間裡幫忙。」

「現在是我的工作時間，不能多談，明天晚上九點鐘，我們在文華餐室見面詳談好嗎？」

「好，好！」他連聲答應。

「拜拜！」她回身跑進櫃枱。

他驀然在心裡添了一種說不出的滋味，懶洋洋却在心的深處又異常興奮，這時連得看別的女人的興趣也失掉了。脚步輕鬆地踱到天星碼頭，坐在長椅上等甄昭，等得無聊，不知不覺竟然睡着！

睡得正甜之時，忽然覺得鼻孔奇癢，急忙用手去揉，一陣手忙脚亂，睜眼一看，原來是甄昭在用紙撚探他的鼻孔，看他手忙脚亂的怪相，不由大笑。

「混賬東西！」朱魯大怒：「你是吃

飽飯沒事做了？」

「這是對你懲罰，叫你去做生意你却來睡覺！」

「你怎知我沒去做？」朱魯惡狠狠地：「時間到了我趕來這裡，剛剛睡着。」

「算了，不和你爭這些無聊的事了。我問你，」甄昭一本正經地：「那幅地找到沒有？買主催了不少次了。」

「剛才我找到一幅，祇有一千多呎，我嫌太小，所以沒有和他談。」朱魯怕甄昭說他信口胡謅，他一定是在和周公談生意。

「不行，」甄昭信以爲眞：「太小，至少得超過五千呎才行。」

「好，明天我再去找找吧！」

「老朱！」甄昭說：「我們這些天來，這是第一次賺錢，你說我們應當先做件什麽事？」他望着朱魯。

「老丘！」朱魯脫口而出。

「對了！我們應當表示表示我們的心，不過——」他停一停：「錢太少，不能付房租，祇能畧表心意。我主張我們每人拿出五元私房錢，買點酒菜，先請老丘和丘太太吃一頓，以後賺得多時再還他們的情，你以爲如何？」

「很好！」朱魯點頭：「很好！現在就去買，買了立刻回去，要在他們吃晚飯以前趕到才好。」

二人高高興興去買東西。朱魯吃得飽，睡得足，精神抖擻，健步如飛，甄昭幾乎趕不上。這時迎面走來一個少女，朱魯一見，想起鄧秀瑩來。

「喂！老甄！」他興趣地：「我們有女朋友了！」

「你再說一遍！」甄昭有些不相信自己的耳朵。

「再說一遍就再說一遍，我們有女朋友了！」

「嗳！你這才是窮根未盡，色心又起呢！」甄昭不以爲然地。

「信口胡說，」他罵：「你先聽我說完了再下斷語也來得及吧！」

「好，你說，你說。」

「我從前剛來香港時，住的地方，二房東姓鄧，有個女孩叫做鄧秀瑩，今天我遇到她了。五六年不見，她不但長大好多，而且也變漂亮不少。她約我明晚在文華餐廳見面，這不是有了女朋友了嗎？」他有非常得意的表情。

「嗯，」甄昭哼了一聲：「這倒情有可原，可以算是女朋友。」

「哈！」他瞪甄昭一眼：「你可別老氣橫秋的，你沒聽我說是我們的女朋友嗎？如果你不願參加，可以宣佈棄權，我一個人也可以和她做朋友。」

「我沒說棄權呀！」甄昭有些着慌。

「那就別老氣橫秋！」他又得了理。

這時走到滷味店前，二人才住了口。買了些叉燒、燒鵝之類，又買了兩瓶啤酒，回去和老丘夫婦同吃晚飯。丘信知道他們賺了一點錢，很替他們高興。丘太太並且說他倆的運氣已經好轉，丘信則認爲：「一個人祇要努力，一定有收穫！」

吃了一頓非常舒適的晚飯，丘信夫婦二人出去探友，他們就坐在大門前乘涼，朱魯又想起了鄧秀瑩。

「明天我們去會秀瑩，可以動用公積金，」他說：「九點鐘見面，喝杯咖啡就行，不必請吃飯了！」

「當然，不過——」甄昭對他看看：「我們的西裝和廚房的圍裙差不多了，怎好意思見人？」

「去把丘太太那罐汽油拿來乾洗！」他說。

「而且襯衫領子破了，」甄昭仍然不樂觀：「祇是一件襯衫，換也不能換。」

「而且領帶每人也祇一條，」他也灰了心：「又髒又是舊歎！」

「——」甄昭聳聳肩，忽然他想出了方法：「我有辦法了，現在我們立刻動手洗襯衫，拚命的將它洗得越白越好，明天可以反着穿，領子不是不破了嗎？」

「反着怎麽能穿？」

「不要管，我自然辦法，快去洗。」

這兩個人倒是說做就做，拚命地洗。朱魯一用力，哧一聲。「嗳呀！」他叫：「撕了一個大口子，這回可完了！」拿起來一看，幸而是背後。甄昭說：「蠢才！洗衣服都會洗壞？幸而是背後，縫一縫就行，別脫上衣就不會被人看見了，你看我就不會出這些毛病！」

說着一得意，他正在撻袖子，撲一聲，將袖子拉斷，朱魯大笑：「蠢才！洗衣服都會洗壞？你就穿單袖襯衫吧！」

「笑什麽？」他不慌不忙：「我可以把那隻也剪短，穿短袖襯衫，反正我總有辦法。」甄昭這種人令人佩服的就是他永遠有辦法，永遠能够死裡求生，永遠不灰心，永遠不屈服，而且永遠不發愁。

二人把襯衫洗完，朱魯去拿了丘太太的那罐汽油，再乾洗西裝。當他淸理西裝口袋時，一不留神，有一帙紙掉在地上，散得滿地，甄昭一看，都是馬票和當票。

「哈！」甄昭搖頭幌腦地唸：「馬票與當票齊飛！」

「你呢？」他氣得滿臉通紅：「襯衫共西裝一色！還笑別人？」

「眞怪，你怎麽會有那麽多馬票和當票？」甄昭問。

「當票都已經死當了！」他一面去拾起來：「馬票有很多買了之後忘記對號碼，故此留着。」

「買馬票不對號碼？」甄昭睜大眼：「那麽你買來幹什麽？」

「助人爲快樂之本，幫別人中頭獎時多得些錢也是好的啊！否則頭獎開出來祇有兩塊二毫，多寒酸！就是馬會丟得起這個人，我朱魯也丟不起呢！」

「那麽你留那些死當的當票幹什麽？」甄昭打破沙鑊問到底。

「可以發思古之幽情！」

「你這種人最沒出息！你過去是皇帝，現在沒有一毫就不能過海。現在做人要把握現實，不能緬懷過去。我勸你把死當的當票一律撕掉，以免又封在利市封裡送人，惹得要挨耳光。馬票可以帶，封馬票都比封當票像人做的事呢！」

「豈有此裡！你是歷盡滄桑一衰人！」他到底接受了甄昭的勸告，將死當的當票全部撕掉。

西裝有如油布，費了九牛二虎之力，勉强算是可以過得去。可憐的丘太太，那罐汽油算是充公了！

洗完西裝，再將領帶摺着縫窄，再擦皮鞋。一切準備就緒才上床，雖然很累，二人却都興奮得睡不着覺。

次日，一早就起床，向丘太太借了熨斗將衫燙好，反着穿起來，打上領帶，居然不大看得出。朱魯大表讚嘆。甄昭對穿好衣服的朱魯打量一番，去找了一雙舊白襪子，摺好給朱魯左方小袋插上一隻，另一隻自己插好，如同小手帕一樣。

「好了！」甄昭搓搓手：「誰敢說咱們不是紳士？」

於是這兩個石屋紳士，滿懷高興，前往中環去了！

二人根本沒有心思做生意，混了一天。八點半兩個人就去文華恭候，天氣既熱，二人又興奮，熱得渾身是汗，可是誰也不敢脫上衣。

每人要的一支可口可樂，早已喝光。又要了凍水，九點正，二人的心情更緊張起來，這也難怪他們，幾年來被生活壓得氣也難透，一旦和女性有約會，怎會不緊張呢！

九點過五分，甄昭覺得眼睛一亮，朱

魯低聲說：「來了，來了！」二人急忙起身讓坐。她那種少女的風韻，像一陣風一樣吹過來。

「對不起，」她坐下：「來遲了！」

「不遲，不要緊。」朱魯給她和甄昭介紹了，她要了奶茶。

「時間過得眞快，」她說：「一轉眼就五六年了呢！」

「可不是，」朱魯一臉是笑：「令尊令堂都好吧！」

「都去世了。」她有些惘然。

「噯！」他惋惜：「眞想不到。」

「因爲他們去世，所以我才出來做事的，現在祇剩我一個人住在親戚家裡。」

「哦！待遇還好嗎？」

「還過得去！」她說着看見他倆滿頭大汗：「這樣熱，你們寬寬衣吧，別拘禮了！」

「不——不要緊，」甄昭接口道：「昨天我們倆有點感冒，所以今天讓它出出汗。」

「兩個人都感冒？」她有點奇怪。

「是的！」甄昭裝出一臉笑容：「我們是好朋友，有難同當。」

「哦！」她有些似信非信。

朱魯爲了打岔，急忙拿起壺來，替她倒茶。不料出汗太多，襯衫粘在身上，他一伸手，背上那道裂縫咪一聲又撕裂一點，他不由一驚，茶也倒在外面。甄昭聽到一聲咪，知道他襯衫撕了，又見他手震，茶倒在桌上，不由慌起來。趕快抽出左方小袋的手帕來擦，一拿出來才想起是一隻襪子，收又不是，擦又不是，二人鬧得手忙脚亂，一塌糊塗，茶潑得更多。

她看出來了，問甄昭：「你經常帶一隻襪子？」

「不——不，不是。」甄昭的汗幾乎可以將他自己浮起來：「這是最新式的袜型手帕，他也有一條！」他說着將朱魯那條抽出來一揚，不料朱魯那隻破了一個大洞，甄昭恨不得鑽到那個大洞裡面去，朱魯趕快一手搶過來，拚命塞在褲袋裡。

「朱先生，」她安詳地說：「你不必瞞我了，你一伸手襯衫便撕了裂口，你們反穿襯衫，領帶縫過，拿袜子當小手帕，可見你們的環境不大好。其實這有什麼關係呢！人窮不是罪惡，也不是丟人的事，祇要肯努力就行。我的父母剛才去世時我也很窮，可是我盡力找事做，現在也能維持了。我們是老朋友，我不是愛虛榮的人，我不會看不起你們的，這樣我們反而可以做一個坦白的好朋友，你說是不是？」

這兩個人被她說得無話可答，滿臉通紅。可是經過這番話後，他們之間的距離似乎近了很多，談得異常投機，直到很晚才送她到家門口分手。

在歸途上，甄昭對她大加稱讚。

「噯！這個女孩子可眞好，又坦白，又不慕虛榮，又能同情人，又能自立，又——又——」又了半天，又不出來了，祇好說：「太好，太好了！」

「當然！」朱魯很得意：「朱先生認識的女朋友自然是國際第一流水準的！」

「好了！」他一本正經地：「咱們有了好女友，便更要努力才行。不通則變，通天經紀不能再做。現在起大廈的很多，我們專門做房屋地產，此外再和四光聯絡聯絡做些房地抵押，別再跑寃枉路了。」

「對，你的辦法不錯，從明天起就實行，但我有一件事和你打商量。」

「什麼事？」

「明天動用公積金把那支手槍打火機贖出來，一則是我們開始共同努力的紀念物，再則必要時仍可以當錢，所以我主張贖出來，你以爲如何？」

「——」他想了想：「好吧！明天就贖。」

二人高高興興滿懷希望地回了家，這些年來祇有今夜他倆才似乎心中有了寄托，睡了最安穩甜蜜的覺。

3

也許丘太太說得對，他們眞的轉了好運，和四光做成了一兩次小額抵押借款。除去付了一些房租之外，每人也製了新裝。天氣已熱，每人買了一雙十九塊九毫的兩色皮鞋，一條的確凉西褲，花夏威夷衫，袋中經常有不滿十塊錢。朱魯比甄昭還多一隻手槍打火機。二人神神氣氣的在街上走，誰也看不出這兩個傢伙曾經在植物園吃營養餐，幾乎把鴿鵠菜當飯吃。更有令他倆滿足的是能經常和鄧秀瑩在一起喝喝茶，散散步，他們之間的感情一天天深起來。可能他們倆都愛上了她，她對他倆却一視同仁，無分軒輊。出去玩三個人總是在一起，她沒有和任何一個單獨出去過，而他們任何一個人也沒有作過這樣的要求，因此這三個人的關係建立得極好，相處得非常融洽。

任何人祇要肯努力，一定會有成果，他倆又做成了一單十萬元的房屋押款，在簽約的那天，朱魯想起了四光。

「上次四光分給我們的錢，我們又大吃他一頓，這次我們應當拉他去分分錢了吧？」

「當然，當然！」甄昭立刻答應，二人去打電話把四光找到。

「喂！四光！」甄昭說：「這次輪到我們拉你了，我們做了十萬元，可以分一千，等一下我們三個人去，分七百五十，你祇能得五十，幹不幹？」

「爲什麼不幹？」四光很知機：「二十都幹，別說五十了」

「那麼就二十。」甄昭說：「你自己說二十都幹的。」

「老兄，」四光着了急：「我不過說說能了，千萬別減價。」

甄昭和朱魯都笑了。三人一同去律師樓，爲知對方那經紀是個老雀，他說：「不理你那邊有八萬人也好，我這邊有十萬人也好，我們是南北開，一面一半，不必多說。」

他們無法，祇好分了五百元，四光說：「本來分少了我應當少拿，不過上次你們兩個天吃星吃掉我三十多塊，這次也該補償一下吧！」

二人祇好分了五十元，四光去了之後，甄昭說：「今天賺了錢，我們該去找秀瑩一同慶祝慶祝，有幾天沒見她了，正好藉此機會見見她，你說好不好？」

「自然是好，不過我認爲不要在她工作的時間去找她，到八點鐘她下班時，我們在外面等她比較好一點。」

甄昭表示同意。這時已是下午四點多鐘，他們到茶樓去坐起來。坐在茶樓等時間最理想，坐一天也沒有人來趕你，而且肚子餓了隨時可以有東西吃。

他們每人分一百元做私房錢，再去租了幾份報紙，沉下氣去苦等。這兩個傢伙的確有毅力，一直坐到七點三刻才動身去找鄧秀瑩，到了百貨公司門口正正八點。

站了不久，忽然有一架新款的小房車開到門口，鄧秀瑩從裡面出來，筆直上了車，坐在駕車的青年身旁，一支箭似的飛馳而去。

這個突然而來的打擊太大了，兩個人不由呆住在那裡。

兩人呆了良久，甄昭嘆口氣：「完了！怪不得這幾天都不見她呢，原來她有了這樣有錢的朋友，我們怎能比得上？什麼都完了！苦命嘆你缺銀紙，傷心恨我冇汽車，還有什麼可說？什麼都完了！」

他垂頭喪氣走去，朱魯一聲不响地跟在後面，誰也說不出話。走過一家小飯館，甄昭說：「心裡很煩，我們進去喝點酒吧！」朱魯同意地點點頭，二人走進去，要了些酒菜，傷心地喝起來。

「老甄！」朱魯吞下一大口啤酒：「人生的苦難實在太多了！從前我們祇要有飯吃便滿足，現在不但有飯吃，而且有酒喝，甚至袋裡還有幾百塊錢，可是我們不快樂。老實說；從前我們連一餐飯也難找的時候，反而快樂得多！這世界上如果沒有女人的話，男人不知可以減少多少煩惱呢！」

「這也不能完全怪女人。」甄昭頹喪地：「總之；做人就是要遭受苦難的，這也許就是所謂人生吧！」

兩個人長吁短嘆喝悶酒。從前吃瓜子，吃土魷飯，吃營養餐時的奮發情緒，不知到哪裡去了！

二人一直喝到深夜，小飯店要打烊了才醉醺醺地走出來，夜靜人稀，身上有錢，不在乎電車巴士收工，可是都不想回家，慢慢一步步地走。清涼的夜風，可以吹得頭腦略爲清醒一點。朱魯忽然想起那夜搶甄昭的事，不由摸摸那支假槍。那時雖逼得要搶錢來做自殺的本錢，但心情也不似現在這般沉重，怪不得人家說自殺是弱者，的確「死」是一條最容易最簡單的路，活着不知有多少艱苦來折磨，弱者自然揀容易簡單的路走，沒有勇氣應付那些折磨了！

他正在思索之際，倏然一架小房車開到他們前面不遠停在路旁，他一落眼便看出是剛才接鄧秀瑩的那架車。

「快看！」他推甄昭：「這不是那架車？」

「是的！」甄昭也看見了，二人不由緊張起來，立定了觀看。祇見車門打開，那個青年半扶半拖地將鄧秀瑩拖出來，然後又半扶半拖地摟住她走進一家門口，她的頭倚在他的肩上，顯然是喝醉了。這兩個傢伙急忙走過去一看，正是天虹酒店。

「糟了！」朱魯叫：「她被這個色狼灌醉弄到酒店裡去了，這可怎麼辦？我們非得救她不可。」

「別喊！」甄昭輕聲說：「鎮定一點，讓我們來想想辦法，智鬥色狼！」

朱魯瞪着眼看住他：「我們犧牲一切也得救她出來。」

「當然！」他想了一想：「有辦法了，看她醉成那樣，她一定不知道被帶進酒店。我們可以裝醉進去鬧，祇要將她鬧醒就行！」

「怎麼知道她在哪間房呢？」

「我自然有辦法，」他有把握地說：「你祇要裝醉，一切聽我指揮。」

「好吧！」朱魯馬上七倒八歪地裝起醉來，他扶住他走進店。

「對不起！」他對櫃面說：「剛才我的朋友和一位喝醉的小姐開的幾號房？我泊車去了，叫他們先來的。」又自言自語：「喝醉了眞討厭，還得開房安置他們，這裡又是一個。」

他做得活靈活現，不由櫃面不信，忙道：「是不是姓吳的？開的是三樓二零八號。」

「好的，謝謝你！」他扶朱魯上自動電梯，在電梯裡面輕輕說：「你裝醉纏住那色狼，我去叫醒秀瑩。」

到二零八門前，甄昭去敲門，裡面問是誰。「茶房，」他說：「你的註冊寫錯了！」

停了一下，房門打開，他倆一擁而入。果然看見她和衣睡在房當中的床上。姓吳的正在驚訝之際，朱魯撲上去將他一抱口中亂說：「嗳呀！妹妹呀！你這個色狼呀！」甄昭急忙將房門關好。姓吳的無故被人歪纏，不由大怒，又不敢大聲說話，怕驚醒了她，祇好低聲罵：「那裡來的兩個醉鬼跑到這裡胡鬧？我打九九九了！」

「好！酒酒酒！」朱魯拖住他頸頭亂說：「再來一瓶酒，讓我和這個大色狼乾杯。」

甄昭這時急快走過去叫她，她醉得很熟，一時竟叫不醒。姓吳的怒不可遏：「你別叫她，你們兩個該死的醉鬼胡鬧，我非報警不可！」他想去拿電話，可是朱魯纏住他不放鬆，氣得他暴跳。

他拚命掙扎開了，朱魯怕他阻止甄昭叫醒她，便站在床前掩護着。他站在桌前，桌上擺着一個有柄大缸凍水，他氣極了，拿起來就照定朱魯潑去：「你個死醉鬼，給點冷水叫你清醒一下。」

朱魯急忙一閃，不料那缸水恰巧潑在她臉上，冷水一激，將她激醒：「嗳呀！」她揉着眼睛坐起來，再睜眼向四圍一看，滿臉驚疑地：「怎麼回事？這是什麼地方？」

「是酒店！」甄昭接口：「妳喝醉了這位先生帶妳來的！」他指着姓吳的：「恰巧我和老朱看見他帶妳進來，就跟進來了！」

她頓時一切都明白過來，立刻對姓吳的大罵：「你這該死的東西，怪不得拚命勸我喝酒，原來存心不良，看你將來怎麼死法！」

「秀——秀瑩！」姓吳的見她醒了，不由軟下來：「是妳喝醉，我不過想帶妳來這裡休息一下，並沒有什麼壞居心！」

「帶我來這種地方還說沒壞居心？鬼才信你！」她立起身，惡狠狠地看住他。朱魯勸道：「算了，這種人犯不上和他計較，好在沒有吃虧，我們走吧！」甄昭上來扶住她，三人剛準備走出去，姓吳的氣勢洶洶趕上來叫：「妳不能和他們走！」

朱魯大怒，伸手抽槍，對正他作要放的姿勢，然後一扳槍掣。他一見，以爲是眞槍，嚇得亡魂皆冒，顫聲叫：「嗳呀！饒命，你們去吧！」腿一軟，幾乎跪下，及至一見擦一聲打出火來，才知道是假槍，立刻惱羞成怒喊：「好！你個泥眼東西，用假槍威脅人，我非報警不可。」說着就要去打電話。

「報警最好，」她厲聲說：「我正要告你迷奸呢！」

他一聽，知道迷奸這個罪名很難頂，祇好放下話機，眼睜睜看他們三人開門出去。這時已有茶房在外面打探，甄昭說：「沒事，沒事，不過喝醉酒吵嘴！」茶房見果然沒事，便自走開。他們三個也走了出來，甄昭攔住一架的士：「我們送妳回家吧！」

三個人上車，她坐在中間，極力用手帕擦臉上的水漬。開始三個人都不說話，良久，朱魯才先開口：「妳怎會認識這個傢伙的？」

他時常來買東西，漸漸認識了。開始他很斯文，我以爲這個人不錯，不過我也很少和他出來。最近我有一樁事想請他幫忙，今天他約我出來談這件事，不料他竟是這樣一個人面獸心的東西！眞可氣！」她仍有餘恨未盡之意。

「請他幫什麼？」甄昭顯然打算自告奮勇。

「——」她考慮了一下，似乎下了決定般說：「我要他借五百元給我接我在吉隆坡的妹妹來。但我告訴你們實話，實在是接我的未婚夫和他的妹妹一同來——」

「妳的未婚夫？」二人異口同聲切斷她的話。

「是的，我的未婚夫。」她有些嬌羞地說：「我早就訂了婚的，不過我不好意思告訴你們。我的未婚夫母親已經去世，訂婚後不久，他就隨着父親帶着妹妹到吉隆坡去了，最近他父親去了世，他自已又患很嚴重的肺病，環境又不好，因此我叫他來香港醫治，我也可以親自照顧他。現在他們的護照已經請好，就等我寄路費，可是我的經濟狀況也不行，我以爲姓吳的

18

是好人，所以請他幫忙，誰知他居然乘此機會計算我！太可恨了！」

她以爲他倆會安慰一番的，不料他倆竟一聲不出。到了她家門前，他們仍未出聲。她向他們道謝，獨自上樓。甄昭付了車錢，二人默默地走，誰也不想回家。走了一陣，甄昭嘆口氣：「又完了，又什麼都完了！想不到她竟然是有未婚夫的！剛過了色狼一關，又來未婚夫一關，這關我可過不去了！」

「眞想不到，」朱魯也嘆口氣：「她竟然已經訂了婚！」

兩個人悶悶地走，忽然甄昭說：「老朱，我現在要說實話了！老實說，我已愛上了她，不料她竟有未婚夫，這個打擊給我太大！我可忍受一切，就是不能忍受失戀。我決心自殺，跳樓自殺。明天料理料理，後天就實行。我會告訴你我在哪幢大廈頂樓向下跳，你在三樓窗口等我，到我跳下來經過你那窗口時，你和我打一個最後的招呼，就不枉我們朋友一場了！」

「噯！」朱魯着急地：「你怎麼可以這樣早就判決你自己？」

「我已經和你說過我不能忍受失戀，無論如何也得自殺！」

朱魯竭盡平生之力也勸不信，最後祇好說：「太夜了，我們先回去再說吧！」二人這才坐的士回家。

在床上輾轉反側，兩個人都睡不着。忽然朱魯像想到什麼，他叫：「老甄！」

「做什麼？」甄昭死氣沉沉地問。

「我不懂什麼叫做愛情，我有個問題想問你。」

「說吧！」甄昭冷得像冰棒。

「眞正的愛應不應當自私或者佔有？」他問。

甄昭和秀瑩看着，互相作會心微笑。

「眞正的愛不是自私的，也不是佔有的，要有殉道者的自我犧牲精神！」甄昭的解釋很明確。

「你的意思就是寧可犧牲自己，也要使自己所愛的人幸福快樂了？」

「是的！」

「那麼你既然愛秀瑩，爲什麼不幫助她，使她能接未婚夫來幸福快樂的過一生，你反而去自殺？對她有什麼益處呢？」他又釘問一句：「那你算是眞愛她嗎？」

「——」甄昭開始猶豫起來。

「她有困難，你不但不幫助，祇是在做自私和佔有的想法，你算是懂愛情？你算是眞愛她？我不多說了，你自己去想想吧！」朱魯翻個身去睡了！

次日，天剛亮，甄昭就叫朱魯：「昨夜我想了一個通宵，我發現你的話很對，我錯了！我提議將我們這次所賺的錢湊足五百元送給她，讓她接未婚夫來快樂幸福地過一生吧。她能幸福，我也快樂了，你贊不贊成我這個提議？」

「當然贊成！」朱魯揉揉他那雙通宵未眠的紅眼：「我已想過，現在整數有四百五十元，我去找賀健借五十元，湊足五百元送給她，等一下我就去借。」

這兩個傢伙決定這個辦法之後，忽然又興奮起來。

到了辦公時間，甄昭在咖啡店等，朱魯去找賀健。

「這些天不見好嗎？」賀健問。

「托福，無事不登三寶殿，」朱魯向沙發上一坐：「又要麻煩你了！」

賀健笑一笑：「多少？」世界上眞有像這樣借錢不打回票的人？眞怪！

「五十塊。」

賀健如數給了他，他接了就要走。

「喂！」賀健說：「你且和我談談最近你在做些什麼呀？」

「我做房屋地產和抵押借款經紀。」

「哦！正巧我的朋友有八千呎地想賣出，你有人要嗎？」

他想起甄昭說有人要買地，連忙說：「有，有，你將詳細說明寫給我，我現在去有一點事，等一下就來拿。」

他一溜烟跑到咖啡室，對坐在卡座中枯候的甄昭將五十元一揚。高興地坐在對面說：「做好事有好報，不但錢借來了，老賀還有八千呎出賣，我們可做一筆大生意了呢！」

「眞的？」

「自然是眞的，我等一下去拿說明，現在打電話找秀瑩來吧！」

「不，」甄昭反對：「不要當面說，也許她會難為情。我們寫封信給她，五百元也封在裡面。並且告訴她，如果她的未婚夫來香港沒有地方住，我們可以替他租下老丘那間空房，幫忙就該幫忙到底，你說對不對？」

「對，對，你快寫信吧！」朱魯說。

甄昭拿出準備好的信封信紙，將信寫好，五百元也封在裡面，二人一同去她的的百貨公司將信交給她，回頭就走。好像輕了一個重負。朱魯道：「好了，現在我們可以專心去做地皮生意去了！」

4

有志者事竟成，他們眞的做成了這票生意，當他們拿到了佣金兩萬四千元的支票時，朱魯高興得幾乎跳起來：「我們受了多少辛苦，受了多少烏氣，總算有收穫了！趕快回去和老丘商量一下，該做點什麼生意？」

老丘和太太知道這事之後，非常替他們高興。正在商量之後，外面有人叫門，朱魯趕過去打開，是兩個美麗的少女，其中一個是鄧秀瑩。

「哦！」朱魯喜出望外：「秀瑩，妳怎麼會來的，請進。」他們祇收到她一封謝函，很久不見她了。

鄧秀瑩和那個少女進來，她給他們介紹：「這位就是我未婚夫徐先生的妹妹徐琳小姐。」

「徐先生呢？」甄昭問。

「他死了！」秀瑩說時，眼圈有些潤濕，徐琳也眼圈紅紅地。

「嗳呀！」朱魯叫：「眞想不到，怎麼會死的。」

「他原來患很嚴重的肺病，我想接他來醫治，誰知我的路費寄到，他已經等不及了，」她的聲音有些哽咽：「琳妹祇好一個人來，你們說有地方可以住的，所以我帶她來看看。」

「鄧小姐，」丘信接口：「人既然去世，悲傷也沒有用，看開一點吧！住的地方祇要徐小姐不嫌簡陋，這裡有現成的屋子，吃住都不成問題的！」

「那眞是多謝你們了！」她感激地：「你們這樣幫忙我，我眞不知怎樣感謝才好！」

「秀瑩！」甄昭說：「不要說這些話，我們非常高興能對妳有一點幫助，祇是力量太小而已！」

她還未接口，朱魯却搶着說：「妳來得正好，我和老甄剛剛不用本錢賺到一筆錢，見者有份。現在這筆錢是我們六個人的，大家來商量一下怎樣利用。」

「對！」甄昭附和：「見者有份！」

丘信、丘太太、秀瑩，徐琳四個人雖然力加謙讓，他倆執意不依。接着又討論怎樣利用。丘太太說：「這山坳至少有百多戶人家，但是沒有一間士多，買一點東西都要走很遠，非常不方便，我覺得如果開一家小士多，一定生意很好。」

「我贊成！」朱魯舉手：「有一次我想買點麵包也買不到。」

「如果大家都贊成的話，」丘信說：「就將我這客廳拆開前面的牆，不是很好的店址嗎？」

大家都說好，秀瑩說：「我們去工作，阿琳可以招呼店務。」

「對，對！」朱魯高興地說：「也省得她閑得發悶。」

頓時這一屋子的人，喜氣洋洋，秀瑩喪未婚夫的悲哀，也被掩沒下去了。

5

正是秋涼天氣，人人被炎暑壓制了很久，遇到這種天高氣爽的天氣，都十分高興。祇有一個人垂頭喪氣在街上走，忽然一架的士在他身旁停下來，車中有人打開車門叫他：「劉振，到哪兒去？」

「哦！老甄，」那人驟然被人一喊，似乎一驚：「我祇是隨便走走！」

「接到我結婚的請帖嗎？」甄昭問。

「收到了！」

「好，你現在既然沒有事，幫我去做招待吧！」不由分說就將他拉上車。劉振掏出摺得四四方方的一張十元鈔票：「小意思，請你收下！恭喜你！」

「自己弟兄，何必客氣！」甄昭客氣兩句，伸手接過鈔票：「那麼多謝你了！」他將鈔票袋入袋中接着興高采烈地說：「男女之間，如果有緣，眞是千里姻緣一線牽。這位鄧小姐原來是訂了婚的，我雖然愛她，但也以為絕望了，不料她的未婚夫非常知趣，竟然死掉，她終於被我追到手。得到這樣一位好小姐做太太，我眞不知是幾世修來的呢！」他又口沫飛濺地：「我和幾個朋友合資開了一家小士多，生意非常好，我們的新居就在士多後房，有空請來玩！」

劉振唯唯否否地應着，到了禮堂，他給劉振掛上招待紅條便準備做新郎去了！

這場婚禮，非常熱鬧，祇有朱魯不開心，喝了不少悶酒。

新婚的次晨，甄昭拿了一張過期的當票，給朱魯看：「老朱，你眞不够老友，怎麼也給我一封這樣的利市封？」

「我沒有給！」朱魯睜大眼：「那支手槍已經贖出來！舊當票聽你的話全撕了，哪裡還有。」

「——哦！」甄昭想一想：「對了，一定是劉振的，我高興過火，沒有注意到他垂頭喪氣，對了，一定是他！」

「嗳呀！」朱魯想起當初自己想自殺的經過：「快點！我得趕快帶點錢去救他，否則他可能自殺！救人如救火！」

他急忙帶了一百元走出去。

「等一下！」他聽到有人叫，回頭看時，原來是徐琳笑盈盈地趕上來：「我也要去買點東西！我們一同去吧！」

朱魯笑着點點頭，兩個人並肩走去，越走併得越緊，甄昭和秀瑩在後面看着互相作會心的一笑。

秋天的風吹得更令人神清氣爽了！

——完——

環球小說叢（123）　編號：5160

定價三角　**難兄難弟**

出版者：環球圖書雜誌出版社
香港上環新街7至9號
電話：48073 48173 47131
信箱：1586 電報掛號 4013

印刷者：環球印刷所
繪圖者：丁岡
作者：**楊天成**

1959年5月29日出版　本刊逢9.19.29日出版

附錄三：工作人員名單

計劃統籌人：陳國球　陳智德　葉倬瑋

主編：葉倬瑋　陳智德　賴宇曼　李卓賢

撰稿：潘惠蓮等

資料蒐集及整理：潘惠蓮　李卓賢　賴宇曼　彭佩堯　葉淑怡

校對協力：黃妙妍　鄭楚婷　鍾鍵暉

鳴謝：盧瑋鑾教授　蘇賡哲先生　許定銘先生　鄭明仁先生　馬吉先生　傅家傑先生

李世輝先生　周恒女士　蕭永龍先生（馬來西亞）　張子彥先生（馬來西亞）

蔡炎培先生

「一九五〇——九六〇年代三毫子小說研究計劃」得到衞奕信勳爵文物信託資助，《落葉飛花——香港三毫子小說研究》為計劃的主要出版成果。

衞奕信勳爵文物信託
THE LORD WILSON HERITAGE TRUST

天地
www.cosmosbooks.com.hk

書　　名 落葉飛花——香港三毫子小說研究
主　　編 葉倬瑋 陳智德 賴宇曼 李卓賢
責任編輯 張宇程
美術編輯 郭志民
出　　版 天地圖書有限公司
香港黃竹坑道46號
新興工業大廈11樓（總寫字樓）
電話：2528 3671　傳真：2865 2609
香港灣仔莊士敦道30號地庫（門市部）
電話：2865 0708　傳真：2861 1541
印　　刷 亨泰印刷有限公司
柴灣利眾街德景工業大廈10字樓
電話：2896 3687　傳真：2558 1902
發　　行 聯合新零售（香港）有限公司
香港新界荃灣德士古道220-248號荃灣工業中心16樓
電話：2150 2100　傳真：2407 3062
出版日期 2022年8月／初版

ISBN：978-988-8550-49-4